반야심경에서 배우는 성공비결 108가지

| 황태호 지음 |

청어

기본에 충실한 그대 아름다운 사람아

올해는 내가 살아갈 인생의 첫해이다.
오늘은 내가 살아갈 인생의 첫날이다.
지금은 내가 살아갈 인생의 첫 순간이다.
내가 만나는 사람은 행복해야 한다.
내가 만나는 사람은 성공해야 한다.
내가 만나는 사람은 부자가 되어야 한다.

부모님으로부터 생명을 받고 이 세상에 태어나 아롱다롱 살던 그 옛날 어린시절 모든 것이 눈부시게 아름답기만 했다. 그러다가 여섯 살 나던 겨울 어느 날, 저녁밥을 먹다가 덜컥 숨이 끊어져 황천길을 헤매다가 다음날 새벽 북망산 가기 직전에 되살아난 기이한 체험을 나는 갖고 있다.

그때만 해도 서울 변두리의 의사가 없는 시골인지라 동네에 살던 침구사가 부랴부랴 달려왔지만, 이미 황천문을 넘어섰다며 침 한 대도 놓아주지 않고 그냥 돌아갔다고 한다.

그러자 어머니는 숨이 끊어져 싸늘해진 나를 따뜻한 물로 목욕시키고 새 옷으로 갈아입혀 당신의 잠자리에 눕혀 놓았다고 한다.

그러고는 한겨울 찬물을 길어다가 부엌에서 목욕을 한 어머니는 이내 〈먼 길〉 가는 내 앞에서 『반야심경』을 독경하셨다고 한다.

잠시 잠깐도 쉼 없이 날밤을 꼬박 새우며……

다음날 새벽 일찌감치 죽은 나를 산으로 내다 버리려는 순간!

마치 한숨 푹 잘 잔 것처럼 생생생생 되살아났다는 것이다.

나는 그때나 지금이나 어머니의 장장 여덟 시간에 걸친 『반야심경』 독경 덕분에 죽었던 내가 되살아났다고 굳게 믿고 있다.

그로부터 지금까지 나는 오십 년을 줄곧 덤으로 사는 인생이라 만나는 사람마다 반갑고 하는 일마다 감사하고 천지자연 우주 삼라만상에 감동할 뿐이다.

죽었다 살아난 며칠 후 어머니 손에 이끌려 따라간 절에서 큰 법당에 참배하며 바라본 부처님 눈매가 어찌 그리도 선연하던지……. 불공드리며 염불하시던 스님의 낭랑한 독경소리에 자지러지게 빠져들었던 그 감동을 나는 지금도 잊을 수가 없다.

그날 스님 앞에서 무릎 꿇고 배운 『반야심경』을 나는 지금까지 단 하루도 빼놓지 않고 수련해오고 있다.

그러던 중 20여 년 전 어느 날, 나는 추사 김정희 선생의 웅혼한 필력이 살아 숨쉬는 『추사체 반야심경』과 인연을 맺으면서 『반야심경』의 심오한 경지를 깨닫게 되었다.

기도와 사색, 명상과 참선을 통하여 이제 그 깨달음을 〈반야심경 수련 5대 비결〉로 체계화하여 108가지 성공법을 세상에 내놓는 바이다.

다음의 다섯 가지 『반야심경』 수련 방법이 그대를 사랑과 행복 그리고 성공의 주인공이 되어 「부자(富者)」가 아닌 「부자(富子)」로 사주팔자 바꿔줄 것이다.

· 독경(讀經) : 입으로 소리를 내서 『반야심경』을 읽는다.
· 견경(見經) : 『반야심경』의 문자를 눈으로 바라본다.
· 사경(寫經) : 『반야심경』의 문자를 손으로 베껴 쓴다.
· 묵독경(默讀經) : 『반야심경』을 소리 내지 않고 속으로만 읽는다. 불가(佛家)에서는 묵독경을 간경(看經)이라고도 한다. 이 책에서는 소리 내지 않고 속으로 읽는 것을 더욱 강조하기 위해서 묵독경으로 표현하기로 한다.
· 문경(聞經) : 『반야심경』을 귀로 듣는다.

다섯 가지 모두를 하지 않아도 괜찮다. 인연 따라 기운 따라 마음 끌리는 대로 평소에 습관이 되도록 반복하는 것이 중요하다.

5대 비결을 100일 동안 지극정성을 들여 수련하면 그대에게는 놀라울 정도로 대운(大運)이 다가오면서 어떠한 소망이라도 반드시 실현하게 된다. 그만한 신비로운 힘이 『반야심경』 수련에는 있는 것이다.

인간의 잠재의식은 흔히 빙산에 비유된다. 즉, 우리의 평소의 의식은 빙산의 일각에 지나지 않는다. 나머지 대부분은 수면 아래에 있는 거대한 얼음덩이와 같은 존재가 잠재의식이다. 잠재의식을 작동시키면 반드시 성공한다는 절대적 진리를 그 누가 모르는 사람이 있을까만 과연 어떻게 실천해야 할 것인가?

〈반야심경 수련 5대 비결〉이 그 해답의 실마리를 찾아줄 것이다.

새삼 강조하노니 종교나 연령, 직업에 상관없이 사랑과 행복 그리고 성공의 주인공이 되어 「부자(富者)」가 아닌 「부자(富子)」로 사주팔자 바꾸고자 하는 기본에 충실한 아름다운 사람들을 이 책의 독자로 초대한다.

　　아울러 맥주 세 병에 안주 한 접시가 기본이 아니라 이 책에 인연 닿은 그대 아름다운 사람아! 주변의 아끼고 돕고 이끌어주고 싶은 사람 최소한 열 명에게 이 책을 소개하고 또 그들에게도 역시 마찬가지로 요구하는 것이 바로 독자가 된 그대의 기본이라고 강조하는 바이다. 희망이 있는 사람에게는 실천이 있을 뿐이다.

　　인생살이에서 관계를 맺게 되는 나 자신 이외의 모든 사람들인 인생 고객들과 더불어 존재하는 모든 것들에게 고맙고 또 감사드릴 뿐이다.

　　새삼 무엇을 더 이르리오마는 언어와 문자를 초월한 기운으로 큰 깨달음을 일구어주시는 천지대법계 민족도량 삼신당 정심사 원락행 큰스님께 오체투지로 예를 올린다.

　　특히 그 크기와 깊이를 도무지 가늠할 수 없는 채 도반이 되어 한량없는 도담과 법문을 주고받는, 특수하되 특별나지 않은 천성 법사님께 심심한 사의를 표하는 바이다.

　　나무마하반야바라밀(南無摩訶般若波羅蜜)!

　　　개천9208년 불기2553년 서기2009년 새롭게 태어난 날에

　　　　　무주거사(無住居士) 황태호(黃太昊) 합장

c · o · n · t · e · n · t · s

마하반야바라밀다심경
摩訶般若波羅蜜多心經

관자재보살 행심반야바라밀다시 조견오온개공 도일체고액 사리자
觀自在菩薩 行深般若波羅蜜多時 照見五蘊皆空 度一切苦厄 舍利子

색불이공 공불이색 색즉시공 공즉시색 수상행식 역부여시 사리자
色不異空 空不異色 色卽是空 空卽是色 受想行識 亦復如是 舍利子

시제법공상 불생불멸 불구부정 부증불감 시고 공중무색 무수상행식
是諸法空相 不生不滅 不垢不淨 不增不減 是故 空中無色 無受想行識

무안이비설신의 무색성향미촉법 무안계 내지 무의식계 무무명 역무
無眼耳鼻舌身意 無色聲香味觸法 無眼界 乃至 無意識界 無無明 亦無

무명진 내지 무노사 역무노사진 무고집멸도 무지역무득 이무소득고
無明盡 乃至 無老死 亦無老死盡 無苦集滅道 無智亦無得 以無所得故

보리살타 의반야바라밀다 고심무가애무가애고 무유공포 원리전도몽상
菩提薩埵 依般若波羅蜜多 故心無罣碍無罣碍故 無有恐怖 遠離顚倒夢想

구경열반 삼세제불 의반야바라밀다 고득아뇩다라삼먁삼보리 고지
究竟涅槃 三世諸佛 依般若波羅蜜多 故得阿耨多羅三藐三菩提 故知

반야바라밀다 시대신주 시대명주 시무상주 시무등등주 능제일체고
般若波羅蜜多 是大神呪 是大明呪 是無上呪 是無等等呪 能除一切苦

진실불허 고설반야바라밀다 주 즉설주왈
眞實不虛 故說般若波羅蜜多 呪 卽說呪曰

아제 아제 바라아제 바라승아제 모지사바하
揭諦 揭諦 波羅揭諦 波羅僧揭諦 菩提娑婆訶

부귀군자 그대가 그대를 그대로

내 인생에서 가장 행복한 날은 언제인가? 바로 오늘이다.
내 인생에서 가장 절정의 날은 언제인가? 바로 오늘이다.
내 인생에서 가장 소중한 날은 언제인가? 바로 오늘이다.
어제는 지나버린 오늘이요, 내일은 다가오는 오늘이요, 오늘은 지금 여기 오늘이다.

사찰의 산문에 들어서다 보면 다음과 같은 글귀가 쓰여 있는 것을 흔히 볼 수 있다.

"도차문래(到此門來) 막존지해(莫存知解) : 이 문을 들어서는 사람은 지금까지의 모든 세상살이 알음알음이나 분별의식을 떨쳐 버리시오."

작가의 본연적 임무는 누구나 말할 수 있는 것을 말하는 것이 아니라 아무도 말할 수 없으면서 누구라도 공감할 수 있는 자기만의 것을 말하는 것이리라.

우주의 심연에는 온전한 형태로 쓰여진 정말 자신이 쓰고 싶고 써야만 하고 쓸 수 있는 '이야기'가 누구에게나 있다.
소망의 언어(Aspirational Language)와 심금을 울리는 연설(Moving

Speech)로 교직된 스토리 텔링(Story Telling)이 당대의 화두(話頭)이 듯이 세상살이는 모두 '이야기'의 문제다. 삶의 크고 작은 토막들을 뭉뚱그려 일컬으면서 가장 많이 그리고 가장 긴요하게 주고받는 '말의 말'이 바로 '이야기'이다. 결국 세상살이는 모두 '이야기'의 문제라고 할 수 있겠다.

우리는 두 가지 '이야기' 속에서 살아가고 있다.

지금까지 있어온 '옛 이야기(Old Story)'는 이 세상이 어떻게 이루어졌으며 우리가 그 속에서 어떻게 살아왔는지를 설명해준다. 그러나 사람들은 이제 그것이 더 이상 효험이 없다는 것을 뻔히 알면서도 거기에서 헤어나지 못한 채로 그냥저냥 살아가고 있다. 아름답고 멋진 '새 이야기(New Story)'를 갈망하면서…….

돌과 나무로 된 우상을 섬기던 원시인들과는 달리 살과 뼈로 된 우상을 섬기는 현대인들에게는 기존 인식의 한계를 뛰어넘는 '새 이야기'가 절실히 필요해진다. 어디에나 존재하건만 어디서도 보기 힘든 새로운 것을 친숙하게 만들고, 자칫 진부해지기 쉬운 친숙한 것을 새롭게 만드는 '새 이야기'가 지금부터 여기에서 펼쳐진다.

세상엔 갖가지 종교나 신앙이 사람의 머리수만큼이나 많다고들 하지만 우리 사회뿐만 아니라 지구촌 전체의 대세를 이루는 최대 종교는 '돈'이라는 말이 있다.

돈을 위해서라면 물불을 가리지 않고 몸도 마음도 모두 다 바쳐서 구하려고 하는 중생들을 보면 「돈종교」의 힘이 과연 세긴 세구나 하는 생각이 들기도 한다.

지금 많은 사람들이 국가안보나 남북통일, 세계경제의 그늘 등 거대한 추상적 담론보다는 당장 처마 밑의 먹거리와 자녀교육이 걱정이다. 유해식품의 공포에서 벗어나 안전한 식품 좀 편하게 먹고 교육 좀 제대로 시켰으면 하는 것이 무릇 사람들의 소망인 것이다.

이러한 원초적인 기본욕구마저 해결하기 어려운 시대상황이 연출되다 보니 궁지에 몰린 사람들에게는 헛것이 보이게 마련이다. 도무지 통제 불가능한 상황에 처하게 되다 보면 어떤 궁리를 써서라도 자신을 합리화하고자 음모론을 꾸며대면서 앞뒤 맞지 않는 얼토당토않은 억지주장의 변명을 늘어놓기에 급급해 하기도 한다.

말은 그럴싸하게 잘들 하지만 극단적 이기심의 발로로 ‘나’ 자신만을 위해서 살아가고 있는 것이 오늘날 우리의 슬픈 자화상이다. 그러면서도 역설적으로 점점 더 ‘나’ 자신을 잊어가고 있는 것이 우리의 숨길 수 없는 현실임을 고백하지 않을 수 없다.

바쁘게 살아가는 가운데 가끔씩은 하늘을 우러러보며 두둥실 떠가는 구름 위에 큰 숨을 실어 보낼 법도 하건만.

관조(觀照)란 한 걸음 물러서서 자신의 진정한 모습을 바라보는 일이다.

그런데 흔히 사람들은 정작 중요한 자기 자신을 잊은 채 남편을, 부인을, 자녀를, 친구를, 주변 사람들을 시비하면서 그들의 마음을 닦아주지 못해 안달하기가 일쑤이다. 그렇지만 사실은 자기 마음자리를 들여다보고 그 원인만 밝혀내면 문제는 다 해결되는 것임에도 왜 자꾸 제 마음경계 바깥을 기웃거리며 남의 허물을 탓하려고 드는 것일까?

맹자의 제자인 공손추가 어느 날 스승에게 물었다.

“남의 탓을 하지 않고 마음이 동요되지 않는 방법이 있습니까?”

“나는 호연지기(浩然之氣)를 기르고 있다.”

"무엇을 일러 호연지기라 합니까?"

"말로 설명하기는 어려운 바이지만 굳이 이야기하자면 이렇다. 그 기운은 몹시 크고 굳센 것으로 그것을 올곧게 기른다면 하늘과 땅 사이에 가득 차게 된다. 그 기운은 정의와 도에 맞는 이치인데 이 기운이 없으면 굶주리게 된다. 이 기운은 안에 있는 옳음이 모여서 생겨나는 것으로 밖에서 옳음이 들어와 취해지는 것이 아니다."

그런즉슨 호연지기란 천지간에 가득 찬 크고 넓은 정기, 곧 무엇에도 구애받지 않는 자유자재하고도 유연한 기운이라고 할 수 있겠다.

'호연지기를 길러 한 번 라운드에 만리장성을 쌓는다'는 골프장에는 아이러니하게도 골프가 뜻대로 잘 안 되는 367가지 변명거리가 있다고 한다.

"엊저녁에 과음을 했더니……."

"새로 아이언을 바꿨더니……."

"캐디가 못 생겨서……."

"갑자기 감기 기운이 있어서……."

필드에서 1년 365일 변명거리를 다 늘어놓고 나면 366번째 변명이 "오늘은 이상하게 안 되네"이고 마지막 변명이 "나는 너하고만 치면 안 돼"라고 한다.

남 탓하기 좋아하는 사람을 상학(相學)에선 자승자박 자업자득상이라고 한다. 남의 구설수에 자주 오르내리고 일이 될 듯 말 듯하면서 하는 일마다 꼬이기 십상인 것이다.

타인의 마음은 내가 닦아주지 못하는 법이니 오직 내 마음 내가 닦을 뿐이다.

스스로 생각하는 옳음을 부정하자는 건 아니지만 그것으로 타인을 걸고 넘어가지는 말았으면 좋겠다. 자신의 생각이 남들에게도

모두 옳은 것은 아니다. 설사 옳다 하더라도 그건 자신의 정도에서
만 옳을 뿐인 것이다.

종이컵을 식탁 위에 놓고 옆에서 보면 사다리꼴이지만 위에서 보
면 원형이다. 바다에서 보면 육지도 섬으로 보인다. 남의 것은 나쁘
고 내 것만 좋다고 하지 말자. 그것은 그것대로 좋고 내 것은 내 것
대로 좋은 것이다.

많이 생각하는 것과 깊이 생각하는 것.
생각이라고 해서 다 같은 생각이 아니다.
많이 생각하는 것과 깊이 생각하는 것은 매우 다르다.
생각이 많다 보면 번민에 빠지기 쉽다.
깊이 생각하는 것은 성찰(省察)을 의미한다.
삶과 사건 속에서 의미를 찾는 것이다.
비로소 지루할 수도 있고 감사할 수도 있다.
사람은 깊이 생각할 때 감사할 수 있는 것이고, 깨달음이 깊을수
록 감사도 깊어지는 법이다. 불평하면 불평할수록 불평할 일이 생
겨나고, 감사하면 감사할수록 감사할 일이 생겨나는 법이다.

나는 일찍이 동서고금의 성공학이란 성공학은 거의 다 섭렵했다
고 감히 자부한다.
이에 지난 오십 년간의 『반야심경』 수련의 회향 기념으로 이 책을
내면서 그동안 미진했던 성공의 정의를 이제 세상에 당당하게 드러
내기에 이르렀다.
"무릇 성공(成功 Success)이란 하고 싶은 일을 하고, 해야만 하는
일을 하고, 할 수 있는 일을 하면서 주관적 만족을 얻고 객관적 인

정을 받는다. 그리하여 물질적 풍요함인 부(富)와 정신적 고결함인 귀(貴)를 함께 누리는 「부귀군자(富貴君子 Goldberg)」, 약칭 「부자(富子)」로 사주팔자 바꾼다.”

돈만 많고 시답잖은 인간인 '놈 자(者)' 자의 「부자(富者)」가 아니라, 돈도 많고 덕(德)으로 만인의 존경을 받는 분이라는 뜻의 「부자(富子)」인 것이다. 즉 「노자(老子)」, 「장자(莊子)」, 「공자(孔子)」, 「맹자(孟子)」 할 때의 「자(子)」인 것이다.

「부자(富者)」에서 「부자(富子)」로의 패러다임 전환(Paradigm Shifting)은 세상에 유례가 없는 천지개벽하고 경천동지하는 빅뱅(Big Bang)인 것이다.

불행을 행복으로, 실패를 성공으로, 빈자(貧者)가 부자(富子)로 사주팔자 바꾸는 것보다 더한 도덕적 실천률은 없는 법이다.

『반야심경』의 상세풀이라 할 수 있는 「화엄경」에 보면 선재동자(善財童子)가 53선지식(善知識)을 차례로 만나 깨달음에 이르는 과정 중에 무승군이란 인물이 나온다.

그는 고향을 배반하고 전쟁에 소용되는 군수물자를 팔아 자신이 살고 있던 코사라제국도 살 수 있을 만큼의 막대한 재산을 축적했다. 그러면서도 친삼촌이 병들어 죽어 가는데 약 한 봉지 값도 내주지 않은 무지막지한 구두쇠 「부자(富者)」였던 것이다.

어린 시절 의형제를 맺었다가 무승군이 배신한 사다함의 아들이 자객이 되어 그를 죽이고자 하다가 붙들려 처형장으로 끌려가게 되었다. 그런데 그 젊은이는 오히려 처형하려던 병사들을 이끌고 탈출해버린 채 무시로 무승군의 꿈에 나타나 그의 목에 칼을 박는 것이었다.

대오각성한 무승군은 그때까지의 삶을 버리고 거지와 가난한 사람, 심지어 불가촉천민들에게까지 먹거리를 주고 살 집을 마련해주었다. 젊은 날 배신했던 고향을 위해서도 많은 토지와 선물을 베풀면서 마음을 닦다가 부처님을 만나 『반야심경』 수련을 하면서 더욱 큰 부(富)와 귀(貴)를 얻는 부자(富子)가 되었다.

다수의 사람들은 귀(貴)를 버리고 부(富)만을 추구하거나 소수의 수행자들은 부(富)를 버리고 귀(貴)를 구하는 것은 예나 지금이나 마찬가지지만, 무승군은 부과 귀를 함께 얻어 재물의 장자이자 불법의 장자라고 해서 그를 「쌍장로(雙長老)」라고 불렀다. 2500년 전의 무승군 「쌍장로」와 「선재동자(善財童子)」의 새로운 의미가 오늘 이 땅의 우리 모두의 성공모델인 「부자(富子)」로 새롭게 태어났으니, 「부귀군자 대한민국 富貴君子 大韓民國 Goldberg Corea」의 경사 중의 경사라고 천지간에 고하는 바이다.

칠흑같이 어두운 신새벽에 떠오르는 태양을 기꺼이 맞이하려는 우리는 지금까지 살아온 날들도 소중하지만 앞으로 살아갈 날들이 더욱 소중한 삶이기에 죽었으면 죽었지 지금은 결코 죽을 수가 없는 것이다.

남이야 미운 짓을 하건 말건 나는 내 길을 가야 할 뿐이다.

무소의 뿔처럼 혼자서 가라.

우리 자신을 송두리째 바꾸는 일 없이 주변 사람들이나 바깥세상을 바꿀 수는 없는 것이다. 지금 많은 사람들이 변화해야만 살아남을 수 있다는 변화강박증에 빠져 속절없이 헤매고 있는 형국이지만 여기에서 세계 최초로 제시하는 「변화(變化)」의 3차원(三次元)을 통째로 깨달아야만 비로소 「부자(富子)」로 사주팔자 바꾸게 되는 것이다.

첫째는 외형적 변화인 「변형(變形)」을 들 수 있다.

옷을 갈아입거나 머리 스타일을 바꾸는 것 또는 직장이나 직업을 바꾸는 것, 즉 「몸나」를 바꾸는 것을 변형이라고 할 수 있다.

대기업에서 주인의식 없이 상사의 눈치나 보면서 부잣집 머슴살이 하듯이 일하던 사람이 자의반 타의반 밀려나 업종을 바꿔 세탁소를 하는 것도 그 예이다.

남경루에서 자장면을 배달하던 사람이 북경각으로 옮겨서 같은 일을 하는 것도 변형이다.

이는 비록 외형적 수준에 머무는 것이기는 하지만 이러한 변형에는 나름대로의 유익함이 있다. 한 직장에서 일하고 있을 때의 나태함과 지루함에서 벗어나 새로운 각오를 다지는 계기가 될 수도 있다.

그렇지만 이러한 외형적 변화인 변형은 진정한 변화가 될 수 없다. 내면적인 변화가 수반되지 않는 한 시간이 흐르고 나면 여전히 예전과 비슷한 상태로 되돌아가기 쉽기 때문이다.

지금 미래에 대한 불안감과 장밋빛 환상이 교차하면서 새로운 일자리를 찾으려는 사람들이 부지기수로 늘어나고 있다. 하지만 그러한 변화를 시도하기 이전에 심기일전하여 현재 하고 있는 일에서 자그마한 성공이라도 일구고 새로운 변화에 도전하는 사람에게만 하늘의 축복이 있게 되는 것이다.

집에서 새는 바가지는 나가서도 샐 수 있기 때문이다.

좋은 책을 읽거나 명교수의 명강의를 듣고 딸딸 외우다시피 입으로 내뱉는 레퍼토리만 더욱 그럴싸하게 바뀌는 것도 구업(口業)을 짓는 부정적 의미의 변형이라고 할 수 있겠다.

목욕탕의 때밀이 대부분이 "언젠가는 이 일을 그만두겠다"라고 입버릇처럼 되뇐다.

그렇지만 "언젠가는 이 세상 최고의 때밀이가 되겠다"라는 각오를 가지고 자신의 자리에서 최선을 다하여 불과 10여 년 만에 오늘날 대형 스파 10여 곳과 직원 30여 명의 부동산개발회사 사장이 된 사람도 있다.

둘째는 태도의 변화인 「변성(變性)」을 들 수 있다.

직장을 옮기든 안 옮기든 업종을 바꾸든 안 바꾸든 상관없이 내면적 생각과 마음가짐 등 「맘나」 즉, 성품을 바꾸는 것이다.

10년 동안 볼트와 너트를 깎던 사람이 지루하다고 운전기사가 되는 것이 아니라 자신의 업무품질을 높여 경영혁신에 사운(社運)을 걸고 의식혁명에 운명(運命)을 거는 「6시그마운동」에 몰입하는 것도 변성이다.

고객의 사소한 부주의나 결례에 대해서 툭하면 신경질을 부리던 사람이 '웃으면 행복하고 웃기면 성공한다' 라는 제목의 강의를 듣고 푸근한 마음씨의 스마일을 생활화하는 것도 변성인 것이다. 돈이 돈을 번다지만 그것은 은행에 목돈이 들어 있을 때의 말씀이고 사업으로 큰돈을 벌어 멋지게 쓰는 「부자(富子)」가 되려면 바로 웃음으로 종잣돈을 삼아야 하는 것이다. 웃는 돼지머리는 그렇지 않은 것보다 1~2천 원의 웃돈이 붙기 십상이다.

상대방에게는 말할 틈도 주지 않고 쉴 새 없이 제 자랑만 속사포처럼 쏘아대던 사람이 1분간 말하고 2분간 들어주면서 3회 이상 맞장구쳐주라는 「1·2·3화법(話法)」의 가르침에 따르게 되는 것 역시 변성이라고 하겠다.

그 사람은 하느님께서 인간에게 하나의 입과 두 개의 귀를 주신 진리에 따름이니 '날이면 날마다 좋은 날(일일시호일:日日是好日)' 인 것이다. 주어진 일뿐만 아니라 솔선수범해서 일거리를 찾아 만들어 내는 변화주도자들의 공업(共業)에 더불어 우리 사회의 성장발전은 가능해지는 것이다.

셋째는 근원적이고 궁극적인 변화로, 자신의 존재와 가치관 나아가 영혼인 「얼나」에 대한 탈바꿈을 하는 「변역(變易)」을 들 수 있다.

이는 자신의 삶을 통해 진정으로 추구해야 할 가치와 인생사명(人生使命)을 깨달을 때라야 비로소 가능해지는 변화인 것이다.

부정한 재물과 음탕한 섹스와 허황된 명예와 사악한 권력을 추구하던 사람이 인연법에 따라 하느님 나라의 한빛에 안겨 섬김과 나눔의 삶을 실천하는 것이 변역이다.

하느님의 형상대로 지음을 받아 스스로 무한한 잠재가능성을 가진 존재, 다른 말로 우리 모두는 불성(佛性)을 가진 잠재적 절대존재라는 것을 인식하고 기쁨세상 보람마당의 「부귀군자 대한민국」의 건설에 일로매진하는 것이다.

평생을 전국구 조폭으로 악명을 떨치던 사람이 나이 70이 넘어 참다운 성직자가 되어 자신의 전 재산을 바쳐 청소년 선도 사업에 몰입하는 것이나, 탐관오리로 퇴출위기에 몰렸던 사람이 환골탈태하여 청백리의 반열에 오르는 것 역시 변역의 훌륭한 예이다.

진정한 변화는 줏대도 잣대도 없이 시류를 잘 타는 변덕쟁이나 기회주의자가 되는 것이 결코 아니다.

시대나 상황에 상관없이 영원히 바뀌지 않는, 즉 영항불역(永恒不易)하는 진리를 바탕으로 하여 시간·공간·인간의 3간(三間)을 잘 맞추면서 상황에 걸맞게 적절한 융통성을 발휘하는 수시유행(隨時流行)의 삶이야말로 「부자(富子)」로 사주팔자 바꾸는 축복받는 길인 것이다.

그러니 「부자(富子)」 그들은 오색 찬연한 한빛을 발하면서 세상을 밝게 하고 깊은 곳에서 드러나는 향 내음이 천지를 진동하면서 세상을 맑고 향기롭게 정화하는 것이다.

과거 : 현재 : 미래

조화주(造化主) 법신불(法身佛) : 교화주(敎化主) 보신불(報身佛) : 치화주(治化主) 화신불(化身佛)

삼신상제(三神上帝) : 부자지존(富子至尊) : 한빛하느님!

당신의 길을 따라 걷습니다.

당신의 길을 따라 걷는 그대가 그대를 그대로 「부자(富子)」로 사주팔자 바꾸게 되니 끊임없이 기뻐하고 쉼 없이 기도하며 범사에 감사드릴 뿐이옵니다.

1
보는 것만으로도
무엇이든지 손에 들어온다

❧

우리가 사물을 보면 그것이 감각자료가 되어 두뇌에 영상화된다. 이 영상화된 〈이미지〉가 잠재의식의 활용에 중요하다. 두뇌 속의 스크린에 확실히 이미지화되면 잠재의식이 작동하여 반드시 현실화되는 것이다. 이것은 무릇 성공학 연구가들 간에 보편화되어 있는 상식적 진리이다.

『반야심경』을 〈보는〉 것은 이 잠재의식의 활용과 어떠한 관계가 있는 것일까?

〈견경(見經)〉이란 한 자 한 구절씩을 읽는 것이 아니고 전체를 한 묶으로 바라보는 것이다.

집 안에 걸린 액자는 물론이요 축소판으로 된 『반야심경』의 전문(全文)을 가지고 다니다 수시로 틈을 내어 단순히 바라보는 것이다. 그때에 그대가 바라고 원하는 것이 이루어진 현실적 경지를 함께 떠올리는 것이다. 소망하는 상황만을 이미지화하기보다는 『반야심경』의 전문을 바라보면서 이미지화하면 효과가 배로 되는 것이다.

물론 『반야심경』을 바라보는 것만으로도 좋다. 벽에 걸어놓고 아침 출근 전에 30초 정도 쳐다보는 것도 좋다. 그날은 놀라운 날이 된다.

당장 실천해보기 바란다.

〈취업〉, 〈합격〉, 〈필승〉, 〈목표달성〉 등과 같은 것을 종이에 써서 벽에 붙여놓고 보는 것과 유사한 논리이다. 확실히 실제로 해보면 알겠지만 사람들은 문자로 작성되어 있으면 무심결에 읽어버리려는 경향이 있다.

글자를 따라서 읽는 것이 아니라 통째로 문자를 바라본다는 것은 별로 쉽지 않은 일이지만 『반야심경』 270자를 바라볼 수가 있게 되면 그대는 집중력을 발휘하고 있는 것이다. 『반야심경』을 바라보는 것은 소망의 실현에 추가해서 집중력의 개발도 되는 것이다.

'정신일도 하사불성(精神一到 何事不成)'이란 말이 있듯이 '정신집중 만사형통(精神集中 萬事亨通)'이고 '정신산란 만사불성(精神散亂 萬事不成)'인 것이다.

세상살이가 어려워진다고 한눈팔고 딴청 팔고 정신 파는 사람들이 늘어나고 있다. 놀 때 잘 놀고, 쉴 때 잘 쉬고, 일할 때 잘 일하고, 한마디로 '집중하여 할 때 제대로 하자!'

이에 비로소 「부자(富子)」로 사주팔자 바꾸게 되는 것이다.

요컨데 견경(見經)은 원하는 바 소망을 달성하기 위한 패스포트(Passport)인 것이다.

보는 대로 이루어진다!

2

소리를 내어 읽으면 놀라운 운이 들어온다

"마하반야바라밀다심경(摩訶般若波羅蜜多心經)……."

큰 소리로 읽어보라. 기분이 좋아진다. 단전(丹田)으로부터 뜨거운 삶의 의욕이 용솟음치게 된다. 그렇게 반복해 가다 보면 드디어 소망이 실현된다.

"저것을 갖고 싶다"라고 소리를 내다보면 막연히 머릿속으로만 생각하는 것보다 훨씬 빨리 손에 들어온다.

"나는 운이 좋아"라고 말하면 아무 것도 말하지 않는 것보다 훨씬 큰 기운이 다가온다.

본디 언어에는 세 가지 놀라운 힘이 있다.

첫째가 〈각인력(刻印力)〉으로 뇌세포의 98퍼센트가 두뇌에 새겨지는 언어의 지배를 받는다는 연구도 있다.

둘째가 〈견인력(牽引力)〉으로 말하는 것이 두뇌에 각인되고 이어서 동기를 유발하여 행동을 이끌어내게 되는 것이다.

셋째가 〈성취력(成就力)〉으로 되풀이하여 말하고, 읽고, 보고, 듣고, 생각하는 동안에 말대로 이뤄지는 것이다.

'말이 씨앗 된다' 는 선인들의 가르침에 새삼 고개가 숙여질 뿐이니 우리의 〈마음밭(心田)〉을 잘 갈아서 좋은 씨앗을 뿌려야 하지 않겠는가!

『반야심경』을 소리 내어 읽으면 지금까지 생각하지도 못했던 놀라운 일이 일어난다. 『반야심경』 수련이 갖는 성취파동이 잠재의식을 활성화시키는 기능을 하는 것이다. 그 기적의 힘을 활용하지 않는 것은 인생에 대한 직무태만이라고 하겠다.

소리를 내어 읽어라.

그대는 이미 「부자(富子)」로 사주팔자 바꾸고 있다!

3
듣는 것만으로도 사주팔자 바꾸게 된다

❦

자신의 〈독경(讀經)〉을 녹음기에 녹음하여 여가가 있을 때마다 들으면 좋다. 한 번 들을 때마다 그대는 한 발짝씩 더 「부자(富子)」로 사주팔자 바꾸게 된다.

세계화 시대에 동양과 서양 그리고 전통과 현대의 지식과 지혜를 통합적으로 꿰뚫으면서 미래를 창조하는 21세기의 화두(話頭), 물질적 풍요함인 부(富)와 정신적 고결함인 귀(貴)를 함께 누리는 「부자(富子)」!

우리 자신과 우리의 후배와 자녀들이 세계 무대에서 당당히 뛸 수 있는 모델로 제시하는 이 「부자(富子)」는 바로 우리 조상님들의 가르침인 〈큰사람〉의 글로벌 버전(Global Version)인 것이다.

그 어떤 것에도 막힘과 걸림이 없이 뜻한 바 마음먹은 대로 아름답게 살아가는 큰사람인 「부자(富子)」로 사주팔자 바꾸고자 한다면, 스스로 말하기에 앞서서 남의 말을 듣고 그 앞서서 스스로의 소리를 들어보아야 한다.

생각은 하기 나름이고 마음은 먹기 나름이다. 긴장을 풀고 즐겁게 실시하면 그대의 잠재의식은 기꺼이 협력해준다. 그대의 성공은 틀림없다.

전철 속에서 카세트에 열중인 사람도 많다. 세계화 시대를 위한 어학 공부나 교양 강좌를 테이프로 듣고 있는 것이 보통이지만 거기에 더하여 『반야심경』도 듣는다면 더욱 바람직한 일이다.

혹시 그대가 자가운전자로서 자동차 속에서 테이프를 들을 수 있는 입장이라면 『반야심경』을 스스로 독경한 테이프를 듣기 바란다. 그것이 성공으로 이어지는 것이다.

화장실에서, 목욕탕에서, 걸어가면서 들어도 좋다. 장소나 시간에 제약이 없는 것은 〈반야심경 수련 5대 비결〉 모두가 마찬가지이다.

『반야심경』을 듣는 것만으로도 그대는 「부자(富子)」로 사주팔자 바꾸게 된다!

4

베껴 쓰기로
억만장자가 탄생한다

숫자를 1부터 1억까지 쓰자면 여간 부지런히 해도 보통 1년 남짓이 걸리게 된다. 1조까지 쓰자면 평생이 걸려도 어려운 일이다. 그렇게 큰 재물에 도전하는 억만장자가 되고 싶다면 지금 즉시 〈사경(寫經)〉을 시작하면 좋다.

다만 '억만장자가 되고 싶다' 라는 막연한 생각으로 글씨를 쓰면 의미가 없다. '나는 이미 억만장자이다' 라는 확고한 신념을 가지고 글씨를 써야만 효과는 절대적이다.

나아가 아무 것도 생각하지 않고 〈공(空)〉의 세계에서 글자를 쓰면 이는 더욱 비상한 힘을 준다.

습작 시절에 대작가의 문장을 〈베껴 쓰기〉를 계속하여 스스로도 일류작가가 된 사람은 부지기수로 많다. 그것은 천지자연 우주의 생명 에너지인 〈기(氣)〉를 복사함으로써 흡수하기 때문이다.

『반야심경』도 마찬가지이다. 베껴 쓰는 것만으로도 그대에게는 무한한 생명 에너지가 흡수된다. 그 에너지가 바로 억만장자의 원천이 되는 것이다. 부디 〈사경〉의 생활화로 억만장자가 되기 바란다.

그대는 이미 「부자(富子)」로 사주팔자 바꾸고 있다!

5
속으로 읽으면
의지력과 정신력이 강화된다

❧

"전철 속에서는 남에게 폐가 되니까 독경을 할 수 없다. 걸어가면서 〈사경〉은 할 수 없다"고 말하는 사람이 있다. 그러한 경우에 손쉽게 할 수 있는 것이 〈묵독경(默讀經)〉이다. 그대는 휴대용의 작은 크기로 쓰여 있는 『반야심경』을 묵독하면 된다.

한 가지 주의해야 할 점은 〈견경(見經)〉과 〈묵독경(默讀經)〉의 차이점이다. 견경이란 『반야심경』의 전문(全文)을 한꺼번에 통째로 훑어보는 것이다. 그에 비해서 묵독경은 한 자 한 자씩 읽는 것이다. 〈초속독(超速讀)〉과 〈초정독(超精讀)〉의 차이로 비유할 수 있다.

방송국에서 영상이나 음성을 전파로 보내줘도 전원이 연결되어야 비로소 보고 들을 수 있듯이 독서는 자신이 읽고자 하는 의지가 없으면 안 된다. 마찬가지로 〈묵독경〉도 『반야심경』을 읽고자 하는 의지력과 다른 유혹적인 요소를 참아내는 정신력이 없으면 읽을 수가 없다.

따라서 묵독경은 하고자 하는 의지력과 유혹을 참아내는 정신력을 강화시키는 기능을 하는 것이다.

의지력과 정신력을 강화하여 소망을 실현시키고자 한다면 〈묵독경〉을 실시하라. 그대는 의지력과 정신력이 강화되면서 「부자(富子)」로 사주팔자 바꾸게 된다!

6

높은 산, 넓은 들에서의 가르침

❧

아주 오래전 혈기 방장한 열혈청년으로 산사에서 수련 중이던 시절의 이야기이다.

모처럼 산사에서 내려와 서울에 왔던 어느 날 저녁 퇴근 무렵의 전철 속에서였다.

한껏 찌푸린 얼굴에 술이 잔뜩 취한 지저분한 차림의 노동자인 듯싶은 사람이 들어섰다. 그 사람은 비틀거리며 승객들을 위협하기 시작했다. 큰소리로 욕설을 퍼붓는가 하면 젖먹이를 업고 있던 어느 부인을 밀쳐서 좌석에 앉아 있던 노인의 무릎으로 넘어지게 하기도 했다. 그 주정뱅이는 허공을 쳐대며 계속 팔을 휘두르다가 갑자기 손잡이를 잡고는 외마디 소리와 함께 흔들어대기도 했다.

그 당시 밤잠조차도 거르며 한 시각도 흔들림 없이 불철주야 용맹정진으로 수행을 하던 나는 더할 나위 없이 좋은 천지음양기운을 갖추고 있었다. 누군가가 더 이상 다치거나 욕을 보기 전에 그 사람을 제압하는 것이 당면한 사명이라는 생각이 들었다.

그때 산사에 계신 스승님의 말씀이 떠올랐다.

"수련은 자기와의 싸움이다. 하늘에 우러러 한 점이라도 부끄러움이 있게 남과 다투어 싸운다면 그는 천지자연 우주법칙의 질서를 깨뜨리는 것이다. 상대방을 짓누르려 함은 이미 스스로 패한 것이다.”

실제로 나는 오래전에 스승님의 문하에 입문하면서 수련의 깨달음을 공격용이 아닌 평화와 방어용으로만 사용하기로 굳은 맹세를 드린 바 있었다.

왼손 주먹을 힘껏 쥐면 흥분이나 불안이 가라앉게 된다.

이제 나 자신의 실력을 본격적으로 시험해볼 실제적이고도 합법적인 기회가 눈앞에서 벌어지고 있는 것이었다.

잔뜩 움츠린 채 눈길을 외면하고 있는 승객들 사이로 내가 나섰다. 차분하면서도 신중한 자세와 또렷한 눈길로 다가서는 나에게 주정뱅이가 외마디 소리를 질러댔다.

“뭐야 인마! 쪼끄만 놈 맛 좀 볼래?”

주정뱅이가 더욱 씩씩거리며 나에게 달려들려는 찰나였다.

“여보게!”

매우 나지막하면서도 귀청이 떨어질 정도로 강렬하면서도 이상하리만치 맑고 밝은 음색이 깃든 소리가 차 안에 선연히 울려 퍼졌다. 그 외침은 친한 벗을 우연히 만났을 때나 들을 수 있는 그런 유쾌하면서도 듬직한 음색이었다.

주정뱅이가 놀라서 뒤를 돌아보니 그곳에는 자그마한 체구의 노인이 단정한 자세로 앉아 계셨다. 그 노인은 잔잔한 미소를 띠며 주정뱅이를 바라보면서 가벼운 손짓과 함께 다정한 소리로 불렀다.

“이리 와보게!”

감히 거역할 수 없는 위엄이 서린 차분한 목소리에 주정뱅이는 성큼 노인 쪽으로 다가서면서 금방이라도 주먹을 휘두를 듯한 자세로 대꾸했다.

“에이 또 뭐야. 나한테 뭐 할 얘기라도 있소?”

그동안 나는 주정뱅이가 더 이상 난폭한 행동을 취하면 언제라도 공격과 방어를 함께 취할 수 있는 최고 경지의 「줄탁동기(啐啄同機) 자세」를 취하고 있었다.

"무슨 술을 마셨는가?"

그 노인네는 여전히 따뜻한 눈길을 보내며 주정뱅이에게 물었다.

"쐬주 마셨다. 왜?"

주정뱅이는 으르렁거렸다.

"그거 좋지. 아무렴 좋고 말고……."

노인은 부드러운 음성으로 말을 이었다.

"여보게, 나도 소주 좋아하네. 우리 마누라가 지금 나이가 일흔셋 인데도 말이야, 매일 밤마다 함께 마시지. 이따금씩 마당에 나가 통나무로 엮어 만든 의자에 앉아서 고추장에 찍은 고추를 안주 삼아 마시기도 하지."

그 노인네는 계속해서 자기 집 뜰에 있는 감나무와 함께 술을 마시기도 한다는 이야기를 늘어놓았다.

노인의 이야기가 계속되는 동안에 어느덧 주정뱅이의 표정이 누그러지면서 움켜쥐었던 주먹도 서서히 풀어져나갔다.

"예, 저도 감나무를 좋아해요. 옛날에 우리 시골집에도 감나무가 있었어요……."

그의 목소리는 어느새 차분해져가고 있었다.

"그럼, 그렇지!"

노인은 한층 흥겨운 목소리로 맞장구를 쳤다.

"자네도 예쁜 색시가 있겠지?"

"아닙니다."

주정뱅이는 한숨을 내쉬며 대답했다.

"제 처는 도망갔어요……."

그는 흐느끼면서 부인과 집과 일자리를 잃게 된 과정과 자신이 어떻게 하다가 이렇게 부끄러운 꼴이 되었는지를 주절거리기 시작했다.

바로 그때 전철이 내가 내려야 할 역으로 진입하기 시작했다.

노인은 자기 옆의 빈자리로 주정뱅이를 불러 앉혀서 좀 더 자상하게 이야기를 나누고 있었다. 이내 주정뱅이가 노인의 무릎에 머리를 베고 눕는 모습을 보면서 나는 전철의 문턱을 넘어섰다.

그것은 이제 와서 높은 산, 넓은 들에서 생각해 보니 우리 시대 이름 모를 큰 스승님의 무언의 가르침이자 「반야심경 성공비결」의 주춧돌이 되었던 것이다.

7
공손하면
자연스레 오므라든다

⚜

어떤 못된 녀석이 집에 다녀가시는 제 할아버지를 길거리에서 만나 인사를 한다는 것이 참으로 가관이었다.

"잘 가거라."

당나귀가 영각을 하면 농악대가 꽹과리 두드려대는 것만큼 시끄럽건만, 귀가 절벽인 영감은 "저 당나귀가 왜 자꾸 하품을 하지?" 할 정도로 못 알아듣는지라 고얀 짓을 했던 것이다. 그런데 할아버지가 냅다 벼락호통을 치는 게 아닌가?

"요런 천하에 발칙한 놈 같으니라고. 할아비더러 '잘 가거라' 라니, '잘 가거라' 가 뭐야!"

"할아버지도 참, 제가 '안녕히 가십시오' 그랬지 언제 '잘 가거라' 그랬단 말이에요?"

"야 이놈아! '안녕히 가십시오' 그랬다면 말끝에 입이 오므라들었어야 할 텐데 네가 인사할 때는 입이 잔뜩 벌어졌단 말이다. 천하에 고얀 놈 같으니라고."

자고로 말이고 행동이고 오므라드는 것이 공손한 태도가 되는 법이다.

"저 좀 보시겠습니까?" "물 좀 주시겠어요?" 이러한 '좀' 에는 미

안하다는 뜻이 내포돼 있다. "이러하옵나이다" 이러한 극존칭에서
는 입이 최고로 오므라들게 된다.

두려움이 나서야 할 발길을 뒤로 물리게 한다면, 오만은 한 번 쉬
고 디뎌야 할 걸음을 단번에 옮기게끔 만든다.

만사 부자연스러움이 탈을 나게 만드는 법이다.

어찌된 일인지 잇달아 사고나 상처를 입는 사람이 있다.

잠재의식의 사고방식에서 그 사람의 평소 생각이 〈마이너스〉일
경우 마이너스의 현상이 일어나기 때문인 것이다. 생각의 원천이
중요한 것이다.

이것을 〈반야심경 성공비결〉의 깨달음으로 해설하면 그 사람이
〈마땅히 있어야 할 그대로〉의 천지자연의 법칙에 따르는 생활에서
일탈한 결과라고 하겠다.

석가모니 부처님은 태어나서 늙고 병들고 죽는 생로병사(生老病死)
는 피할 수 없는 것, 즉 〈당연한 것〉으로 받아들였다. 인간은 천지자
연의 흐름에 역행하는 생활을 하게 되면 꼭 재해를 당하게 된다.

구체적으로는 인간은 즐겁고 기쁨에 충실한 매일이 있는 것이 당
연한 모습이다. 불평, 불만, 권태, 스트레스 과다, 지나친 다이어트
로 자연의 흐름이나 당연한 모습을 한층 흩트림으로써 불균형의 상
태가 되어 몸과 마음의 건강을 잃는 사람들이 숱하게 많이 있다.

요새 세상 사람들이 제법 읊조리는 〈노자(老子)〉란 것은 렛 잇 비
(Let it be), 즉 〈있는 그대로〉의 〈무위자연(無爲自然)〉을 강조하는 것
에 다름 아닌 것이다.

이를 인정하지 않는 사람은 주어진 수명을 채우지 못하거나 몸과
마음을 망치는 것이다.

재해를 당한다고 하는 것은 생활 속 어딘가에 〈부자연스러움〉이 내재되어 있기 때문이다. 이는 기업현장의 산업재해도 마찬가지다.

〈있는 그대로의 자신〉을 억지로 꾸미고, 필요 이상으로 자기를 과시하고, 억지로 체중을 감량하거나 부자연스럽게 몸을 가꾸고, 약물에 과도하게 의존하는 등의 여러 가지 〈부자연스러움〉이 재해를 가져오게 하는 것이다. 이것이 〈반야심경 성공비결〉의 사고방식이다.

만약 자신의 생활 속에 부자연스러움을 조금이라도 가지고 있다면, 『반야심경』 수련으로 한시바삐 제거할 필요가 있다.

무재해 신기록 도전도 『반야심경』 수련으로 얼마든지 가능하다.

있는 그대로 자연스러워져라!

8
기억력이
놀라울 정도로 향상된다

지금 우리 사회에는 글깨나 읽고 말깨나 한다는 사람들이 부지기수이건만, 왠지 도깨비 씨나락 까먹는 소리인 듯한 느낌이 수시로 든다.

"쌀이 있으면 팥을 꾸어다 떡을 해먹겠는데 나무가 없다."

"종이가 있으면 꽁초라도 말아 피우겠는데 성냥이 없다."

물질적·육체적 「몸나」 차원에만 머물다 보니 이처럼 피상적이고 형이하학적인 현상이 만연하는 것이다. 이제야말로 정신적 차원인 「맘나」, 더 나아가 영혼적 차원인 「얼나」에 대한 본원적 성찰을 통해 새롭게 깨우쳐 새롭게 태어나야 할 때이다.

강남 큰길가에 상호가 읽기도 쓰기도 말하기도 듣기도 쉬운 「이리 오너라」라는 한정식집이 있다.

옛날에 행세하던 사람들이 대문 열라고 기세 있게 호령하는 말인 줄 모르는 사람이 없겠지만 그동안 정신세계가 얼마나 변했는지 많은 사람들이 엉뚱하게 받아들이곤 한다.

얼마 전 「인생은 즐거워라」가 상표인 양 늘 웃고 다니는 소정(素亭) 시인이 몇몇 선배님들을 그곳에서 점심대접을 해드리고자 했다.

그런데 막상 약속시간에 한 사람도 나타나지 않더라는 것이다.

한참이 지난 후에야 한 사람씩 나타나면서 하는 말이 「게 섰거라」를 찾아다녔다는 것이다.

음식점 주인은 손님이 "이리 오너라" 하고 부르면 "예, 어서 오십시오" 하고 반갑게 맞이할 의도였을 텐데 소정 시인의 선배님들은 주인장이 길손에게 "이리 오너라"라고 호령하는 줄로 알았던 모양이다.

아니, 오히려 호령도 모자라서 움직였다가는 곤장이라도 맞아야할 "게 섰거라"로 들렸나보다. 그랬기에 한 사람도 아닌 여러 명이 「게 섰거라」를 찾아다니느라고 고생했던 것 아닐까?

들을 때 듣고 말할 때 말하면서 집중하고 기억하는 게 아니라, 듣는 척하고 말하는 척하면서 딴 생각을 하다 보니 생각지 않은 엉뚱한 일이 발생하는 것이다.

그러면서 기껏 한다는 말이 "바빠서 그런가……" "일이 많아서 그런가……" "나이가 들어서 그런가……"라는 수식어를 붙이면서 "기억력이 예전 같지가 않아"라는 투로 자기합리화를 시키기에 급급해하는 서글픈 모습을 드러내곤 하는 것이다.

디지털 시대의 대뇌 생리학 연구에서는 오른쪽 뇌는 장기적이고 빨리 기억하는 뇌라고 한다. 그리고 왼쪽 뇌는 시간이 걸리고 빨리 잊어버린다고 한다.

즉, 오른쪽 뇌에 도상화(圖象化)되어 이미지화된 것은 오래도록 기억된다는 것이다. 그러한 점에서 『반야심경』은 문자이므로 왼쪽 뇌 편이다. 좌뇌는 논리와 분석에는 적합하다. 그러나 이 좌뇌적인 『반야심경』이라 하더라도 기억력의 향상에는 절대적인 힘을 발휘한다.

그것은 기억술에서의 〈반복 이론〉에 근거를 둔다.

예를 들어 사람의 이름을 기억하는 경우에는

· 집중
· 인상화
· 연상
· 반복이라는 과정을 통해 이루어진다.

사람의 이름을 기억하기 위해 집중하고, 자기 나름의 이미지를 만들고, 무엇인가를 연상시키면서 반복한다.

여기에서 인상화, 연상이라고 하는 것은 우뇌적이다.

즉, 그림이나 도표 등의 이미지는 우뇌와 관련되는 것이다. 사람의 얼굴로부터 동물을 생각해내든가 이름으로부터 물건을 연상해내는 것, 예를 들어 〈대석 : 大石〉에서 〈큰 돌〉, 〈이몽룡 : 李夢龍〉에서 〈꿈속의 용〉 등과 관련을 짓는 것은 전부 우뇌의 작용인 것이다.

집중, 인상화 그리고 연상으로 이어지는 〈반복〉, 이것이야말로 『반야심경』 수련과 연결된다.

대화 속에 사람의 이름을 포함시켜 반복하는 것이 이름 암기법의 골자이다.

"안녕하십니까? 자신이 실천하시는 것만 가르치시는 21세기의 양심! 유진봉 교수님." "반갑습니다! 김노마 박사님. 이번 평생학습 워크숍도 잘 지도해주시기를 부탁드립니다." "이벤트의 대가인 황규완 사장님께서는 특히 어느 것을 좋아하십니까?" 하는 식으로 〈반복〉하는 것이다.

자신의 이름은 자신이 가장 많이 반복하여 듣고 있기 때문에 그대의 두뇌가 존재하는 한 자신의 이름을 잊어버리는 일은 없을 것이다. 그것은 매일 〈반복〉해서 쓰고, 읽고, 듣고 있기 때문이다.

똑같은 논리를 〈반야심경 성공비결〉에서도 말할 수가 있다.

나는 사람이 타고나는 재능은 생애 초기의 5년이나 7년 안에 개발되는 것이라고 믿는 어설픈 신화를 단호하게 배격한다.

성인이 되고 난 이후에 탁월한 능력을 개발하는 사람들의 사례가 수백만 가지에 달하는 것만 보아도 이러한 신화는 명백하게 거짓이다.

어떤 아이들은 학습 속도가 다른 아이들보다 굉장히 빠르기 때문에 〈신동(神童)〉이라는 이름으로 신문의 머리기사를 장식하기도 한다. 그러나 인내심을 가지고 충분히 기다려준다면 누구라도 그만한 수준의 기능을 익힐 수 있는 것이다.

성공을 방해하는 요소는 "나는 할 수 없다(Icantism)"라는 부정적인 생각 때문이다. 이런 생각이 마음에 브레이크를 걸어 더 이상 움직일 수 없도록 만들어버리는 것이다.

무엇이든지 긍정적인 생각으로 반복하게 되면 몸에 배게 된다(Practice Makes Perfect).

『반야심경』 수련으로 그대는 기억력의 천재가 될 것이다.

9
운동경기의 신기록도 가능하다

연전에 바둑의 제왕을 가리는 기왕전 본선에서 조훈현 9단이 서둘러 점심 식사를 마치고 검토실에 들어가 무엇엔가 골똘하게 생각에 잠긴 적이 있었다.

그러다 느닷없이 "어이구 참! 미친놈이 따로 없지"라는 소리를 내뱉는 바람에 주변 사람들이 깜짝 놀랐던 적이 있다.

야구장에 가보면 삼진 아웃을 당한 선수들의 표정과 자세는 가지각색이다. 먼 하늘을 넋을 잃은 듯이 바라보다가 어깨를 축 늘어뜨리고 돌아서는 선수가 있는가 하면, 주심을 한껏 째려보는 선수, 방망이를 땅이 꺼지라는 듯이 힘껏 내리치는 선수, 뒤도 안 돌아보고 쏜살같이 덕아웃으로 달려가는 선수…….

그러나 그들에게는 한 가지 공통된 버릇이 있다. 무슨 말인지는 몰라도 혼자서 중얼거리는 것이다.

여기저기 구단에 강의를 갈 때마다 감독이나 코치들에게 그 연유를 물어보니 대개가 울분을 삭이려고 자기 자신에게 욕을 퍼붓는다는 것이다.

상대에게 당한 실책의 분풀이를 "멍청한 놈", "바보 같으니라구" 등 스스로에게 욕으로 푸는 경우가 유명 선수들의 대부분이라고 한다.

그렇다면 선수들이 시합 전에 『반야심경』을 읽고 경기를 하면 어떠한 결과가 나올 것인가? 시간이 단축되고 기록이 향상되는 놀라운 결과가 나온다.

실제의 예를 들어보는 것도 간단한 일이다. 누구든지 실천해보면 곧 깨닫게 된다. 그것이 실례(實例)이다. 거짓 없는 좋은 예이다.

한 가지 어려운 일은 가령 달리기 직전에는 270 문자를 전부 읽을 시간이 없다는 점이다. 그러한 경우는 어떻게 하면 좋을까?

『반야심경』의 전문을 작은 크기로 카피하여 간단하게 〈견경(見經)〉하는 방법이 있다. 단지 〈보는 것〉만으로도 좋아지는 것이다.

혹은 자신의 마음에 짚이는 부분만을 외치는 것도 생각할 수 있다.

〈무고집멸도(無苦集滅道)!〉
〈불생불멸(不生不滅)!〉
〈보리살타(菩提薩埵)!〉

큰 소리로 외쳐도 좋고, 나지막하게 그러나 분명하고 또렷한 말씨로 읊어도 좋다.

요는 『반야심경』의 세계 속에서 운동을 하면 된다.

경기의 기록이 반드시 향상된다!

10
판단하는 사람이 있을 뿐이다

우리가 살고 있는 세상에는 〈불구부정(不垢不淨)〉 즉, 깨끗한 것도 더러운 것도 없는 것이다.

『반야심경』에서는 "모든 사물은 객관적으로 존재하고 있는 것이다"라고 줄곧 말하고 있다.

같은 사물을 보고서도 더러운 것인지 깨끗한 것인지는 판단하는 쪽에서 제멋대로 결정할 뿐이다. 이는 비단 불구부정에만 한정되는 것이 아니라 모든 것에 관해서 적용할 수 있는 절대적 진리라고 할 수 있다.

"이 접시는 씻지 않았기 때문에 더럽다."

어떻게 그렇게 단정하여 말할 수 있는가? 그 판단의 결정적 기준이라도 있는 것인가?

"이 꽃은 진홍색으로 아름답다."

이 경우 아름답다는 것은 『반야심경』에서의 〈정(淨)〉과는 의미가 다르다. 그러나 본질에 있어서는 다를 바가 없는 것이다. 즉, 아름다운 것도 없고 보기 흉한 것도 없는 것이다. 다만 판단하는 〈사람〉이 있을 뿐.

"길거리에 떨어진 빵이니까 〈더럽다〉" "으리으리한 호텔의 멋진 접시에 모양새 있게 놓여 있으니까 〈깨끗하다〉" 따위의 판단은 쓸데없는 것이다.

간단한 실험을 해보자.

우선 그대의 입 속을 침으로 촉촉하게 적셔보라. 그리고 혀끝으로 침을 맛보면서 삼켜보라. 침은 부드럽고 촉촉하며 어떠한 거부감도 없이 자연스럽게 목으로 넘어갈 것이다. 입안에 침이 있는 것은 지극히 자연스러운 일이고 아울러 신체가 건강하다는 증거이기 때문에 기분 좋게 느낄 수 있을 것이다.

그러나 물이 담긴 종이컵이나 유리잔에 침을 약간 뱉은 다음에 그 물을 조금씩 마셔보라.

기분이 어떠한가?

여전히 부드럽다고 느껴지는가?

아마 대부분 더럽다고 느낄 것이다.

그런데 왜 더럽다는 생각이 드는 것일까?

조금 전까지만 해도 자신이 입 속에서 삼켰던 바로 그 침인데…… 불과 2초 전까지만 해도 그대는 그 침을 입안에 머금고 있었다.

여기서 우리는 어렸을 때 배운, 한번 뱉은 침은 불결하고 침을 뱉는 것은 잘못된 행위이며 일단 뱉어진 침은 건강에 나쁜 것이라는 문화적 규칙 때문에 뱉어냈던 침을 다시 삼키는 것은 비위 상하는 행동이라고 생각하게 되었다는 것을 알 수 있게 된다.

『반야심경』 수련은 정확한 판단력을 개발해 「부자(富子)」로 사주 팔자 바꾸게 해준다.

그렇다면 영화관 의자의 팔걸이는 과연 어느 쪽이 내 차지인가?

모든 사물은 나름대로 객관적으로 존재하는 것이다.

11
실천만이 우선이다

❧

어느 분야에서든지 마찬가지이지만 정보화시대의 병폐로 어설픈 전문가나 허황된 해설자들이 늘어나고 있다. 특히 헛된 정보투성이인 알량한 인터넷 자료의 짜깁기로 도사로 행세하는 도사병 환자들을 볼 때마다 연민의 정을 금할 수 없게 된다.

그대가 〈반야심경 성공비결〉의 위력을 맛보고 싶으면 반드시 〈실천자〉가 되어야 한다. 결코 전문가나 해설자가 되어서는 안 된다.

270자의 한 자 한 구절마다의 의미를 모두 다 알았다고 해도 그 힘이 몸에 배지는 않는다. 실행해 봄으로써 비로소 그 효과를 실감할 수 있게 된다. 가령 모든 의미를 이해했다고 하더라도 실천하지 않고서는 아무런 의의가 없는 것이다.

의미의 해석은 일단 제쳐놓고 우리는 우선 실천의 세계에서 성공해야만 한다. 조사하기보다는 읽을 것, 생각하기보다는 써볼 것, 『반야심경』은 몸과 마음의 실천인 것이다. 관세음보살님은 옛날에 『반야심경』을 실천하였기 때문에 공(空)의 세계를 깨달았고 모든 고액(苦厄)을 극복하였다.

현상에는 실체가 없기 때문에 현상일 수 있다. 현상은 무수한 원인과 조건에 의하여 시시각각으로 변화하는 것이다. 변화하지 않는 실체란 있을 수 없고, 아울러 변화하기 때문에 현상으로 나타나며, 우리는 그것을 존재로서 파악할 수 있는 것이다.

보살은 『반야심경』의 세계 그 자체이므로 무엇에 집착하거나 심중에 막히는 감정이 없다. 그러므로 공포나 망상은 일절 없고 평안 그 자체의 마음인 것이다.

시공을 초월한 모든 부처도 『반야심경』을 실천함으로써 깨달았던 것이다.

이 세상 최고의 진언(眞言)이자 천지자연의 원음(元音)이 여기에 있으니 그것이 바로 『반야심경』인 것이다.

그대는 『반야심경』의 실천자가 됨으로써 「부자(富子)」로 사주팔자 바꾸게 된다!

12
반복적 계속은
자기개발의 나침반

〈반야심경 수련〉을 습관화할 경우, 이는 세수를 하고 식사를 하는 것처럼 당연한 것이 된다. 즉, 일상생활과 일체화되는 것이다.

그렇게 하기 위한 효과적인 방법은 오직 반복에 있다. 반복적 계속은 평생학습시대 자기개발사회의 나침반이 되는 것이고, 이는 〈반야심경 성공비결〉에 관해서도 마찬가지이다.

아침에 잠에서 깨면 자연스럽게 『반야심경』이 입에서 나온다. 콧노래를 부르는 것처럼 가벼운 기분으로 즐겁게 흘러나온다. 걸어가면서, 전철 속에서, 공원의 벤치에 앉아서 『반야심경』을 머릿속으로 노래하는 〈묵독경(默讀經)〉을 실행하고 있는 그대, 밤에 잠자리에 들기 전에 지극히 자연스러우며 당연한 일로 합장하고 『반야심경』을 외우고 글씨를 쓴다. 『반야심경』의 생활화란 이러한 것을 말한다.

"『반야심경』을 읽어야 할 시간이다. 하고 싶지 않지만 하는 수 없지."

"오늘도 써야만 하는가, 귀찮은 일."

이런 식으로 억지로 마지못해 할 바에는 차라리 하지 않는 편이 낫다. 이는 세상만사 어떠한 일이든지 마찬가지인 것이다.

마음 속 깊은 곳으로부터 『반야심경』 수련을 하고 싶다는 생각으로 즐겁고 편안하게 하는 것이 요점이다.

반복해서 독경하고 있으면 기쁘게 된다.

반복해서 사경하고 있으면 즐겁게 된다.

매일 즐거움 속에서 『반야심경』을 생활화하는 것, 세수를 하는 것처럼 당연한 것으로 하고 있으면 성공은 틀림없이 당신을 찾아온다.

습관적으로 자연스럽게 하면 성공한다.

"계속은 힘이다"라고 하는 격언은 찰나적 변덕을 부리는 현대인들이 명심해야 할 사항이다.

특히 〈반야심경 성공비결〉에서는 최고의 핵심이라고 하여도 과언이 아닐 정도다. 『반야심경』과 인연 없음 → 수련의 고통스러움 → 즐거움 → 당연지사라고 하는 4단계를 거치면서 『반야심경』 수련의 달인(達人)이 되어 「부자(富子)」로 사주팔자 바꾸게 되는 것이다.

이는 『반야심경』 수련에서뿐만 아니라 어떠한 인간능력개발에서도 거치게 되는 필수통로인 것이다.

어디에도 무리가 없는 천지자연 그대로의 흐름을 체득하기 바란다!

13
거 고마운 일이군, 잘된다

❧

〈성인(聖人)〉이라고 불리는 석가모니나 예수 그리스도는 우리와
는 직접적 인연이 닿지 않는 특별한 존재일까?

〈반야심경 수련〉을 실천하면 그대가 바로 석가가 되고 그리스도
가 된다. 왜냐하면 그들도 행(行)의 세계를 통해서 성인(聖人)이 되었
기 때문이다.

어째서 석가는 태어나면서 일곱 발짝을 걷고서 "천상천하 유아독
존(天上天下 唯我獨尊)"이라고 외쳤는가?

이 일곱 발짝은 무엇을 의미하는 것인가?

이 일곱 발짝이야말로 『반야심경』을 〈행하는 것〉, 〈실천하는 것〉
을 뜻하는 것이다. 그대의 일곱 발짝과 석가의 일곱 발짝은 아주 똑
같은 것이다. 그라고 해서 발이 일곱 개가 있었던 것은 아니다. 그
도 사람, 그대도 사람인 것이다.

학문의 〈석가〉, 음악의 〈그리스도〉, 운동의 〈공자〉, 모든 분야
에서 성인이 되는 길의 출발은 『반야심경』 수련의 〈실천〉에 달려
있다.

석가모니도 그리스도도 〈있는 그대로〉 살았다. 아무 것에도 치
우치게 빠져듦이 없이 자유자재의 인생을 충실하게 살았다. 그들

자신이 주인공인 영화를 인생이라는 스크린 위에 당당하게 연출한 것이다.

야구경기나 골프를 생각해보자. 대한민국의 자랑스러운 아들과 딸인 야구의 박찬호 선수나 골프의 박세리 선수 등 슈퍼스타나 각종 경기의 일류 선수는 모두 자기 뇌 속의 스크린 위에 자신이 통쾌한 홈런을 날리는 모습, 공이 홀인원 하는 통로 등을 확실하게 그리고 있다.

잠재의식을 최대한 활용하고 있는 것이다.

그리고 한 가지 더 입에 달고 있는 것이 있다.

그것은 성경의 한 구절이나 자신을 독려하는 짧은 어구이기도 하다. 각종 경기에서 큰 활약을 하는 선수들이 무엇인가를 외친 후 경기에 임하는 것은 널리 알려진 사실이다.

자신을 독려하는 어구, 성경의 한 구절, 종교적 경전의 한 구절, 어느 것이건 간에 광의(廣義)에 있어서 『반야심경』 수련을 실행하는 것이라고 할 수 있다.

목련꽃 보살로 불렸던 육영수 여사가 기쁘거나 감동했을 때마다 즐겨 쓰시던 "이리리!"라는 감탄사 역시 그분 나름의 『반야심경』 수련이었던 것이다.

언어도단 문자이전의 반야삼매 공부자리에서가 아니라 내가 직접 가본 산신각 중에서 가장 큰 기운을 느낀 곳이 해원사의 산신각인 「영각(靈閣)」이다.

이곳에 주석하고 계신 선공대사님은 하루를 시작하는 첫 말씀이 "거 고마운 일이군. 잘된다!"이다.

새벽부터 고맙다니 무슨 뜬금없는 말씀이냐고 물으면 "오늘도 건강하게 잠에서 깨어났으니 고맙지 않은가"라는 것이다.

도반을 만나거나 모르는 사람을 만나도 마찬가지다.

산행을 나갔다가 다리를 삐었는데도 "거 고마운 일이군. 잘된다!" 하는 것이었다. 부상을 당하고서 뭐가 고마우냐고 물으면 "이보다 더 크게 다치지 않았으니 얼마나 고마운 일인가!"라는 것이었다.

직장에서 강등된 사람에게 "거 고마운 일이군. 잘……" 했다가 흥분한 그가 냅다 탁자를 집어던져 부셔놓자 역시 또 "거 고마운 일이군. 잘된다!" 한 것이다.

전말을 깨달은 그 사람이 백배 사죄하고 예를 표하자 "거 고마운 일이군. 잘된다!"

함께 공양을 들다가 밥 분량이 좀 많은 듯싶어서 내가 덜어내려고 하자 뜨끔한 경책을 듣게 되었다.

"많으면 많은 대로 고마운 일이고 적으면 적은대로 고마운 일이니 그냥 주어진 대로 먹어주는 것이 진정 고마운 일인 것입니다. 많다고 덜어낸다거나 적다고 더 달라는 것은 공부하는 수행자로서 심히 경계해야 할 바입니다."

『반야심경』 수련이 궤도에 오르면서 「부자(富子)」로 사주팔자 바꾸게 되는 인연중생들에게는 머리가 촉촉이 젖을 정도로 감로우(甘露雨)를 내려주면서 증거를 보여주시는 해원사 산신각 「영각」의 효험은 선공대사님의 반야삼매 청정수행으로 더욱 영험해지는 것이라고 나는 생각한다.

"거 고마운 일이군. 잘된다!"라는 진언은 선공대사님 나름의 또 다른 『반야심경』 수련인 셈이다.

"성공할 수 있다"고 외침으로써 자기 자신의 잠재능력을 최고도로 발휘할 수 있다면 그것은 그 사람에게 『반야심경』 수련이 되는 것이다.

그때 비로소 그대 역시 석가가 되고 그리스도도 되면서 「부자(富子)」로 사주팔자 바꾸게 되는 것이다!

14
언제 어디에서나
자유자재로 효과가 있다

"조견오온개공(照見五蘊皆空)."

즉, 오온이 전부 공이라는 것을 알았다는 의미이다.

여기서 오온이란 〈색수상행식(色受想行識)〉이다. "이들 전부가 공이니라"라고 석가는 말하고 있으므로 어디서 『반야심경』을 읽고 쓰건 관계가 없는 것이다. 효과가 있는 사람은 있는 것이다.

화장실은 불결한 장소이므로 신성한 경전에는 적합하지 않은 곳일까?

이것도 이미 〈불구부정(不垢不淨)〉이란 구절에서 해소되었다. 깨끗한 것도 더러운 것도 원래 없는 것이다. 사람들이 제멋대로 따지고 있을 뿐인 것이다. 화장실 속에서건, 목욕탕 속에서건, 출퇴근 버스 속에서건 다른 사람들에게 결례가 되지 않는 한 일절 상관이 없는 것이다. 열심히 『반야심경』 수련을 실천하기 바란다.

시나브로 『반야심경』 자체는 신통한 것이다. 그렇다고 꼭 신성한 장소에서 실행해야만 효과가 있는 것은 아니다. 그대가 평소의 생활 속에서 자연스럽게 생활화해 나감으로써 더욱 신통해지는 것이고 효과가 있게 되는 것이다.

그렇다고 해서 화장실 속에서 하라고 주장하는 것은 결코 아니다. 어디서도 좋다는 말이다. 장소나 시간에 구애될 필요가 없다는 것이다. 즉, 유비쿼터스(Ubiquotus)인 것이다.

〈행심반야바라밀다시(行深般若波羅蜜多時).〉

'반야바라밀다(般若波羅蜜多)를 깊이 행할 때' 라고 하는 것은 이를 악물고 했느냐, 신성한 장소에서 했느냐 따위를 따지는 것이 결코 아니다. 〈심(深)〉이란 생활에 밀착한 깊이를 의미하는 것이다.

그대는 어깨에 힘을 주고 『반야심경』 수련을 할 수는 없다. 콧노래를 부르는 식으로 가벼운 기분으로 아주 자연스럽게 실행한다면 비록 화장실 속에서라도 상관없는 것이다.

자유자재로 실시하는 것이 좋다.

15
있는 그대로의 자신이 된다

시시각각으로 변화해 나가는 현상에 구애되어 아주 작은 일에도 고민하고 있는 사람, 혹은 자신은 무엇이든지 다 할 수 있다는 자만심으로 주변에 불쾌감을 주는 사람.

그러한 사람은 『서유기(西遊記)』에 나오는 손오공(孫悟空)과 같은 인물이다.

자신은 세계의, 우주의 끝까지 날아갈 수 있다는 자만심에 빠져 전속력으로 날아가서 우주의 끝에 있는 기둥에 사인을 하고 득의양양한 얼굴로 돌아왔건만, 실은 부처님의 손아귀에서 날뛴 것에 지나지 않았던 것이다.

『반야심경』 수련을 행하는 사람은 결코 손오공처럼 자만심에 빠지는 어리석음을 범해서는 안 된다.

〈자신(自信)〉을 갖는 것은 인생의 필요조건이다. 그러나 〈과신(過信)〉은 사물의 올바른 모습을 판단할 수 없는 불씨가 된다.

〈있는 그대로의 자신〉을 직시할 수 있게 되면 아무 것도 걱정할 것이 없게 된다. 의식적으로 남에게 잘 보일 필요도 없다. 자신의 마음에 들지 않는다면 그대로 표현하는 것이 좋다. 그렇게 하는 것이 친절이라고 할 수 있다.

〈친절(親切)〉이란 본디 불교 용어의 〈심절(深切)〉에서 나온 것이다.

즉, 상대에게 필요한 경우에는 깊숙이 잘라주는 것이 진정한 배려라는 뜻이다. 손오공이라면 상대를 마구 자를 것이다. 그런 것이 아니고 지극히 필요한 경우에 애정을 가지고 깊게 잘라주는 것이 친절의 제 모습인 것이다. 친절한 행동은 〈반야심경 성공비결〉의 실천으로부터 나오는 자연스러운 것이다.

허황된 과신(過信)이 아닌 부동의 자신감(自信感)과 상대방을 애정을 가지고 깊숙이 잘라주는 〈심절〉, 즉 친절하게 행동하는 자기 자신으로 가꾸어 나가라.

분수 모르고 천방지축 날뛰는 손오공으로부터 이탈하는 최적의 방법은 『반야심경』 수련이다.

「부자(富子)」로 사주팔자 바꾸는 제 모습을 찾아라!

16
고질적 나쁜 습관을
100일 만에 없앤다

운동을 해서 몸매를 가꾸는 데도 최소한 몇 달에서 몇 년씩은 걸리는 것이 보통이다. 하물며 인간의 수십 년간 굳어진 마음과 행동의 습관을 바꾸는 것이 쉽게 될 수 있는 것인가?

그렇다.

『반야심경』 수련으로 충분히 가능한 일이다.

세상에는 담배를 끊는 각종 금연법이 많이 있지만 가장 좋은 방법은 『반야심경』 수련이다.

100일간 하루도 빠지지 말고 〈독경〉, 〈사경〉, 〈견경〉, 〈묵독경〉, 〈문경〉을 기운에 따라 자연스럽게 실천하면 자연히 담배를 피우지 않게 된다. 이는 비단 담배의 경우에 한하지 않는다.

아침에 늦잠을 잔다, 술을 많이 마신다, 남을 함부로 비난한다, 안달복달한다, 적정량 이상으로 음식을 과식한다, 방정맞게 무릎을 떤다, 이 이외에도 여러 가지 나쁜 습관이나 버릇을 전부 자연스럽게 소멸시킬 수 있다.

예를 들어 담배를 하루에 세 갑 이상 피우지 않으면 못 견디는 심한 골초가 "피워도 안 피워도 별로 괜찮다"고 할 정도로 변화하게 된다.

나 자신은 이 『반야심경』 수련 덕분에 습관으로서의 담배와 술로부터 자유롭게 되었다. 몇 달씩 피우지 않고 마시지 않아도 아무렇지도 않다.

그러다가도 고객들의 경영상의 애로나 부부관계, 자녀교육, 직장 문제 등에 관한 심각한 카운슬링을 하면서 상대가 원하면 함께 담배도 피우고 술도 마신다.

요는 술과 담배에 구애받지 않고 초월하게 되었다. 피우지 않거나 마시지 않으면 정신적인 고통이 뒤따른다면 그것은 잘못된 금연법, 뒤틀린 금주법이라고 하겠다.

『반야심경』 식 금연법·금주법이란 자연스럽게 신경 쓰지 않게 되는 비결인 것이다. 비결이라고 해서 유별난 것이 아니라, 당연한 것을 자연스럽게 하는 것이다. 오직 읽고, 쓰고, 보고, 듣고, 외우고 하는 반복을 매일 계속하는 것에 지나지 않는다.

나쁜 습관에 고민하고 있는 사람, 여러 가지 방법으로 도전해 보았으나 바라는 바와 같은 성과가 나오지 않는 사람, 이제부터는 더 이상 걱정할 것이 없다. 그대는 이제 아무 것에도 구애받지 않으면서 「부자(富子)」로 사주팔자 바꾸게 된다.

지금부터 실천하는 것만 남았다!

17
하루에 한 번만으로도
충분하다

"『반야심경』 수련에 그러한 놀라운 힘이 있다면 하루에 백 번이라도 해보자. 틀림없이 놀라운 힘을 얻게 될 것이다"라고 생각하여 목소리가 쉴 정도로 독경을 하거나 손이 아파서 움직이지 못할 때까지 사경을 했다고 하자.

그때의 효과는?

미안하지만 두 가지 점에서 이 사람은 잘 될 수가 없다.

첫째는 〈구걸하는〉 마음으로 실시하고 있다는 점이다.

일절 구애받지 않는 것이 『반야심경』 수련의 요점인데 "많이 하면 좋은 일이 있겠지" 하는 애처로운 생각으로 실시하고 있는 것이다.

그래서는 안 된다.

어린아이가 무심하게 낙서하는 것처럼 의미나 효과를 생각하지 말고 단순히 맑은 마음, 밝은 기운으로 쓰는 것이 좋다.

둘째는 손을 움직이지 못할 정도로 사경을 하거나 목소리가 나오지 않을 정도로 독경을 한다는 것은 부자연스러운 일이다.

그렇다면 어느 정도까지 하는 것이 자연스러운가?

이는 개인마다 차이가 있다.

예를 들어 성악가는 보통 사람들보다 많이 독경하여도 좋다.

문필가 역시 보통 사람들보다 많이 사경하여도 자연스러운 것이다.

결코 무리하지 말고 자신에게 알맞은 회수를 즐겁게 실시하는 것이 최선인 것이다.

틀림없는 것은 습관이 될 때까지는 하루에 한 번으로도 좋다. 매일매일의 생활리듬에 포함시킬 수 있으면 되는 것이다.

식사나 세수하는 것처럼 생활화가 되면 그대는 『반야심경』의 세계, 자유자재로 원하는 것을 실현할 수 있는 세계에 들어서게 되는 것이다.

무리해서 "꼭 실현해 보이겠다"고 억지를 가하지 않도록 해야 된다.

「부자(富子)」로 사주팔자 바꾸는 그대는 하루에 한 번이라도 자연스럽게 『반야심경』 수련을 실천하면 되는 것이다.

원을 세우고 복을 지으면 그대로 되는 법이다.

저절로 이루어진다!

18
자연스럽게
단전호흡이 이루어진다

무엇인가에 몰두하다가 피로해지면 무의식중에 기지개를 켜면서 "아~ 아" 하는 소리를 입으로 낸다. 결코 "이~"라든가 "우~"라는 소리가 아니다.

하품을 할 때도 "아~"의 소리가 나온다. 그 "아~"라는 소리는 산성화된 혈액을 알칼리화해주는 〈확산음〉이라는 것이 내가 깨달은 〈천부율려 음파기공(天符律侶 音波氣功)〉의 지론이다. "우~"라는 소리는 동물이 먹을 것에 덤벼들 때와 같은 〈수렴음〉이다.

이를 참고로 하여 『반야심경』의 처음 부분을 보자.

摩(마~) 訶(하~) 般(반~) 若(야~) 波(바~) 羅(라~) 蜜(밀~) 多(다~) 心(심~) 經(경~).

10자 중에 6자가 〈아~〉라는 음으로 끝나고 있다. 이는 산성화된 혈액을 알칼리화하여 몸과 마음의 건강을 자연스럽게 향상시키는 힘을 가지고 있는 것이다.

또한 한마음으로 독경을 하고 있으면 집중력이 개발되고, 큰 소리로 독경을 하게 되면 단전호흡이 이루어지면서 전신의 혈액순환도 좋아진다.

약알칼리성의 혈액을 〈아~〉 음을 시작으로 신선하고 청정(淸淨)한 혈액으로 바꾸고, 큰 소리로 독경을 하면 자연스럽게 단전호흡이 되면서 그 신선하고 청정한 혈액이 전신으로 순환하게 된다. 혈액의 질과 순환이 동시에 좋아지기 때문에 병에 걸리고 싶어도 걸릴 수가 없는 것이다.

『반야심경』 270자를 처음에는 경문을 보면서 독경을 한다. 반복함에 따라서 경문을 보지 않고도 암송할 수 있게 된다. 즉, 반복함으로써 기억력을 개발한다. 다른 어떤 것이라도 『반야심경』 수련을 하는 식으로 아침저녁으로 읽게 되면 어느 사이에 기억하게 된다.

기본적으로는 어떠한 자세로 행하여도 좋다. 엎드려서, 의자에 앉아서, 옆으로 누워서 해도 상관없다. 그런데 매일 하다보면 이상하게도 자세를 올바로 하지 않고서는 기분이 좋지 않다는 것을 깨닫게 될 것이다. 그러니 『반야심경』 수련은 자세를 올바르게 만들어주는 힘도 가지고 있는 것이다.

자세가 바르면 정신도 올곧아지면서 「부자(富子)」로 사주팔자 바꾸게 된다!

19
크게 생각하고 크게 이루어라

'삼천대세계(三千大世界)'란 천 개의 나라가 하나로 합친 것이 삼천 개가 모인 것이다.

그 삼천대세계의 몇 천만 배라고 하는 정신이 멍해질 정도의 시대로부터 석가는 전생을 살았다고 한다. 석가 자신은 지금으로부터 약 2천 5백 년 전에 출생하였다고 하는데, 그 엄청난 사건 규모에서 본다면 우리의 인생이란 〈무(無)〉에 가깝다고 할 수 있다.

어차피 〈무〉의 인생이라고 한다면 더욱 방대한 규모로 사물을 생각해보는 것이 어떨까.

〈내지 무노사 역무노사진(乃至 無老死 亦無老死盡).〉

천지자연 우주 규모로 사물을 생각한다면 늙는 것도 죽는 것도 없다. 또한 노(老)도 사(死)도 끝나는 것이 없다. 반어법(反語法)처럼 들릴 수도 있겠지만 요는 노(老)도 사(死)도 구애받지 않는 크기로 산다면 늙음이나 죽음을 초월하게 된다는 의미가 된다.

천지자연 우주가 성장을 계속하고 있다는 것 등은 『반야심경』속에 이미 밝혀져 있다. 생명의 존엄성이나 우뇌개발(右腦開發)에 관해서도, 여러 가지 분야의 지식체계 역시 전부 『반야심경』속에 쓰여 있다. 왜냐하면 『반야심경』에는 〈아무 것도 쓰여 있지 않기 때문〉이다.

천지자연 우주의 크기로 생각한다면 인간의 지식 정도는 바늘의 끝 정도도 되지 못하는 것이다. 결코 반어법(反語法)이 아니고 〈아무것도 쓰여 있지 않기 때문에 모든 것이 쓰여 있는 것〉이라고 말할 수 있는 것이다.

이 의미를 깨닫는 사람은 이미 『반야심경』의 세계에 살고 있는 것이다.

그래서 나는 『반야심경』을 〈천지자연 무자경(天地自然 無字經)〉이라는 내가 지은 별칭으로 즐겨 쓰기도 한다.

지금부터 작은 일에 구애받지 않는 큰사람이 되자. 이를 위해서는 무엇이건 크게 천지자연 우주의 크기로 생각하는 것이 중요하다. 인생 90년이란 바늘의 끝 정도도 되지 않는 것이니까.

「부자(富子)」로 사주팔자 바꾸는 그대여, 크게 생각하고 크게 이루어라!

20
흐르는 물처럼
아무 것에도 구애받지 않는다

어느 날 제자가 스승에게 물었다.

"스승님, 기도하면서 담배를 피워도 되겠습니까?"

"고약한 소리, 절대 안 되느니라."

며칠 후 다시 제자가 스승에게 물었다.

"스승님, 담배 피우면서 기도해도 됩니까?"

"아무렴, 기특하도다. 그렇고 말고……."

여기서 명심할 점은 TV를 보면서 써도 괜찮지만, TV를 보면서 써야 한다는 뜻은 아니다. 그러한 구애받음에서 벗어나는 것이 『반야심경』의 세계이기 때문이다.

이불 속에서든, 나체로든, 물구나무를 서서든, 자신이 좋아하는 편안한 상태로 사경하도록 바란다. 이렇게 간편한 소망 달성법을 이제까지 그대는 들어본 적이 있는가?

글씨체가 아무리 서툴러도 좋다. 다만 자연스럽게 정성껏 쓰면 되는 것이다. 그러한 점에서 어린아이들이 낙서하는 것처럼 물 흐르듯이 쓸 수 있는 순수한 사람일수록 빨리 성공할 수가 있다.

여하간 쓰는 것이다.

연필이건, 볼펜이건, 붓이건, 심지어 손가락이건 무엇을 사용해서 써도 좋다. 색깔 있는 필기구로 쓰는 것도 재미있다. 오늘은 붉은색, 내일은 녹색, 다음날은 오렌지색 하는 식으로 바꿔보면 사경하는 것의 즐거움이 더욱 커지게 된다.

어떠한 상태에서 어떠한 도구를 사용하건 즐거운 마음으로 정성껏 사경만 하면 수단은 상관없는 것이다. 붓을 쥐는 방법이라든가, 먹을 가는 방법까지 규정지으면 그것은 이미 사경이 아니다. 『반야심경』 수련은 흐르는 물처럼 아무 것에도 제약받지 않는 자유로움에 있는 것이다.

미국식 성공학의 한계인 구체성과 시간성에 구애받을 필요도 없는 것이다.

『반야심경』 수련은 천지자연의 법칙에 따르는 성공학이다.

일체의 작위를 배제하고 자연스러운 흐름에 따르는 것이다.

자, 보고 싶은 TV 프로그램을 보면서 마음 편안히 사경을 시작해봄은 어떨까!

21
독경은 곱셈효과 건강법이다

옛날부터 할아버지보다 할머니들이 장수하는 경우가 많은 것은 검소하고 담백한 식생활을 하는 〈조식(粗食)〉과 일상적인 〈독경〉 덕분이라는 것이 먼저 깨달은 스승님들의 한결같은 가르침이다.

즉, 독경할 때에는 숨을 길게 쉬게 된다. 길게 숨을 쉬다보니 단전호흡이 자연스럽게 이뤄지면서 장수로 연결되는 것이다.

확실히 큰 소리로 독경을 하게 되면 전신의 혈액순환이 좋아진다. 산소를 많이 흡입하게 되므로 두뇌의 활동도 활발해진다.

빠르게는 일 분, 천천히는 두 시간까지도 할 수 있는 게 『반야심경』의 독경이다.

좋은 일투성이다.

거기에 덧붙여서 읽는 경문이 『반야심경』이라는 것이 요점이다.

단순히 호흡법만을 생각한다면 노래방에서 노래를 불러도 되는 것이다. 노래방과의 결정적인 차이는 〈270자의 『반야심경』〉에 있는 것이다.

그렇다고 해서 경문이 고마운 것은 아니다. 경문을 〈그대 자신〉이 소리를 내어 읽는 것이 열쇠이다.

〈그대 자신〉과 『반야심경』이 결합되지 않으면 안 된다. 옆집 아줌

마나 절간의 스님이 아니라 〈그대 자신〉이 독경하는 것이다. 그리고 내용은 클래식이나 유행가가 아니라 바로 『반야심경』인 것이다.

그렇게 되면 발휘되는 힘은 덧셈이 아니라 곱셈의 효과로 나타나게 된다.

그대 자신이 『반야심경』을 큰 소리로 독경한다.

횟수를 거듭해감에 따라서 몸속에 기운이 쌓여가는 것을 느끼게 될 것이다.

"자, 즐겁게 해보자" 하는 활력이 단전으로부터 용솟음쳐 올라오는 것을 느낄 것이다.

독경은 힘이 넘치는 활력 건강체를 그대에게 보장한다.

22
현대 인류사회의 비극
〈뇌궤양〉에서 벗어나게 된다

⚜

석가의 10대 제자 중의 한 사람이었던 〈사리자〉.

『반야심경』속에서 〈사리자〉라고 부르고 있는 것은 그 한 사람만을 가리키는 것이 아니다. 석가는 사리자의 이름을 빌려서 우리 전부를 가리키고 있는 것이다. 그러므로 우리는 다른 사람을 부르는 것이라고 별개로 생각해서는 안 된다. 그대 자신에 대한 부처님의 말씀이라고 생각하고 열심히 들어야 하는 것이다.

요는 『반야심경』의 내용은 전부, 한 자 한 문구가 부처님이 우리에게 말하는 것이라고 받아들이는 것이 중요하다.

그러면 부처님은 우리에게 무엇을 말하고자 하는가?

실은 이렇게 따지는 것도 올바른 태도는 아니다. 즉, 경문의 한 자 한 구절의 의미에 빠져들어서는 곤란하다. 석가가 사리자나 우리에게 무엇을 말하려고 하였는가를 머릿속으로 따지고 있는 동안에는 깨달음을 얻을 수가 없다.

지나치게 잡식, 다식, 폭음, 폭식하는 것은 생리적인 자살행위라고 하는 것이 예로부터 지금까지의 한결같은 결론이다. 조금씩 먹고 마시고 때로는 단식하는 것이 우리의 건강을 좋게 만든다.

정말로 맛있게 먹으려면 맛있는 것을 찾는 것이 옳은가 아니면

먹성을 줄이는 것이 옳은가를 우선적으로 생각해야 한다. 잡식 등과 마찬가지로 잡다한 생각을 따져나가다 보면 인간의 지능과 두뇌는 물론이고 나아가 정서까지도 파괴되어 버린다.

잡식, 잡음, 폭식, 폭음을 하면 위산과다가 되어 위궤양이 되듯이 너무 잡다한 생각을 따지다 보면 〈뇌산과다〉가 되어서 〈뇌궤양〉이 되어버린다. 20세기가 너무 많이 먹어서 탈이 나는 〈위궤양〉의 시대였다면, 21세기는 머리를 너무 잡다하게 써서 탈이 나는 〈뇌궤양〉의 시대라고 나는 생각한다.

정보화 사회니 스피드화 사회니 하면서 여기에 희생양이 되어 내가 이름 지은 〈뇌궤양〉에 걸리는 사람들이 급속도로 늘어나는 것이 현대 인류사회의 숨길 수 없는 비극인 것이다. 이대로 나간다면 21세기에는 상당수의 인간들이 〈뇌궤양〉에 걸릴 가능성이 매우 높아질 것이고 그것은 이미 현실로 나타나고 있다.

첨단문명이 발달할수록 늘어나는 〈뇌궤양〉 환자들의 아픔을 더 이상 방치할 수 없는 막중한 사명감을 나는 느끼고 있다. 너무도 가슴 아픈 일이라 나는 한 사람이라도 더 많이 『반야심경』 수련에 인연을 맺기를 기도하고 또 기도하고 있다.

20세기의 위대한 철학자인 버트런드 러셀이나 밀란 쿤데라, 칼 하인츠 가이슬러 등은 문명의 야만적인 시간에 관해서 한결같이 분노한다.

현재 독일 뮌헨대학에서 〈시간생태학〉을 연구하고 있는 가이슬러 교수는 속도가 주는 황홀감의 노예가 되는 대신에 느림의 미학을 배워 창의성의 주인공이 되라고 최근의 저서 『시간』에서 주장하고 있다.

"나는 바쁘다. 고로 나는 존재한다"는 20세기적 강박관념으로부터 "나는 머무른다. 고로 나는 존재한다"로 과감한 패러다임 전환을 일으키는 사람들만이 새로운 시대에 사랑과 행복 그리고 성공의 주인공이 되어 「부자(富子)」로 사주팔자 바꾸는 보람 있는 인생을 살아가게 된다.

따라서 『반야심경』의 한 자 한 구절의 의미는 굳이 몰라도 상관없다.

자구(字句)의 해석은 학자나 연구자가 되고자 하는 사람들에게는 몰라도 『반야심경』의 힘을 실제로 얻고자 하는 사람들로서는 글자의 의미 같은 것은 굳이 몰라도 된다. 자구의 의미를 머릿속에서 따지고 있다 보면 오히려 마이너스 작용을 일으키게 된다.

〈독경〉, 〈사경〉, 〈견경〉, 〈묵독경〉, 〈문경〉, 이 다섯 가지를 의미 따위는 생각하지 말고 우선 반복적으로 실시하는 것이 중요하다. 그 외에는 아무것도 필요 없다.

부처님이 우리에게 진정 무엇을 말하고자 하였는가?

이 대답은 우리가 실생활 속에서 『반야심경』 수련을 실행하고 있다면 현상으로서 드러나게 된다.

그대가 「부자(富子)」로 사주팔자 바꾸게 되었을 때 그것은 실제로 증명된다.

"부처님이 무엇을 말하고자 하였던가보다는 무엇을 실행하기를 바랐는가?"를 생각하고 우선 실천부터 해야 한다!

23
살맛 나는 세상,
이로운 길 부자의 길

❧

같은 재료를 사용해서 요리를 하였는데도 사람에 따라서 맛이 이렇게 다를 수 있을까!

피라미드 파워에 비교할 수 없는 막강한 기운이 『반야심경』 수련에 있기 때문이다.

맛있는 요리의 비결은 매우 간단하다. 요리하고 있는 동안에 『반야심경』을 외우는 것이다. 무엇을 심각하게 생각할 필요도 없다. 치솟는 물가에 장보기가 두렵다는 도깨비 씨나락 까먹는 소리 결코 할 것이 아니다.

야채를 썰면서 〈마하반야바라밀다심경(摩訶般若波羅蜜多心經)〉이라는 식으로 율동적으로 외우면 되는 것이다.

콧노래처럼 가볍게 실시하는 것이 비결이자 요령이다. 생활화함으로써 비로소 『반야심경』은 그 진가를 발휘한다. 구태여 절간에서 행할 필요도 없다. 다만 보통으로 생활 속에서 실천해가면 되는 것이다.

또 한 가지의 방법은 요리하기 전에 재료를 향해서 경문을 외우는 것이다. 쌀, 간장, 된장, 미역, 콩 등 무엇에든 다정스럽게 들려주는 것처럼 가벼운 마음으로 실시하면 된다.

의심이 나는 사람은 당장 실험을 해보면 알게 될 것이다. 진리란 간결하고 단순하다는 점을 즉시 깨닫게 될 것이다. 특히 그 후에는 누가 요리를 해도 맛이 아주 좋아진다는 것을 알게 될 것이다.

요리 중에도 『반야심경』을 흥얼거리는 정도로 가벼운 기분으로 읊으면 더욱 좋다.

이 간단한 방법으로 어떠한 요리건 일류 레스토랑과 똑같은 맛을 낼 수 있다는 것을 보증한다. 꼭 한번 실험해서 그 효과를 맛보고 생활화하기를 바란다.

신경질 부리면서 화장한 여인이 예뻐 보일 리 없고, 불평불만 해대면서 요리한 음식 먹고 탈나지 않을 사람 있는가?

불황 속에서도 호황을 누리는가 하면 호황 속에서도 불황을 겪는 대표적 업종인 음식점에 가보면 그 증거가 더욱 확연히 드러나게 된다.

툭하면 먹는장사가 남는 장사라는 말들을 잘 하는데, 겉으로 남고 속으로 밑지는 집이 얼마나 많은가?

일찍이 약관 20대의 젊은 시절에 자동차 부품 유통사업으로 전국을 제패했던 그 자신의 경험을 초월하여, 과거의 화려했던 성공이나 처참했던 실패에 연연하여 오늘 지금 여기를 놓치고 있는 수많은 사람들에게 희망의 등대지기 기운을 떨치고 있는 큰사람의 〈새로운 이야기(New Story)〉가 여기에 있다.

더함도 덜함도 없는 있는 그대로의 〈부증불감(不增不減)〉 삼매에 젖어들어 자연스러운 유통혁신으로 세계 최초로 〈반값 경제학 : 하프코노믹스(Halfconomics)〉이라는 용어를 만들어내면서 세상에 유례가 없는 패러다임을 구축한 인물이 있다.

74

　1등급 이상의 한우 소고기를 돼지고기 값에 제공하는 나의 오랜 도반인 김현철 회장의 〈이로운 길〉에 가보면 『반야심경』 수련의 기운이 넘쳐나는 맛과 가격에 대만족이니 손님들이 줄을 잇고 있는 것이다.

　손님들이 추가 주문을 해서 싸갖고 돌아가는 흥겨운 모습도 심심치 않게 눈에 띄는 〈이로운 길〉 김현철 회장의 원력이다.

　"손님들께서 맛있는 것 많이들 드시고 살맛 나는 인생 신나게 살아가는 것이 곧 세상 모두에게 〈이로운 길 부자의 길〉이라고 생각합니다."

　"유통 선진국이 진정한 일류국가이다." "경제는 유통이다." 이러한 명제에 동의할 때 전세계 유통역사의 〈새로운 이야기(New Story)〉라고 할 수 있는 〈반값 경제학 : 하프코노믹스(Halfconomics)〉 비즈니스 모델을 창안한 김현철 회장의 〈이로운 길〉이 방방곡곡으로 퍼져나갈 때 우리는 더 이상 미국산 소고기 수입 반대 촛불시위 따위에 불필요한 시간과 비용, 노력 등을 쏟아 부을 여지가 없게 된다.

　소고기뿐만 아니라 돼지고기, 쌀, 김치, 콩, 옥수수 등 모든 먹거리에 반값의 유통혁명을 추구하면서 수많은 일거리를 창출하는 애국사업 〈이로운 길〉의 비결은 바로 『반야심경』 수련의 용맹정진으로부터 비롯된 것이다.

　사람이 살다 보면 누구든지 자기 혼자만이 무덤 속까지 가져가고 싶은 비밀이 있게 마련이다. 그러한 사연까지도 더함도 덜함도 없이 있는 그대로 나누면서 함께 걷는 길은 분명 〈이로운 길 부자의 길〉이라는 생각을 해본다.

　산중에서 수염이 한 자(일척 : 一尺) 가까이 자라기까지 내공을 쌓으면서 반야삼매에 젖어들곤 하던 김현철 회장은 인연중생들을

<이로운 길 부자의 길>로 인도하는 자랑스러운 대한국인이다.

그리고 한 가지 더 덧붙인다면, 식사 전에 『반야심경』을 읊으면 어떠한 음식이라도 훨씬 더 맛있게 느껴진다.

이론보다도 증거, 기꺼이 실천해보는 것이 어떠하겠는가?

모든 먹거리가 다 맛있게 된다!

24
그래프로 그려보면
즉시 위력을 알 수 있다

바라지도 찾지도 않는 〈공(空)〉이 『반야심경』 수련의 기본이 되지만 처음에 확신이 설 때까지는 그래프를 사용해보는 것도 하나의 방편이 된다.

"오늘은 5회 읊었다"라는 수치를 그래프에 기입해둔다.

그리고 하루 동안에 일어난 일을 기록해본다. 참으로 놀랄 것이다.

그래프와 하루 동안에 일어난 일 사이에는 자연스러운 상관관계가 있다.

하루에 7번 사경하였더니 다음 날에는 판매왕이 되었다. 3일간 20회의 독경을 하였더니 승진을 하였다. 묵독경을 10회 실시한 그 날에는 연인으로부터 프러포즈를 받았다.

감사드려야 할 좋은 일이 계속 일어나는 것이다.

모두가 『반야심경』 수련의 덕분인 것이다.

『반야심경』의 그래프화는 성공으로의 바이오리듬인 것이다.

다만 주의해야 할 것은 그래프로 그리는 것에 정신이 팔려서는 안 된다는 점이다. 정신이 팔리는 것은 〈공(空)〉과는 거리가 먼 것이다.

그래프에 기입하다 보면 자신도 모르게 놀라울 정도로 좋은 일이 일어난다. 그렇게 되면 그 시점에서 그래프를 그리는 것을 중단하는 것이 좋다.

그 후에는 천지자연의 법칙에 맡겨두는 것이 좋다. 천지자연은 춘하추동(春夏秋冬)처럼 누가 부탁하지도 않았는데 변화의 리듬을 반복하고 있다. 여름 바로 뒤에 겨울이 오는 법은 절대로 없다. 봄 뒤에는 여름, 그 다음에는 가을 하는 식으로 리듬은 흐를 뿐이다.

『반야심경』 수련도 똑같다. 그래프는 리듬을 깨뜨린다. 어디까지나 처음의 맛보는 단계에서 중지하는 것이 좋다.

다만 그래프로 그려보면 『반야심경』 수련의 위대한 매력을 즉시 알 수 있기 때문에 권할 뿐이다. 실행하기 위한 동기유발의 한 방법으로서 말이다.

그래프를 그리는 또 한 가지의 이점은 정신면에서의 독려가 된다는 점이다. 가령 그래프로 그리는 편이 그리지 않는 경우보다 판매량을 높이는 것이다. 판매부문이 급성장하고 있는 기업에서는 그래프를 그리는 기술은 상식으로 되어 있을 정도다. 전월의 실적과 금월의 실적을 비교하는 것도 즐거움이고 재미이다.

초심자 시절에는 5대 비결을 실천해나갈 경우 그래프를 멋지게 그려보도록 하자!

25

성공의 길라잡이가 되고 싶은 당신을 위하여

⚜

작고한 현대그룹의 창업자 정주영 회장은 수많은 일화와 성공신화를 남겼다.

바닷가에 소나무만 달랑 서 있는 백사장의 사진을 찍어 가지고 다니며 "여기에서 배를 만들 테니 사 주시오"라는 식으로 큰 돈을 빌렸다. 오늘날 세계 조선업계를 좌지우지하는 조선 사업은 이렇게 시작되었다.

서산 간척사업 시에는 폐유조선을 동원한 물막이공사로 세상 사람들을 놀라게 했다.

전 세계 매스컴의 집중 속에 소 떼를 몰고 휴전선을 넘어 남북교류의 물꼬를 트고 남북통일의 주춧돌을 놓은 아산 선생의 혜안은 분명 우리 역사의 큰 분수령임에 틀림이 없다.

그분의 성공비결을 다양하게 논하고 있지만 그 핵심은 『반야심경』 수련에 있다.

그분은 중대한 문제가 생길 때마다 자기 방에 들어가 문을 걸어 잠그고 〈사경〉을 했다. 『반야심경』을 썼던 것이다.

그분이 스스로 방에서 나오기 전까지는 누구도 접근이 금지되었다.

고위층으로부터의 전화도 연결되지 않았다. 오로지 〈사경〉에만 몰두했던 것이다.

그분이 사경을 마치고 방에서 나와 결단한 전략들은 한결같이 맞아 떨어졌다.

지금 차기 대권을 꿈꾸고 있는 거물정치인 P의원도 마찬가지로 〈사경〉을 통해 중요한 단안을 내린다.

최고 재벌과 거물 정치인의 근원이 사경에 있는 것이다.

비록 그대가 정치가가 아니고 재벌이 아니더라도 좋다.

좋은 성과를 오래도록 지속시키고 싶으면 지금 즉시 사경을 시작하라는 것이다. 마음이 안정될 때까지 자연스럽게 온 정성을 쏟아 사경을 하게 되면 소망하는 결과가 반드시 이루어진다.

그리고 〈견경〉, 〈독경〉, 〈묵독경〉, 〈문경〉을 기운에 따라서 실시하면 어느새 장기적인 좋은 성과가 이루어진다.

순간적으로 반짝이다가 흔적도 없이 사라지는 하찮은 존재가 아니라 뭇사람들의 길라잡이가 되는 북두칠성과 같은 「부자(富子)」로 사주팔자 바꾸고 싶은가?

장기간 동안 성공자의 자리에 있고 싶다고 소망하면, 곧 사경을 시작하라!

26

지식이 아니라 실천이 힘이다

근세철학의 개척자로 알려진 프랜시스 베이컨의 "지식은 힘이다(Knowledge is Power)"라는 유명한 말이 있다.

그런데 『반야심경』 수련에 있어서는 그렇지가 않다.

270자 한 자 한 문구씩 따져서 전체의 의미를 알고 있다고 하더라도, 혹은 석가모니의 전 생애를 연구하고 『반야심경』 전체 문장을 암기해도, 지식은 결코 힘이 되지 않는 것이다.

또한 〈독경〉, 〈사경〉, 〈견경〉, 〈묵독경〉, 〈문경〉을 평소의 생활에서 실천해가면 꼭 성공한다는 것을 〈알고〉 있다 하더라도 그 자체가 힘이 되지는 않는다.

무엇이 중요한가 하면 〈실천〉하는 것, 〈행하는 것〉이다. 단지 매일매일 반복해서 실천해가면 설사 싫다고 뿌리쳐도 성공자가 되어버린다.

세부적인 기술 등은 필요가 없다. 여분의 지식도 일절 필요가 없다.

역으로 말하자면 사회에서 〈IQ가 높다〉, 〈머리가 좋다〉는 평판이 있는 사람일수록 『반야심경』의 세계와는 거리가 먼 사람이다. 이론만 아는 사람은 안 된다. 그것보다는 오히려 〈실천〉, 〈행하는 것〉을 중요시하는 〈EQ형 인간〉은 간단히 소망이 실현된다. 신기한 일이다.

그동안 우리 사회는 머리 따로, 말 따로, 몸 따로인 사람들이 소위 지도자입네 하면서 나라를 어려운 지경에 빠뜨려놓았다. 특히 식자층이라고 하는 배운 사람들일수록 실천이나 행동하고는 거리가 멀었다.

〈실천은 힘이다〉, 〈행함이 힘이다〉라는 평생학습시대 자기개발사회의 화두(話頭)를 명심하여 실천하기 바란다.

복잡한 절차나 입회금도 전혀 없다. 〈지금 여기〉에서 바로 시작할 수가 있다.

더욱이 소망하는 것이 전부 실현된다.

"아는 것이 힘이다"라는 말은 『반야심경』 수련에서는 더 이상 통용되지 않는다.

읽는 것만으로도 좋다. 쓰는 것만으로도 좋다. 보는 것만으로도 좋다.

간단하지 않은가.

『반야심경』 수련은 언제나 당신을 기다리고 있으면서 「부자(富子)」로 사주팔자 바꾸는 대문을 활짝 열어놓고 있다. 성별, 연령, 직업, 종교, 국적, 체격, 성격 등 아무런 제약 조건도 없다.

지금 바로 시작하라!

27
세계적으로 자랑스러운 덕담 인사법

❧

"어떻게 해서든지 십억 원을 모으고 싶다."

"저 밍크코트를 갖고 싶다."

"정력이 세지고 싶다."

"날씬하게 아름다워지고 싶다."

욕망에 집착하다 보면 실패한다. 가혹한 말이지만 천지신명 하느님에게 소원하는 경우도 마찬가지다.

"금년에도 일년 내내 건강하게 해주십시오."

"집안이 화목하고 사업이 번창하게 해주십시오."

이러한 것들이 효력이 별로인 것은 〈원하고〉 〈구하는〉 잘못된 자세 때문이다.

왜 그럴까?

그것은 그러한 태도가 〈현재 자신에게는 없는〉 것을 소망하고 갈구하고 있기 때문이다.

"부자가 되고 싶다 : 나는 가난하다."

"건강하게 되고 싶다 : 지금 건강하지 않다."

이러한 식의 바람이란 마이너스의 자신을 잠재의식 속에 그리고 있는 것이 된다. 신에게 빌면 빌수록, 애원하면 애원할수록 병들게 되고 가난하게 된다. 그래서는 곤란하다.

그러면 어떤 식으로 하는 것이 좋을까? 그것은 간단하다.

이미 목표가 달성된 모습을 또렷이 떠올리며 『반야심경』 수련을 행하는 것이다.

어린 시절에 할아버지께서 하도 자주 주변 사람들에게 하시던 말씀이라 지금도 생생하게 기억나는 것이 있다.

"서울 토박이 치고 내로라하고 성공한 사람들이 있던가요? 애들 키우면서 하고많은 좋은 말 다 놔두고 툭하면 내뱉는 욕지거리 때문에 될 일도 안 되는 것이요. 만날 한다는 소리가 망할 자식, 빌어먹을 녀석, 깍쟁이, 재리, 오라질 놈이니 돼지도 추어주면 나무에 올라간다는 말도 모르는지……."

현재 완료형인 '망한 놈'은 비난이나 욕이 되지만 미래기원형인 '망할 놈'은 아예 저주나 악담이 되는 것이다.

'빌어먹을 녀석'이란 장차 거지가 되라는 저주가 아니고 또 무엇이란 말인가?

'깍쟁이'란 말은 산삼을 캐는 심마니들이 담뱃대를 일컫는 은어이기도 하지만, 본래의 뜻은 '때로는 좀도둑질도 하는 새끼거지'를 뜻하는 말이다.

'재리'란 말은 '나이 어린 땅꾼'이나 '매우 인색하여 사귀지 못할 사람'을 일컫는 말이다.

'오라질 놈'의 '오라'는 옛날에 도둑이나 죄인을 결박하던 붉고 굵은 줄을 말하는 것이다.

뜻을 알고나 쓰는 것인지는 모르겠지만 세상에 어찌 이다지도 모질고 독한 악담을 툭하면 입에 올릴 수 있단 말인가?

악담에 반대되는 것이 덕담이다.

흔히 '새해에는 복 많이 받으시게', '복 많이 받으십시오', '건강하십시오' 등의 미래기원형으로 쓰는 것이 보통이다.

그렇지만 서울 토박이 가도(家道) 있는 집안에서는 지금도 '복 많이 받으셨다지요', '득남하셨다지요' 하는 식으로 현재완료형으로 쓰고 있다.

바라는 바 소망하는 것을 이미 이루어진 것으로 기정사실화시켜 놓은 것이다.

따라서 기원성취의 가능성이 훨씬 높아지게 되는 것이다.

이러한 현재완료형 덕담 인사법의 얘기를 내 오랜 도반이자 〈감성지능 EQ〉의 창시자인 하버드대학의 대니얼 골먼 박사에게 설명했던 적이 있다.

그러자 그분은 두 눈을 동그랗게 뜨고 감탄해 마지않았다.

"당신네 민족은 세계 최고의 EQ 플러스적인 덕담 인사법의 전통과 자질을 갖고 있군요. 정말이지 존경스럽습니다."

새삼 조상님들의 깨달음에 고개가 숙여지면서 숙연해질 뿐이다.

방송계의 스타이자 잡지계의 황제로 한국 성공학의 원조인 김재원 회장이 쓴 『DJ식 성공법』이라는 책에는 다음과 같은 얘기가 나온다.

〈6년여에 걸친 교도소 생활과 15년이 넘는 망명 생활과 연금 생활을 겪고 4수 끝에 대권에 오른 김대중 대통령.〉

과거 시절 그를 만나는 사람들은 격이 높아진다.

예를 들어 과장 직책에 있는 공무원을 만나면 DJ는 그를 '국장님’이라고 부르는 것이다.

상대는 DJ가 잘못 알고 있는 줄 알고 정정해주어도 DJ는 그를 그냥 국장이라고 불러주는 것이다.

“아, 머잖아 국장하실 분 아닙니까?”

DJ 역시 현재완료형 덕담의 화신이었던 것이다.

인간은 〈사랑〉, 〈건강〉, 〈행복〉, 〈번영〉, 〈향상〉, 〈보람〉 등의 플러스 요소를 원래부터 가지고 있는 존재인 것이다. 이것을 억지로 소망하거나 구걸하지 않고 『반야심경』 수련을 실천함으로써 마땅히 깨닫게 되는 것이다.

이것은 그대 자신의 문제이다. 이것저것 따지기 전에 자연스럽게 경문을 읽어보라, 묵독해보라, 단지 보라, 써보라, 들어보라.

터무니없는 탐욕에 빠져들지 않고 있는 그대로의 자신이 될 때에 이미 그대는 「부자(富子)」로 사주팔자 바꾸고 있다.

다른 성공법들과는 전혀 색다르게 행함으로써 성공하게 되는 것이다.

결코 신기하지 않되 참으로 신기한 일이다!

28
마음이 맑아지고 기분이 좋아진다

자신이 잘하는 일은 누구나 콧노래를 부르면서 할 수가 있다. 더욱이 인간은 습관화된 일은 한꺼번에 열 가지 일도 가능한 것이다.

왜 그런가를 전의식(前意識)·중간의식(中間意識)·잠재의식(潛在意識)의 이론으로 나누어 살펴보자.

가령 바늘구멍에 실을 끼우는 경우에는 누구나 정신을 집중하게 된다. 이런 식으로 모든 의식을 집중해서 일을 하는 것을 〈전의식(前意識)〉이라고 한다.

고양이의 움직임에 주목하면서 라디오를 듣는 한편 어린아이와 이야기를 하는 식으로 습관화된 일을 하는 것을 〈중간의식(中間意識)〉이라고 한다.

마지막으로 잠들어 있으면서도 활동하고 있는 의식, 예를 들어 과학자가 연구소에서가 아니라 전철역의 플랫폼에서 잠깐 동안 기다리는 시간이나, 목욕탕에 들어가 있는 동안 위대한 과학적 원리를 발견하는 것은 〈잠재의식(潛在意識)〉 덕분이다.

전의식은 한 번에 한 가지 일, 중간의식은 한 번에 여러 가지, 그리고 잠재의식은 무한대의 힘을 갖고 있는 것이다.

『반야심경』 수련을 휘파람을 불면서 자연스럽게 할 수 있다는 것은 중간의식의 단계이다. 사경의 경우 처음에는 『반야심경』을 쓰는 데 온 정신을 쏟고 다른 것은 생각할 여유가 없다. 이는 전의식이다. 그리고 휘파람을 불며 쓰는 중간 단계가 있고, 마지막의 무의식의 단계까지 이르게 되면 그대의 소망은 자연스럽게 실현되는 것이다.

전의식 → 중간의식 → 잠재의식의 차례로 『반야심경』 수련의 단계를 밟아서 실시하면 그대의 성공은 확실해지는 것이다.

손쉽게 이룩할 수 있는 성공법, 그것이 『반야심경』 수련의 세계이다.

사람들은 흔히 "마음이 맑아지고, 어쩐지 기분이 좋구나" 하는 때에 휘파람을 분다. 『반야심경』 수련도 그와 똑같아서 실행하고 있는 동안에 마음이 상쾌하게 된다. 그렇게 되면 자연히 휘파람을 불게 될 것이다. 콧노래를 부르면서 사경을 할 수도 있다.

그렇게 하면 이제 소망 실현이라는 목표에 가까이 와 있는 것이다.

긴장한다든가 무턱대고 기대하는 상태에서 빨리 탈피하여, 그대도 자연스럽게 행함으로써 「부자(富子)」로 사주팔자 바꾸게 되는 것이다!

29
참 자연스러운 희귀동물의 초광력 하이브넷

즐겁고, 기쁘고, 올바르고, 충실하고, 번영하여 대성공자가 되고자 하는 것이 모든 인간의 본연의 모습이다.

그러므로 어린이가 불량하게 되는 것은 본래 있을 수 없는 것이다.

그리 되는 것은 부자연스럽고 마땅하지 못한 모습이다. 그러면 왜 불량한 어린이가 생기고, 네 명 중 한 명꼴로 집단 따돌림을 당하는 〈왕따〉가 되는 것인가.

첫째는 부모가 천지자연의 리듬에서 이탈되어 있기 때문이다.

둘째는 어린이 자신도 부자연스런 생활을 하고 있기 때문이다.

좋은 어린이가 되는 것은 간단하다. 부모가 『반야심경』 수련을 행하면 자연히 주위에 좋은 사람들의 좋은 기(氣)만 모이게 된다. 당연히 어린이도 좋아진다. 간단한 일이다.

잠자고 있는 자녀를 향해서 손을 합장하고 『반야심경』을 독경하는 것도 좋다. 다만 "우리 자녀가 좋아지도록 바랍니다"라고 빌어도 괜찮겠지만 굳이 신에게 비는 차원은 『반야심경』의 세계와는 거리가 있다. 다만 어떤 것을 특별히 빌지 않아도 독경하는 것만으로도 해결된다.

현재 자녀가 학교폭력이나 비행 또는 따돌림에 빠져 있다고 하더라도 다만 『반야심경』 수련을 행하는 것, 우선 시험 삼아 삼 일만 해 보면 이내 호전되는 것을 알 수 있게 된다. 그리고 100일만 되면 어떠한 인간도 바람직한 모습이 된다.

『반야심경』은 〈시대신주(是大神呪)〉 즉, 부처님의 영력(靈力)이 있는 놀라운 말씀인 진언(眞言)이자 천지자연 우주의 원음(元音) 즉, 만다라이다.

〈시대명주(是大明呪)〉는 주위를 밝게 만들고, 마음속의 어둠까지도 없애고 밝게 하는 놀라운 말이다. 그리하여 『반야심경』은 〈시무상주(是無上呪)〉, 비교할 것조차 없는 최상의 힘이 있는 말이다.

『반야심경』은 〈시무등등주(是無等等呪)〉, 그 어느 것과도 비교할 수 없는 절대적 차원의 가르침이다.

是大神呪, 是大明呪, 是無上呪, 是無等等呪.

이처럼 위력 있는 『반야심경』이다.

청소년의 불량 같은 것은 더 이상 있을 수가 없게 된다!

잘나갈 때 베푸는 것도 쉽지 않은 일이지만, 몽땅 엎어졌을 때 땡전 한 닢 감추지 않고 다 털어내 빚잔치하고 모자라는 것은 벌어서 갚는, 단연코 쉽지 않은 일을 쉽게 하는 사람이 김홍렬 사장이다.

월수입 기본 1억 원이 보장되는 네트워커 최고 직급의 핀 수여식을 앞두고 회사 측의 불법행위에 항의하면서 아무런 미련 없이 떠나버린 김홍렬 사장의 결단에 대해 오랜 시간이 지난 지금까지도 업계에서는 왈가왈부 시비론이 분분한 일대 사건이다.

지난 1985년에 한국경제가 비약적으로 성장 발전하여 「부귀군자 대한민국 富貴君子 大韓民國 Goldberg Corea」으로 탈바꿈하기 위해서는 네트워크 마케팅 비즈니스가 도입되어야 한다고 나는 한국 최초로 주창한 바 있다.

오늘날 세계의 경찰대국 미국이 전 세계에 수출하는 제1순위가 군수물자이고, 제2순위가 네트워크 마케팅 비즈니스라는 사실에 우리는 주목할 필요가 있는 것이다.

그러한 폭탄선언 이후 어언 4반세기의 세월 속에서 보물처럼 건져 올린 김홍렬 사장에게 나는 「참 자연스러운 희귀동물」이라는 별칭을 즐겨 쓰고 있다.

오래전 어느 날 나를 태우고 강연장으로 가던 고속도로 상에서 과속으로 단속에 걸렸던 적이 있다. 잠시 밖으로 나가 단속 경찰관과 몇 마디 주고받는가 싶더니 이내 차 안으로 들어온 그가 난데없이 급발진을 하는 것이었다.

100여 미터나 나갔을까, 갑작스럽게 차를 멈춘 그가 씩 웃으며 말했다.

"형님요, 심심하지예. 재미있게 해드릴 테니 쪼매만 두고 보이소."

쒸잉 소리가 나며 후진한 차를 조금 전의 단속지점에 갖다 대는 것이었다. 이번에도 혼자 차 밖으로 나가 잠시 단속 경찰관과 뭐라 뭐라 하더니 곧바로 차 안으로 들어와 콧노래를 부르며 액셀을 밟는 것이었다.

"난 영문도 모르겠고 하나도 재미없는데 자넨 뭐가 그리 즐거운지 도무지 모르겠네."

"형님요, 아까 찔러줬던 돈 만 원 도로 받아왔습니다. 하하하……."

"……."

"가서 그랬지요. 암만 생각해도 아까 줬던 돈 너무 많은 것 같소이다. 그러니 반으로 뚝 잘라 5천원만 거슬러달라고 하니까 잠시 빤히 쳐다보더니 미친놈은 아니다 싶었던지 만 원을 도로 내주면서

어서 잘 가라고 하데예."

　지금이야 있을 수 없는 일이지만 아주 오래전에 있었던 일이기에 행여 경찰관 제위께서는 오해 없으시기 바란다. 나는 경찰대학이나 경찰수사연구소 등에도 출강할 정도로 경찰에 대한 애정이 깊고 경찰의 수사 독립권에도 찬성하는 사람이다.

　지금의 김홍렬 사장이 젊은 시절 잠시 대기업에 몸을 담았다가 독립하여 자기 사업을 하겠다고 하자 주변 사람들 대부분이 미친놈 아니냐는 반응들을 보였다. 앞날이 튼튼하게 보장된 길을 남들은 들어가지 못해서 난리법석인데 그 좋은 자리를, 더구나 생기는 것도 많은 자리를 박차고 나오겠다니 말이 되느냐는 얘기였다.

　그의 결단에 지지와 격려를 해준 사람은 그의 부인 최현숙 씨뿐이었다.

　"그래, 우리 남편은 누가 뭐래도 제 사업을 해야 할 그릇이지! 누가 뭐래도 난 당신을 믿어요."

　그 한마디에 용기백배하여 건설업·유통업·부동산개발업 등 다양한 사업을 하면서 사업세계의 진면목에 눈을 뜨게 된 그는 무한한 가능성을 가진 네트워크 마케팅 사업에 뛰어들게 된다.

　웬만한 사람 같았으면 이미지가 어떻고 하면서 입방아를 찧었으련만 이때에도 부인의 전폭적인 찬성이 따랐음은 물론이다. 세상에서 가장 가까운 사이로서 무촌지간인 배우자 한 명의 찬성을 얻지 못하는 사업이라면 아예 꿈도 꾸지 말라는 것이 내 지론이다.

　몇몇 회사를 거치면서 큰돈도 벌었지만 회사가 초심을 잃고 삐딱선을 타는 경우 아무런 미련 없이 접어버리던 김홍렬 사장.

　한동안 은인자중하면서 내공을 쌓던 그가 어느 날 「초광력 수련」

과 「하이브넷 통신사업」에 올인하면 어떻겠느냐고 그 어느 때보다도 진지하게 의견을 구하는 것이었다.

그때 나는 똑똑히 보았다. 그의 이마와 콧등 그리고 손바닥에서 반짝이는 금분이 나타나는 것을.

전에 없이 조근조근 자신의 인생사명을 찾았노라고 「새로운 이야기(New Story)」를 펼치는 그에게 나는 두말없이 난생 처음으로 내 명의의 회원가입 신청서류를 건네주었다. 후일 세속의 주변에서는 나를 두고 공인으로서 생전 안 하던 짓을 했다고 이러쿵저러쿵 말들이 많았지만, 그 순간 나는 「몸나」의 변형은 물론이요 「맘나」의 변성, 더 나아가 궁극적으로 「얼나」의 변역에까지 도달하면서 「부자(富子)」로 사주팔자 바꾸는 그의 큰 기운을 확연히 느꼈기에 매우 어려운 결정을 아주 쉽게 내린 일생일대의 결단이었다.

매주 목요일 오전이면 김흥렬 사장은 만사 제쳐놓고 팔공산 빛의 터에 들어가 인류의 행복한 미래를 위해 온 힘을 기울이고 있는 초광력학회 정광호 학회장님의 초광력 빛명상으로 반야삼매에 빠져들곤 한다.

그러고는 초광력을 널리 세상에 전하는 일환으로 하이브넷 통신사업을 매개로 하여 전국적으로 초인적인 활약을 하고 있는 것이다.

어느 날 하이브넷 사업으로 진주 출장길에서 돌아오던 고속도로상에서 대형 충돌사고가 일어나는 바로 그 순간에 김흥렬 사장은 "초광력 하이브넷!"을 외쳤던 것이다.

승용차는 폐차 일보 직전의 상태로 심하게 망가졌지만 그는 손끝 하나 다치지 않았다.

말이 쉽지 그러한 순간에 대부분의 사람들은 "아이쿠야!", "어머니!", "하느님!", "죽었구나" 등의 소리를 내뱉기가 예사인데 그는 "초광력 하이브넷!"을 외쳤던 것이다.

우리 조상님들께서는 하늘에서 떨어지는 별똥별을 바라보면서 소원을 빌면 반드시 이루어진다는 믿음을 갖고 계셨다. 이것이야말로 바로 수천수만 가지의 논설을 펼치는 서구 성공철학을 한마디로 응축시키는 우리 밝달겨레의 예지라고 나는 생각한다.

나 자신이나 우리 「부자집단(富子集團)」 도반들 중에는 이러한 실증체험을 상당한 경우에 갖고 있다. 교통사고의 순간에 김홍렬 사장이 외친 "초광력 하이브넷!"은 바로 별똥별에게 소원을 빌어 성취시키는 경지와 한결같은 것이다.

어디 그뿐인가!

한국 네트워크 마케팅 역사상 유례가 없을 정도로 경쟁사의 거대한 그룹이 아무런 조건도 없이 단순히 회사의 비전과 김홍렬 사장의 "초광력 하이브넷!" 기운에 이끌려 그의 산하로 집단 이동하여 들어오기도 하였다.

어느 날 우리 시대의 대도인으로서 단군할아버지 시절부터 비전되어 오던 지구촌 최고의 건강식품이라 할 수 있는 「태삼(太蔘)」을 일궈낸 인광선사 활인촌 배대진 촌장님을 심청 선생의 인도로 뵙게 되었다.

그분은 자신의 몸을 죽음 직전의 가사상태에 여섯 번씩이나 몰아넣으면서 「태삼」을 일구어낸 「의통기성(醫統奇省)」으로서 도통하신 분이다.

김홍렬 사장이 인사드린 지 채 5분도 지나지 않아서 여간해서는 감정표출을 아니 하시는 인광선사님이 조금은 흥분된 듯한 어조로 말씀하셨다.

"매년 한국의 자동차 수출 액수보다 더 큰돈이 외국계 통신사업의 이득으로 해외로 빠져 나간다고요? 그거 절대로 안 될 말씀이지. 순수토종 하이브넷 통신사업은 누구나 다 해야 하는 애국사업이군요!"

그분께서 직접 하이브넷 통신사업에 적극 동참하시면서 열렬한 후원을 아끼지 않고 있음에 새삼 무엇을 더 이를 것인가?

수양산 그늘이 강동 팔천 리에 이른다 했거늘, 대도인 인광선사님의 순수토종 하이브넷 사업 참여는 한국 네트워크 마케팅 비즈니스 역사에 분수령이 될 것임을 나는 확신하다.

초광력 빛명상 수련을 하는 사람들에게는 일반적인 대화 중에도 그 자신의 얼굴이나 손바닥 등 신체 부위에 반짝이는 금분이 나타나곤 한다.

그런데 이 금분은 모서리가 산화규소 SiO_2, 즉 유리와 같은 성분이 40퍼센트를 차지하고 나머지 60퍼센트는 이 지구상에서는 생성될 수 없는 신비로운 물질이라는 사실이 영남대와 연세대의 연구팀에 의해 밝혀졌다.

가끔은 첫 대면인 상대방에게도 마찬가지로 금분이 나타나는데, 그날 나는 김홍렬 사장은 말할 것도 없고 대도인 인광선사님과 그의 제자 심청 선생의 얼굴에서도 반짝이는 또렷한 금분을 보면서 반야삼매에 젖어들어 환희 작약하였다.

요컨대 김홍렬 사장의 "초광력 하이브넷!" 외침은 그 나름대로의 또 다른 『반야심경』 수련이자 그 자신과 파트너들을 「부자(富子)」로 사주팔자 바꿔주고 있는 기적 아닌 기적의 진언인 것이다.

『반야심경』 수련으로 물질적 풍요함인 「부(富)」와 정신적 고결함인 「귀(貴)」를 함께 누리는 「부자(富子)」로 사주팔자 바꾸는 그대도 자연스럽게 그대로 한번 따라해 봄이 어떻겠는가?

　"초광력 하이브넷!"

30
제자이면서 스승이 되기도 하는 강포도인

옛날에 몹시도 도를 닦고 싶었던 어떤 사람이 도인을 찾아가 머리를 깎아달라고 졸랐다.

그러자 도인은 멀쩡한 아궁이를 헐어내고 새로 솥을 걸라고 했다.

생전 처음 해보는 일인지라 갖은 우여곡절 끝에 겨우겨우 부뚜막과 아궁이를 마련하고 솥을 걸었다.

그러자 도인은 부숴버리고 다시 하라고 했다.

두 번, 세 번, 삼세번인데 도무지 머리 깎아줄 생각도 않고 뭐가 잘못됐다는 지적도 없고, 네 번, 다섯 번, 여섯 번, 의심이나 짜증이 날 만도 했건만 오직 공부하겠다는 일념뿐인 그 사람은 추호도 딴 마음 먹지 않고 지극정성으로 솥을 걸어 나갔다.

그렇게 하기를 아홉 번째, 드디어 "이제 됐느니라" 하는 말씀을 들으면서 머리를 깎게 되었다.

솥을 아홉 번 걸었다 해서 구정선사(九鼎禪師)라고 불렸던 대도인의 출가 사연 역시 반야삼매가 아니고 무엇이겠는가!

멀쩡하게 살던 사람이 어느 날 갑자기 저승사자에게 이끌려 염라대왕 앞으로 나아가 살아생전의 삶에 대해 재판을 받게 되었다.

　장부를 뒤적거리면서 고개를 갸우뚱갸우뚱 하던 염라대왕이 혀를 끌끌 차면서 겸연쩍은 표정으로 말을 하는 것이었다.

　"어허! 이거 대단히 미안하게 됐소이다. 당신은 아직 여기에 올 때가 안 됐는데 내 부하들이 큰 실수를 한 것 같소이다. 그렇다고 당신 집에서는 이미 장사를 지냈으니 살던 집으로 다시 보내줄 수는 없는 노릇이고, 아예 새로운 사주팔자로 태어나게 해줄 테니 당신의 희망사항을 말해주면 내가 그대로 들어주겠소."

　이승에 다시 태어나게 해주겠다는 염라대왕의 말에 환희 작약한 그 사람은 만감이 교차하는 감회 속에 입을 열었다.

　"네, 대왕님. 고맙습니다! 제가 뭐 별다른 큰 욕심은 없습니다. 그저 하늘을 가릴 만한 오두막 한 채와 현모양처인 부인과 예쁜 딸 하나, 잘난 아들 하나, 그리고 이웃에 돈 꾸러 다니지 않을 정도의 땅뙈기나 있었으면 합니다. 낮이면 밭 갈고, 저녁이면 글줄도 읽고 애들 재롱도 기꺼워하면서 오순도순 살고 싶습니다."

　그러자 염라대왕이 벼락같은 소리를 질러댔다.

　"예끼! 이 사람아. 욕심이 없다고? 세상에 그렇게 큰 욕심이 어디 있단 말인가. 그렇게 좋은 자리가 있으면 내가 진작 갔지 여기 골치 아픈 자리에 이렇게 앉아 있겠는가."

　염라대왕이 부러워했던 자리와는 비교가 안 될 정도로 훨씬 더 좋은 「부자(富子)」의 길을 걸어가고 있는 사람의 「새로운 이야기(New Story)」가 여기에 있다.

　젊은 날 LG그룹 계열의 반도패션에서 수백 명을 지휘하는 디자인 실장으로 한참 잘나가던 그는 어느 날 고향의 어머니가 홀로 되시자 홀연히 직장에 사표를 내던지고 산간벽지 고향으로 아내와 함

께 내려온다. 장남도 아닌 막내이면서 어머니 살아생전에 작은 효
도라도 곁에서 해드려야겠다는 일념으로. 결코 쉽지 않은 결정을
흔쾌히 따라준 부인 역시 예사로운 사람은 아니었던 것이다.

논농사 밭농사도 짓고, 소 돼지 개도 기르고, 산으로 다니면서 송
이도 따고 약초도 캐고, 지역사회 자원봉사자로 활동도 하고, 산간
곳곳에 널려진 비닐 따위의 쓰레기 수거를 본업인 양 몰두하다가
환경부장관 표창도 받고…….

속 모르는 사람들은 뭔 자리에 출마라도 할 꿍꿍이가 있는 것 아
니냐고 비아냥거리기도 했지만 그는 전혀 개의치 않고 오롯이 자신
의 길을 걸었다.

산사 아랫동네에 살고 있던 그가 어떤 기운에 따라 내가 공부하
는 토굴에 들르게 되어 수인사를 나눈 후 나는 그가 한마디로 범상
치 않은 법기(法器)임을 알아차렸다. 시간이 가면서 알고 보니 그는
못하는 게 없는 만능재주꾼이자 모르는 게 없는 만물박사였다. 각
종 기계와 장비, 전기, 목공, 보일러, 집짓기, 원만한 인간관계, 탁
월한 리더십…….

그때부터 그에게는 맥가이버가 아니라 그의 성씨를 붙여서 '이가
이버' 라는 별칭이 붙게 되었다.

내가 뭐라고 얘기하기 전에 그는 수시로 찾아와서 자발적으로 척
척 알아서 토굴 살림살이를 일구어주었다. 내가 뭔가 좀 필요하다
싶은 생각이 들면 아무런 언급이 없었음에도 불구하고 그는 사흘
내로 구해와 내미는 것이었다.

"산에 갔다가 마침 눈에 띄는 것이 있어 교수님 필요할 듯싶어 솟
대감을 구해 왔나이더."

사업상의 애로를 겪는 후배를 위해 솟대를 세워 올려 기운을 돌

려야겠다는 생각을 속으로만 하고 있었던 어느 날의 일이었다.

한번은 계룡산도인 해인선생으로부터 새벽에 전화가 와서 나라 걱정하는 꿈 얘기를 하는 것이었다. 이내 올라온 그에게 말했다.

"이보시게! 오행장명등 솟대를 세워 올려 이 나라의 기운을 좀 더 밝혀야겠네."

"알았니이더."

"나도 같이 따라 나설까?"

"됐니이더. 공부하고 계시소."

이내 나간 그는 아침 공양 시간에 즈음하여 한 아름이 넘는 기둥에 넓적다리만큼 굵은 줄기 다섯 개가 균형을 이룬 느티나무를 그의 자가용인 트럭에 싣고 오는 것이었다.

그가 솟대작업을 하면서 나름대로 운율을 붙여 독경을 하는 것을 보노라면 말 그대로 반야삼매인 것이다.

산중생활이라는 게 자칫 단조롭고 따분하거나 무료해질 때도 없지 않아 있게 마련이다.

그럴 때면 편안함과 함께 즐거움을 맛보여주는 그가 어느 날 들려준 이야기이다.

"교수님이요. 이건 우리 동네에서 있었던 실화래요. 육이오 사변 후 우리 사촌형님 댁에서 머슴살이하던 홍씨는 홀아비여서 그 아버지 기일이 되어도 제사를 올릴 수 없었대요. 먹여주고 재워주는 대가로 일을 할 뿐 별도의 보수가 없었던 그 시절에 제수를 장만할 돈도 그렇거니와 제상을 차릴 줄도 몰랐고 더더구나 축지방을 쓸 줄도 몰랐으니 괜스레 어설픈 제사 흉내 내다가 남들에게 책잡힐까봐 두렵기도 했대요. 그렇다고 그냥 건너뛸 수는 없는 노릇이고, 우리

사촌형님께 말씀드리고 나서 그 아버지 산소에 가서 두 번 절하고
는 이렇게 아뢨대요.

'아부지요, 제가 더없이 못난 푼수라 일 년에 한 번뿐인 아부지
제삿날에 빈손으로 왔구만유. 그러니 저와 함께 장터거리로 나가서
자시고 싶은 대로 실컷 잡수이소.'

그러고는 준비해온 「현고처사부군신위(顯考處士府君神位)」라 적힌
지방을 저고리 안섶에 옷핀으로 꿰어달고는 살레덜레 산을 내려와
읍내 장터로 나갔대요. 밥 집 앞에 가서는 '아부지요, 여기 밥 있니
더.' 떡집 앞에 가서는 '아부지요, 떡 드이소.' 정육점, 어물전, 과
일가게, 술집 등을 골고루 돌면서 그 앞에 잠시 멈춰 서서 저고리
앞섶을 제치고 드시라 하고선 산소로 돌아와 다시 두 번 절하고 집
으로 돌아왔대요.

그런데 어느 해인가는 시장 순례를 마치고 돌아오는데 영덕에서
안동으로 오는 어물차가 눈에 띄기에 얼른 저고리 앞섶을 제치고
지방을 드러나게 하고 아뢨대요.

'아부지요, 저기 어물차가 오고 있니더. 얼른 빨리 실컷 잡수시
이소.'

그런데 가까이 오는 자동차를 보니 어물차가 아니라 똥차였대
요. 기겁을 한 그 사람은 저고리를 벗어젖혀 흔들면서 망가망가 뛰
었대요.

'아부지요, 얼른 토해내시이소. 얼른요 얼른……'

다시 한 번 새로 시장 순례를 하고 뒤늦게 돌아온 홍씨가 우리 사
촌형님에게 늦게 귀가한 전말을 털어놓아 알게 됐대요."

하하하 웃음도 잠깐, 출천지효자(出天之孝子)라는 말이 떠오르며
나는 옷깃을 여미며 숙연해졌다.

그 뒷얘기지만, 몇 해 후 주인집에서 살림을 차려줘 독립한 홍 서방은 가정을 꾸리고 점차 살림도 불어나면서 「부자(富子)」로 사주팔자 바꾸었다고 한다. 그 정신을 이어받은 후손들도 마찬가지고.

그럼, 그렇지. 아무렴 그렇고 말고!

그러던 어느 겨울날 오후, 그가 갑자기 산삼을 캐러간다는 것이었다.

"이 추운 겨울에 어떻게 산삼을 찾겠느냐"며 만류해도 고집을 부리며 산을 오르는 것이었다.

밤중이 되어도 소식이 없고 핸드폰은 연결이 되지 않고, 할 수 없이 동네로 내려가 그의 집에 들러봤으나 역시 그는 없었다. 그날따라 부인과 자녀들은 친척 댁에 가서 자고 온다는 얘기를 그에게서 이미 들은 터였고, 동네 마을회관엘 가 봐도 역시 마찬가지로 그 사람은 눈에 띄지 않았다. 할 수 없이 다시 토굴로 돌아오니 마음만 산란해지는 것이었다.

향을 사르고 촛불을 붙이고 공부자리에 들어가니 고요함 속의 정적에 젖어드는 것이었다.

얼마나 시간이 흘렀던가, 비몽사몽간에 그가 환하게 웃으며 토굴로 들어서는 것이었다.

그리고 얼마 후 그가 실제로 나타났다. 50~60년생은 족히 될 만한 산삼 세 뿌리를 캐갖고 돌아온 것이었다. 산에 올라 짚이는 자리에 이르고 보니 산삼줄기 흔적이 보였다 사라졌다 하더라는 것이었다.

웬만한 사람 같았으면 훗날을 기약하고 그냥 내려왔으련만 그는 늘 소지하고 다니던 『반야심경』 해설서를 아무런 께름칙함도 없이 알뜰살뜰한 마음가짐으로 씨불 삼아 겨우 모닥불을 붙여 밤을 새우며 반야삼매에 들었던 것이다. 그러면서 푸석푸석 언 땅을 헤집어가며 잔뿌리까지 살려 산삼을 캤던 것이다.

옛날에 그 유명했던 단하선사는 남의 절 법당에 들어가 목불을 들어내다가 쪼개어 군불을 때면서 몸을 녹였다는 이야기가 있는데, 이가이버는 정녕 단하선사보다도 한 수 위의 경지에 올라가 있는 것이 아닌가!

대견해하는 나를 보며 그가 입을 열었다.

"교수님! 이만하면 제 결심의 증표가 되지 않겠십니꺼? 제자로 삼아주십시오. 스승님으로 모시겠습니다."

"이보시게! 술상 좀 봐오시게."

"예, 알았니이더."

다음날 새벽에 다시 올라와 똑같은 간청을 하는 그에게 나는 여전한 얘기를 했다.

"이보시게! 술상 좀 봐 오시게."

"예, 알았니이더."

다음날 새벽에도 동일한 상황이 벌어졌다.

평상시 술을 즐기던 그였지만 굳이 마다하기에 난 사흘 내내 그가 쳐주는 새벽 술을 혼자 마셔대기만 했다.

이윽고 나흘째 되던 날 새벽에 올라온 그는 이번에는 아예 미리 술상을 봐갖고 들어와선 선수를 치면서 말하는 것이었다.

"옛날에 어떤 제자가 물을 길러 가는데 스승께서 냅다 몽둥이질을 했대예. 영문도 모른 채 맞은 제자가 물었대예.

'제가 뭘 잘못했다고 때리시는 겁니까?'

'이눔아, 물동이 깨기 전에 미리 조심하라고 때렸느니라.'

제자가 하는 짓거리가 꼭 물동이를 깰 것 같아서 사전 예방차원에서 때렸던 것이겠지요.

저도 다 예저 제서 보거나 들은 것인데 이런 얘기도 있지예.

뛰어난 명의는 아직 생겨나지 않은 병을 미리 다스리고, 보통의 중의는 바야흐로 생겨나려고 하는 병을 다스리고, 평범한 의원은 이미 생겨난 병을 다스린다지예. 생겨난 병, 생겨나려는 병, 생겨나지 않은 병까지도 모두 다스리는 교수님을 스승으로 모시기 전에는 이 자리에서 꼼짝도 않을 것입니다.”

몸과 입과 마음의 신구의(身口意) 3업을 청정하게 하니 나오는 말마다 자연스레 한껏 경건해지는 그 사람에게 나는 하늘에 우러러 한 점 거리낌 없는 정갈한 마음으로 입을 떼었다.

“아직도 부족한 게 많은 내가 자네 스승이 된다는 것은 어불성설일세. 오히려 말 없음 속에 행동으로 뜻 깊은 말을 들려주는 자네야말로 내 스승일세.”

밝은 마음, 맑은 의식을 지닌 선지자들의 침묵 속의 일거수일투족은 그 무엇보다도 고귀하고 위대한 것이다.

웬만한 사람 같았으면 진작 제멋대로 “형님으로 모시겠습니다” 해놓곤 내가 어찌 생각하든 아랑곳하지 않고 “형님! 형님!” 해댔으련만, 법도 있는 집안의 자손인 그는 역시 달라도 한참 달랐다.

그럭저럭 여차저차 하여 공식적으로는 내가 스승이요 사적으로는 내가 세상나이 조금 더 먹은 연유로 형님 노릇하기로 낙착을 보고 간단하게나마 지성껏 하늘에 예를 올렸다.

점차 시간이 흐르면서 세상에서 내가 큰돈 들여가며 배우고 또 어마어마하게 더 큰돈 받으며 사람들에게 가르쳤던 리더십·커뮤니

케이션·휴먼릴레이션·모티베이션·카운슬링 등 그러한 모든 것들이 그 사람 앞에서는 무색해지면서 나는 더 크고 더 넓고 더 깊은 공부를 그 사람에게 배우게 되었다.

누가 무슨 부탁을 할라치면 "알았니이더", 감사를 표하면 "됐니이더"를 입에 달고 천진동자의 웃음을 머금는 그 사람, 한국 정신문화의 수도 안동시 임하면 추목리의 이선종 씨에게 '지혜의 강을 건너는 사람들이 모여드는 나루터' 라는 뜻의 「강포도인(江浦道人)」이라는 하늘의 이름이 내려졌다.

만사에 "알았니이더", "됐니이더"를 자연스럽게 내뱉으며 수시로 반야삼매에 젖어드는 부자집단의 거멀못으로서 내 스승이기도 하면서 제자이자 형님이 되기도 하면서 아우인 강포도인 같은 「부자(富子)」들이 맑고 밝은 큰 기운을 내뿜기에 누가 뭐래도 아름다운 세상 「부자(富子)」로 사주팔자 바꾸면서 인연중생들과 더불어 즐겁게 살아야 할 권리와 의무가 우리에게 있는 것이리라!

31
심신건강 무병장수하게 된다

오늘날 60억 인류 중 12억 명은 너무 잘(?) 먹어서 병들어 죽고 또 다른 12억 명은 너무 잘(?) 못 먹어서 굶어죽는 세상이다.

그런데 『반야심경』 수련과는 인연이 닿지 않아 너무 잘 먹어 병들어 죽는 사람들은 별도로 하고 굶주리고 굶어죽는 이웃 사람들을 누가 무슨 명목으로 어떻게 단죄할 수 있는가? 사람의 탈을 썼다면 결코 그럴 수는 없는 법이다.

우리 사회에는 지금 미국산 녹용의 90퍼센트를 수입해다 고아 먹고, 태국의 코브라뱀탕을 거덜 내다시피 하는 사람들이 있다. 은으로 만든 도시락에 담긴 각종 보양강장제로 만들었다는 음식 한 그릇을 100만원씩이나 주고 사먹는 사람들도 있다. 호랑이의 신(腎)을 넣고 끓였다는 멀건 국물 한 그릇을 30만원씩이나 주고 사먹는 사람들도 있다.

이러한 사람들 치고 몸이 건강해지거나 사업이 잘 되는 경우는 도시락 싸들고 찾아다녀도 찾을 수 없다. 하늘 무서운 줄 모르고 끝 간 데 없이 막나가는 불쌍한 사람들이다.

옛날부터 〈독경〉의 습관을 유지하고 있는 사람들은 병 없이 오래 사는 무병장수파가 많았다. 독경을 하면 자연스럽게 단전호흡이 이루어지면서 복압(腹壓)이 높아지고, 전신의 혈액순환이 좋게 된다. 즉, 〈독경〉은 건강과 밀접히 연관되어 있는 것이다.

그리고 이에 추가해서 『반야심경』 수련의 놀라운 힘이 있다.

즉, 누구나 결코 무리하지 않으면서 자연스럽게 성공하게 되는 점이다. 여기서 말하는 성공이란 물론 심신의 건강을 포함한 광의의 것이다.

그런데 막연하게 무병장수를 바라기보다는 자신의 인생에서 〈무엇을 이룩하였는가〉를 중요시하는 편이 훨씬 더 가치가 있는 것이다.

여기에 더하여 충실한 인생을 살면서 무병장수한다면 더 말할 나위가 없는 것이다.

매일 반복해서 실천하다 보면 그대는 어느새 「부자(富子)」로 사주팔자 바꾸면서 심신건강하고 무병장수하게 되는 것이다!

32
플러스를 플러스로,
마이너스도 플러스로

"사촌 아우인 용철이가 아들을 낳았다", "월급이 이달부터 올랐다", "전부터 희망하고 있던 자원봉사자 모집에 선발되었다……" 등등.

어떤 소식이건 〈좋은〉 소식인 경우에는 동시에 『반야심경』의 세계를 실감하면 좋다.

어떠한 세계인가?

있는 그대로 당연한 천지자연의 흐름, 자유자재, 그러한 이미지를 떠올리는 것이다.

읽기도 하고, 쓰기도 하고, 보기도 한다. 그러한 방법뿐만이 아니라 이미지를 느껴보는 것도 때로는 필요한 것이다.

본시 『반야심경』이란 문자의 차원이 아니라 그대 자신이 부처님이 된다는 생활방식을 뜻하는 것이다.

그렇다면 좋은 이미지를 느끼면서 즐겁게 살아가는 것이 바람직하지 않을까?

좋은 소식과 동시에 그대의 『반야심경』 수련에 대한 이미지를 느긋하게 느껴보는 것이다. 즐거운 인생의 출발점이 된다. 이 좋은 소식이라고 하는 플러스의 정보가 그대의 잠재의식을 작동시킨다. 이러한 상태에 있으면 어떠한 소망을 불어넣어도 만능의 힘이 바라는 목표를 달성시켜주는 것이다.

그런데 실상은 누구에게나 다가오는 이러한 좋은 기회를 놓쳐버리는 사람들이 의외로 많이 있다. 실로 안타깝기 그지없는 노릇이다.

잠재의식 플러스 『반야심경』 수련이라고 하는 인류 역사상 최고의 「천지자연 음양조화 부귀군자 성공철학」을 자유자재로 활용하는 것이 평생학습시대 자기개발사회의 화두가 되어야 한다.

반대로 나쁜 소식인 때에도 물론 『반야심경』의 세계를 실감하면 이 또한 좋다. 왜냐하면 『반야심경』 수련은 플러스를 더욱 플러스로 하고, 마이너스도 플러스로 바꾸는 기운을 가지고 있기 때문이다.

요는 무시로 『반야심경』 수련을 실천하고 있으면 틀림없다.

33
베껴 쓰기로 집중력을 세 배 향상 시킨다

'패기가 없다.'

'무엇을 해도 오래 지속하지 못한다.'

'한 가지 일에 집중하지 못한다.'

이러한 사람에게 가장 권하고 싶은 수련방법은 〈사경(寫經)〉이다. 흘러가는 구름처럼 느긋하게, 쭉쭉 써 나가는 것이 본래의 모습이다.

그러나 갑자기 거기까지 가지 않아도 좋다. 누구나 처음으로 경문을 쓰게 되면 긴장하게 된다. 어느 정도의 긴장은 소위 〈집중〉인 것이다.

한 자 한 구절, 세세한 곳까지 틀리지 않도록 〈기(氣)〉를 쓰게 된다. 이 기도 또한 집중이라고 할 수 있다.

즉, 정신을 일점집중 『반야심경』에 기운을 모아 쓰는 것이 사경이다. 이것을 반복하게 되면 집중력이 최소한 세 배까지 향상된다. 소리의 면에서 말하면 동물이 먹잇감을 덮칠 때에 〈우~〉라고 하는 소리인 〈수렴음〉을 내면서 사경을 하면 훨씬 더 효과적이다.

현재 우리 사회의 직장인이나 주부들은 물론이요, 특히 청소년들의 집중력 저하 문제는 개인차원의 불행이자 국가 전체의 경쟁력을 약화시키는 심각한 수준이다. 급변하는 첨단문명의 탓일 수도 있고, 시청률 경쟁에 혈안이 된 상당수 몰지각한 TV프로그램 탓일 수도 있다. 각계각층의 모임에 초청 특강을 나가보면 정서불안에 걸린 사람들처럼 잠시 잠깐의 집중도 하지 못하는 사람들이 갈수록 늘어나고 있다.

집중력을 개발하는 데 있어 사경은 참으로 좋은 방편이 된다.

다만 집중력이 붙었으면 이제는 그것을 버려야 한다. 그것을 그대로 잡고 있으면 더 이상 진전이 안 된다. 주먹 속의 동전을 버리지 않고서는 다른 새로운 것을 잡을 수가 없다. 마찬가지로 사경을 단순한 집중력 개발법이라고만 생각하고 있어서는 진보가 없게 된다.

집중력이 세 배까지 향상되면 그 후에는 『반야심경』의 세계, 즉 있는 그대로의 모습으로 돌아오는 것이다. 천지기운이야말로 무엇보다도 중요한 것이다.

『반야심경』의 세계에 국한하지 않고, 어떠한 일에 있어서도 〈형(型)〉으로부터 출발하는 것이 많다.

우리 식의 자기개발의 전형적인 모델은 〈수리파(修離破)〉이다.

처음에는 역할모델인 스승이나 상사 또는 선배를 열심히 흉내 내며 자기를 닦는 〈인생 벤치마킹(Life Benchmarking)〉을 하는 것이다. 그리하여 바람직한 틀을 만들고는 그것을 벗어나면서 깨뜨리게 되는 것이다.

비로소 자기 나름의 새로운 창조를 시작하면서 「부자(富子)」로 사주팔자 바꾸게 되는 것이다!

34
누구나 손쉽게 실천할 수 있는 스트레스 해소법

어느 구두닦이가 다른 구두닦이에게 말했다.

"아, 글쎄 다방에 들어가니까 아저씨 세 분이 앉아 계신데 그중 아저씨 두 분이 구두를 닦겠다는데 한 새끼가 안 닦는다니까 나머지 두 새끼도 모두 안 닦는다잖아."

이런 말을 하면 『반야심경』을 〈고맙게〉 생각하고 있는 사람들은 노여워할 수도 있을 것이다. 그러나 사실이다. 나는 그렇게 취급한다.

물 흐르듯 하는 기운의 자연스러운 흐름에 따르는 것이다.

그것은 낙서하는 것처럼 〈사경〉을 하고, 콧노래를 부르는 것처럼 〈독경〉을 하고, 나체사진이라도 보는 것처럼 〈견경〉을 하고, 가요를 듣는 것처럼 〈문경〉을 하면 되는 것이다. 즉, 스트레스 해소법의 하나로 마음 편하게 행하면 되는 것이다.

특별히 경문 자체에 고마워할 것은 아무 것도 없다. 마음 편하게 아무렇게나 누워서 행하는 편이 더 큰 효과를 볼 수도 있다.

『반야심경』 수련은 일종의 스트레스 해소법이라고 편안하게 생각하고 즐겁게 실시하기 바란다. 마음에 거리낌 없이 편안하게 행하는 곳에 성공이 있다. 이것이 『반야심경』 수련의 비결이다.

예를 들어 〈사경〉의 경우를 생각해보기로 하자.

어린이가 사경을 하면 장래가 참말로 안락하게 된다. 사인펜으로 색깔을 섞어서 270 문자를 베껴 쓰는 것도 하나의 방편이 된다. TV에 나오는 만화영화를 보면서 큰 소리로 노래를 부르면서 써도 된다.

어른들도 마찬가지다. 스트레스 해소법의 방편으로 하는 것이므로 자신의 취미에 맞추면 된다. 골프가 좋은 사람은 골프 프로를 보면서 경문을 쓴다. "잘한다, 박세리!" 등 추임새를 넣으면 더욱 좋다.

마약을 하거나 컴퓨터게임 중독 등에 빠지는 어처구니없는 일은 더 이상 있을 수 없게 된다.

"이렇게 해서 과연 성공할 수 있을까?" 의심하는 사람도 있을 것이다.

그것은 선인들의 〈이론보다는 증거〉라는 말씀처럼 지금 실천해보면 곧바로 그 효험을 맛보게 되는 것이다.

'어떻게 하면 재미있게 『반야심경』 수련을 실시할 수 있을까?' 라는 생각을 하면서 실천하기 바란다.

단순히 스트레스 해소법이라고 생각하고 편안하게 실시하라.

그럴수록 소망하는 것이 빠르게 달성된다.

이처럼 좋은 것은 더 이상 없는 것이다!

35
명상의 배경 음악으로 사용하여도 좋다

대뇌생리학적으로 음악은 뇌와 밀접한 관계를 갖는다.

그런데 명상의 배경음악으로서 나는 『반야심경』을 권하고 싶다.

시판하는 것이건 자신이 녹음한 것이건 일체 제한은 없다. 명상은 어떠한 자세로 해도 상관없다. 여하 간에 『반야심경』 수련에는 어떠한 제약도 필요 없는 것이다.

하루 5분씩도 좋다. 매일 반복해가다 보면 그대는 놀라울 정도로 성공자가 되는 것이다.

한층 효과를 높이고 싶으면 이미지를 떠올리면서 명상을 하면 좋다. 어떠한 이미지를 가질 것인가? 그것은 〈플러스〉의 이미지와 〈자신의 이상상(理想像)〉 그리고 〈소유하고 싶은 물건〉의 이미지를 말한다.

플러스란 사랑, 행복, 성공, 보람, 향상, 건강, 진보, 발전, 번영, 재산, 밝음 등의 이미지를 말한다.

이상상(理想像)이란 그대의 성격, 경제, 가정, 일, 사회에서의 목표를 달성한 자신의 모습 등에 대한 이미지이다.

소유하고 싶은 물건이란 글자 그대로 〈저택〉, 〈별장〉, 〈다이아몬드〉, 〈자동차〉 등의 이미지이다.

이 세 가지의 이미지를 명상 중 머릿속의 스크린에 선명하게 그린다. 그러면서 배경음악으로 『반야심경』을 듣는 것이다.

놀라운 상승효과가 그대를 「부자(富子)」로 사주팔자 바꾸게 해준다!

36
베풀고 또 베푸니
이 또한 기쁘지 아니한가

세상에서 가장 손쉽게 마음대로 히터와 쿨러가 되는 것이 『반야심경』 수련이다.

어찌할 수 없게 추운 경우 독경하는 것만으로도 몸속이 따끈따끈해진다.

더위에 견디기 힘들 때 270 문자를 보고 있으면 시원하게 된다.

참으로 신기한 일이다.

인간에게는 천지자연의 리듬이 가장 적합한 것으로서 『반야심경』 수련에 의해서 그 리듬이 몸에 배게 되면 몸에는 겨울과 여름의 각각에 알맞은 적응작용이 나타나게 되는 것이다.

결국 더위나 추위에 지치지 않는 작용기능체가 되는 것이다.

매일의 생활 속에서 『반야심경』 수련을 실시해가는 가운데 자연히 날씨나 기온에 좌우되지 않는 부동(不動)의 자신이 양성되어 가는 것이다. 더우면 더운 대로 추우면 추운 대로 좋은 것이니 이 또한 기쁘지 아니한가!

일숫돈 걸으러 다니는 것도 아닌데 매일같이 큰 가방을 들고 다니는 여인이 있다.

스승님으로부터 받은 별명이 〈애호박(愛好朴)〉인 한국 최초의 여성 유머강사로서 〈유머플러스센터〉 소장인 박인옥 교수가 바로 그 주인공이다.

그녀의 일과는 보통 바쁜 것이 아니다.

집안 살림하랴 몇 군데 문화센터와 대학 평생교육원, 종합병원 등에서 유머강좌를 이끌고 있으며 그 외에도 주부대학이나 기업에서 〈디지털시대의 유머 리더십〉과 〈유머와 스마일 센스〉 등의 특강을 하며 방송 출연도 수시로 하고 청탁원고도 쓰며 고아원, 양로원, 노인대학 등의 사회봉사활동에도 열심이다. 게다가 대학에서 박사과정도 밟고 있다.

무릇 조직이 발전하고자 한다면 〈커피 브레이크(Coffee Break)〉가 문제가 아니라 하루에 최소한 두 번, 오전 오후 한 차례씩 〈스마일 브레이크(Smile Break)〉를 생활화하자고 박인옥 교수는 강조한다.

"주어진 틀 속의 고정적인 업무는 점차 컴퓨터나 기계가 대신하고 구성원들은 직위·직종을 불문하고 창의력을 발휘하여 새로운 아이디어를 만들어내는 것에 치중하는 조직만이 성장·발전한다고 생각합니다. 여러 가지 방법이 있겠지만 별다른 비용을 들이지 않고도 그 효과가 대단한 것이 바로 〈스마일 브레이크〉라고 생각합니다. 품질관리 분임조 활동에서도 제안 건수가 상승하는 작용도 가능합니다."

그런데 그렇게 바쁜 사람이 웬 큰 가방을 들고 나들이를 할까?

『유머를 밝히면 세상이 즐겁다』, 『웃으면 행복하고 웃기면 성공한다』 등의 저서를 펴낸 박인옥 교수의 큰 가방 속에는 매일 250여 통의 〈오늘의 유머〉라는 A4지가 가득히 들어 있다. 그녀는 만나는 사람들마다 웃음을 선물해주기 위해서 〈오늘의 유머〉를 건네주는 것이다.

유머 시트를 복사해서 나눠 보는 사람들까지 따지면 그녀는 매일 최소한 1,200여 명의 사람들에게 웃음공덕을 쌓는 것이다.

일찍이 석가모니 부처님께서는 〈무재칠시(無財七施)〉라 하여 재물 아닌 것으로 베푸는 보시를 말씀하셨는데 그중 으뜸을 〈화안시(和顏施)〉라 하여 밝은 얼굴 표정을 강조하셨다.

그렇게 밝은 얼굴을 만들어주는 장한 일을 그녀는 매일 실천하고 있는 것이다.

그 유래는 이렇다.

몇 해 전에 '사람들의 표정이 너무 굳어져 걱정' 이라는 내 강연을 듣고 찾아와 〈오늘의 유머〉에 관한 아이디어를 내놓는 것이었다.

많은 사람들이 입이나 머리로는 국가와 사회를 걱정하지만 실제 행동으로 옮기는 경우는 거의 없기 때문에 더 이상 발전의 소지가 없어지는 것이다. 그런데 그녀는 자신의 아이디어를 즉시 행동으로 옮긴 것이다.

본래 박인옥 교수는 유명한 피부미용전문가였다. 화장품회사나 여성단체 등 여러 곳에서 피부미용을 강의도 하고 자신이 직접 뷰티숍을 경영하기도 하였다. 그러다가 어느 날 문득 천계(天啓)와도 같은 깨달음이 다가오는 것이었다. 사람들의 마음속에 따뜻한 행복감과 얼굴에 밝은 웃음이 없이는 결코 피부를 아름답게 가꾸기에는 한계가 있다는 것을 깨닫자 이내 그녀는 타고난 〈끼(氣)〉를 발휘하여 유머를 연구하게 되었다.

최근에 발표된 미국 하버드대학 피부과학연구소와 일본의 시세이도(資生堂) 화장품 회사의 공동연구 결과를 보면 "마음이 고와야 피부도 곱다", "근심과 스트레스는 피부를 상하게 한다"로 요약할 수 있는데 박 교수는 이를 실증적으로 깨우친 것이다.

따뜻한 행복감과 밝은 웃음이 어찌 피부미용에만 관계되는 것이랴. 그것은 성공적인 인생을 살아가는 모든 「부자(富子)」들의 근본 덕목인 것이다.

〈오늘의 유머〉를 특별히 부탁해 매일 받아보면서 자신의 삶을 가꾸고 특히 세일즈 장면에 활용하여 성공신화(Success Story)를 일구는 사람들도 점차 늘어나고 있다.

박인옥 교수는 말한다.

"미국, 프랑스, 스위스, 캐나다 등지에서는 웃음을 치료에 활용하는 병원이 생기고, 웃지 않는 환자를 위해 간지럼을 태우는 기계까지 발명되었답니다. 외국인들은 흔히 '한국인들은 웃지 않는다' 라고 말하지만, 우리가 진심으로 웃는 웃음이 없는 것은 결코 아닙니다. 유머를 듣거나 코미디를 보면서 웃는 수동적 웃음인 〈래프(Laugh)〉는 일상적으로 자주 하고 있지요. 그러나 문제가 되는 것은 인간관계를 원활하게 하기 위한 에티켓적인 의미가 있는 〈스마일(Smile)〉이라고 생각합니다. 특히 낯모르는 사람들에 대한 스마일은 찾아보기가 매우 어렵습니다. 그러다 보니 자칫 얼굴이 굳어지고 따라서 머리도 굳어지다 보면 좋은 아이디어가 나오지 않게 되는 악순환이 반복될 수도 있습니다. 요컨대 〈래프〉에 유머가 필요하다면 〈스마일〉에는 센스가 필요한 것이지요. 경주 토함산에 있는 석굴암 본존불은 유네스코가 지정한 세계적 문화유산입니다. 세계 역사상 유례를 찾아보기 어려운 그 아름다운 미소를 우리 조상님들은 생활화했다고 생각합니다. 지금 우리가 잃어버린 조상님들의 신비의 미소를 되살릴 때 우리 모두의 앞날은 밝아진다고 확신합니다."

참 대단한 얘기이다.

밝은 웃음에 관해 이처럼 논리 정연한 설명을 나는 세상에 태어나서 처음으로 듣게 되었다.

일찍이 공자님께서는 『논어(論語)』 첫머리에서 "배우고 때때로 익히니 이 또한 기쁘지 아니한가(學而時習之 不亦說乎)!"라는 말씀을 하신 바 있지만 "……이 또한 기쁘지 아니한가!"를 입에 달고 살아가는 박인옥 교수야말로 그 나름의 『반야심경』 수련을 하고 있는 셈이다.

다음은 박인옥 교수가 즐겨 소개하는 "……이 또한 기쁘지 아니한가!" 시리즈의 일부이다.

• 친구 생각을 하고 있는데 그로부터 전화가 걸려왔으니 '이 또한 기쁘지 아니한가!'
• 남편이 모처럼 타준 커피 한 잔으로 입안 가득 향취가 감도니 '이 또한 기쁘지 아니한가!'
• 딸도 없이 외롭게 살아가는 부부도 있는데 딸이라도 있으니 '이 또한 기쁘지 아니한가!'
• 얼굴이 좀 못생기기는 했지만 건강한 신체를 가졌으니 '이 또한 기쁘지 아니한가!'
• 직업이 없어 길거리로 나앉는 사람들도 있는데 일터가 있으니 '이 또한 기쁘지 아니한가!'
• 자녀가 비록 공부를 잘 못해도 컴퓨터 게임에는 도사이니 '이 또한 기쁘지 아니한가!'
• 고객이 크게 화를 낼 줄 알았는데 밝게 웃어주니 '이 또한 기쁘지 아니한가!'

• 상사로부터 심한 꾸중을 듣고 격려의 술잔을 받으니 '이 또한 기쁘지 아니한가!'

• 썰렁해진 분위기를 한 마디의 유머로 따뜻하게 바꾸니 '이 또한 기쁘지 아니한가!'

• 쉼 없이 기도하고 끊임없이 기뻐하며 범사에 감사하니 '이 또한 기쁘지 아니한가!'

그대의 삶 또한 "……이 또한 기쁘기 아니한가!"가 연속되면서 「부자(富子)」로 사주팔자 바꾸게 된다.

37
한국 최고 재벌의 원동력,
부자소도의 부자솟대

한국 최고의 재벌을 일군 삼성그룹의 창업자 고 호암 이병철 회장님 집무실에는 나무로 만든 닭, 이른 바 목계(木鷄)라고 불리는 작품 한 점이 항상 놓여 있었다.

외부의 어떠한 자극에도 눈 하나 솜털 한 올조차 꼼짝 않고 오직 결전의 순간에 대한 무아지경에 빠져 있는 최고 싸움닭의 경지를 드러낸 것이라는 정도로만 사람들은 알고 있었다.

「인재제일」, 「사업보국」 등의 경영철학을 바탕하여 대한민국 최고가 아니라 항상 미국·일본 등 선진국을 염두에 두고 사업 구상을 펼쳤던 호암 선생!

백천간두의 중요한 사업 결단의 순간마다 목계를 바라보며 반야삼매에 젖어들어 인간의 알음알이를 초월한 하늘의 말씀, 즉 천명(天命)을 구했던 것이다.

그러니 비록 굽이굽이마다 고비는 있었을지언정 하는 일마다 승승장구였던 것이다.

어떠한 인연으로 나는 단독으로 그분을 뵙고 인사를 올리면서 그 목계와 마주할 기회가 있었다. 그 순간 나는 온몸이 전율할 정도로 짜릿짜릿한 황홀지경에 빠져들었다.

「솟대!」

　그것은 바로 하늘과 땅과 사람, 즉 천지인(天地人) 삼재(三才)의 기운이 한데 어우러져 뜻한 바 마음먹은 대로 일이 이루어지도록 한 빛을 쏟아내는 「솟대」였던 것이고 그분의 집무실은 바로 우주의 정기가 가득한 「소도(蘇塗)」였던 것이다.

　이를 「반야심경 성공비결」의 표현으로 바꾸면 곧 「부자소도」의 「부자솟대」였던 것이다.

　이를 알아본 나에게 그분은 아무런 말씀도 없이 고개를 끄덕이시며 그윽한 눈길에 온화한 미소를 머금으시며 합장을 하시는 것이었다.

　찬란했던 밝달겨레 일만 년 역사의 근원인 「부자소도」의 「부자솟대」 기운은 오늘도 여전히 작동하고 있건만 많은 사람들이 오랫동안 아득히 잊어버리고 있는 「새로운 이야기(New Story)」를 나는 반야삼매에서 밝혀냈다.

　우주의 몸과 마음과 영혼이 한빛으로 쏟아져 내려 신명과 인간이 시공간을 초월하여 하나되는 찬란했던 밝달겨레 일만 년 역사의 숭고한 성소(聖所)인 「부자소도」의 「부자솟대」!

　이는 고대 수메르인들의 제천단인 지구라트(Ziggurat)나 구약성서에 나오는 바벨탑, 갖가지 기적을 일으키는 모세의 지팡이나 성직자들의 법장, 이집트뿐만 아니라 중국이나 만주·티베트 등지에 산재한 피라미드, 불가의 탑이나 당간지주, 무당집에 세우는 신대, 고구려 무용총이나 쌍영총·신라의 천마총 벽화 등에서 보이는 말 달리는 인물들의 머리에 쓴 모자인 조우관(鳥羽冠)에 꽂힌 새의 깃털이나 아메리칸 인디언 추장들이 머리에 꽂는 새의 깃털 등 이 모든 것들이 바로 일만 년의 역사를 가진 우리 「부자소도」의 「부자솟대」에서 비롯된 것이다.

　이러한 맥락에서 가정마다 직장마다 「부자솟대」를 세워 올려 「부자소도」를 만들어 나갈 때 「주식회사 대한민국」은 「부귀군자 대한민국」으로 사주팔자 바꾸면서 세계 무대에 우뚝 서게 될 것이다.

　눈 있는 사람들은 똑바로 보고, 귀 있는 사람들은 똑바로 듣고, 마음 있는 사람들은 똑바로 깨달아 「몸나」, 「맘나」, 「얼나」가 함께 어우러져 「부자(富子)」로 사주팔자 바꾸게 되는 것이다.

　호암선생처럼 우주의 한빛이 깃든 「부자솟대」 앞에서 『반야심경』 수련으로 「부자소도」가 생생생생 작동하니 그대 자랑스러운 대한국인 「부자(富子)」여!

　국가와 민족을 위하여 큰맘 먹고 큰복 짓고 큰복 받는 일만 남았도다.

38 신비스러울 정도로 정력이 강화된다

"존경하는 사부님! 섰어요, 섰어! 했어요, 했단 말씀이오."

70대 중반의 영감님이 뜬금없이 전화로 제껴대는 것이었다.

"아니, 선배님! 난데없이 아침부터 서긴 뭐가 섰고, 또 하긴 뭘 했단 말씀이세요?"

"아이고, 두야! 사부님, 교수 맞소? 아, 10년 전에 꺼졌던 불이 드디어 다시 켜져 엊저녁에 화촉동방을 밝혔단 말이오."

"아, 예. 그러셨군요. 축하드립니다. 이제 다시는 불 꺼뜨리지 마시고 군불 잘 때세요."

서너 달 전 나에게 「반야심경 수련」을 위주로 한 「천부율려 음파기공」과 「스피치 리더십」 트레이닝을 받고 환희에 찬 표정으로 돌아가셨던 어르신께서 주신 전화였다.

연로하신데 이제 힘들게 배워 뭘 하시려고 오셨느냐는 물음에 "무슨 말씀! 사람은 죽을 때까지 배워야 한다고 하지 않았소. 내 그동안 수없이 주례 서 달라는 부탁을 받았었지만 천하대장부가 여러 사람들 앞에만 서면 버벅거리니…… 내 생전에 그것이 한이 될 것 같아 이렇게 왔소이다. 모쪼록 나이든 제자 어여삐 여기시고 잘 부탁드립니다."

다녀가신 지 얼마 후 첫 주례를 멋지게 섰더니 요청이 계속 이어지고 있다는 전화가 몇 차례 더 있었다.

그리고 오늘 새로운 뉴스의 전화가 왔던 것이다.

그렇다!

"꺼진 불도 다시 보자"가 아니라 "꺼진 불도 다시 켜진다"가 『반야심경』 수련의 세계인 것이다.

성(性) 기능의 쇠퇴도 『반야심경』 수련을 반복 실행함으로써 강화된다. 이것은 인간은 100세를 지나도 생식능력은 쇠퇴하지 않는다는 이론으로부터 나오는 것이다.

세계적 위스키 브랜드로 유명한 「올드 파」 상표의 주인공인 토마스 파는 152세까지 장수한 실제 인물이다. 그는 100세가 지나서도 아이를 만들었다. 그대도 토마스 파처럼 성 기능의 강화를 이룩할 수 있다. 물론 『반야심경』 수련을 실천함으로써.

인도의 전통적 수련법 중에 몸을 온갖 자세로 뒤트는 〈탄트라 요가〉라고 하는 성 기능 향상을 위한 요가가 있다. 중국에는 방중술(房中術)의 원전이라고 할 〈소녀경(素女經)〉이 있다. 현대에 와서는 〈비아그라〉가 세계를 석권하다시피 하고 있다.

『반야심경』 수련은 그것들보다도 훨씬 더 간단하면서도 더욱 강력하다. 어쨌든 5대 비결을 실행하기만 하면 되기 때문이다. 경문을 쓰고, 읽고, 보고, 묵독하고, 들으면 된다.

놀라운 힘을 그대도 반드시 맛보게 된다.

그것만으로도 얼마나 멋진 일인가!

39
마음밭을 가는
〈도본주의〉 사회가 오고 있다

정치·경제·사회·문화 등 모든 면에서 지구촌 사회는 온갖 요동을 치고 있다.

여기에 더하여 입 가진 사람들마다 목소리를 높여대니 자칫 삶의 갈피를 잡기가 어려워지기도 한다.

그러나 곁가지가 많으면 쓸 가지가 적은 법이듯이 이럴 때일수록 〈천지자연 우주법칙〉의 근본정신을 찾아야 한다.

과거 농경사회는 땅을 30cm만 파면 만사가 해결되는 시절이었다.

그러나 산업사회는 땅을 400m까지 파면서 소위 문명사회를 이룩했다.

이제 20세기를 지배해왔던 〈자본주의(資本主義 Capitalism)〉 사회가 서서히 막을 내리면서 새롭게 다가오는 거대한 물결의 흐름을 나는 〈도본주의(道本主義 Fundamentalism)〉라고 이름 지었다.

천지자연 우주의 법칙인 〈도(道)〉에 따라 살게 되는 것이다.

혹자들은 미국 실리콘 밸리에서 지식인과 단순노동자의 임금비율이 200대 1이니 하면서 머리 쓰기를 강조하는데 여기에는 중대한 오해가 있는 것이다.

머리 쓰기의 바탕이 되는 〈마음밭 갈기(心田耕作)〉가 먼저 이루어져야만 문명사회의 재앙병인 〈뇌궤양〉을 방지할 수 있는 것이다.

그런 의미에서 〈반야심경 5대 수련 비결〉은 도본주의 사회의 3대 기둥인 〈기본〉과 〈기준〉 그리고 〈기초〉에 충실해지는 〈마음밭 갈기〉라고 할 수 있겠다.

그대가 100일 동안 예사로 『반야심경』 수련을 반복 실천한다면 어떠한 소망도 실현된다.

예사로 실천한다는 것은 세수를 하는 것처럼 습관화하면서 마냥 실천하는 것이다. 어떤 집착에 매달리지 말고 정갈하게 실천할 수 있을 때에야 비로소 당신은 『반야심경』 수련 속에 살게 되는 것이다.

그때에는 자연히 입으로부터 소리가 나오게 된다.

"어째서 이렇게 잘되어 가는가?"

이것은 하나의 놀라움이다. 더욱이 즐거운 놀라움이다.

100일째 당신은 어느 정도까지 성공하고 있을까.

그대가 마음밭을 갈고 씨앗을 뿌린 대로 거두게 된다!

40
자연스럽고 편안하게 하라

『반야심경』의 세계와 가장 거리가 먼 것은 무엇엔가 구애받는 상태에 있을 때이다. 안타까운 일은 덜 익은 성공학 해설서를 지어내서 이 구애받는 상태를 강요하는 사람들이 꽤 있다는 사실이다.

서양식 특히 미국이나 일본의 성공학 저술 중에는 이러한 허무맹랑한 것들이 상당수를 차지하고 있다.

그런 사정도 모르고 턱도 없는 생각으로 그것들을 흉내 내는 사람들도 많이 있다.

"조용한 장소에서 명상해야 한다. 호흡이 직접 닿아서는 안 되므로 마스크를 해야 한다", "자세를 올바로 하고 똑바로 앉아야 한다" 등등.

"~해서는 안 된다", "~해야 한다" 이러한 차원은 『반야심경』의 세계와 가장 거리가 먼 교조주의인 것이다.

〈자유자재, 아무 것에도 구애받지 않는 천지자연의 흐름〉, 이것이야말로 『반야심경』의 세계 그 자체이다. 그러므로 당신도 자유롭게 자연스럽게 실시하면 그것으로 좋다.

방바닥에 벌렁 드러누워서, 담배를 물고서, 레코드를 들으면서 사경해도 된다.

전철에서도, 직장에서도, 학교에서도, 어디서든 독경해도 좋다.

〈구애되지 않는 상태〉, 이것이야말로 깨달음으로의 첫걸음이기 때문이다.

너무나 조건을 엄격하게 하면 시작이 제대로 되지 않는다.

누구든, 언제든, 어디서든 실시하는 것만이 참다운 〈반야심경 수련〉이다. 사경하는 종이나 글자에 힘이 있는 것은 아니다. 그러므로 종이에 입김이 닿건, 글자에 접촉하건 효력에는 관계가 없다. 요는 사경이나 독경 혹은 견경, 묵독경, 문경을 하는 그대 자신이 열쇠가 되는 것이다.

"사경했으므로 좋은 일이 있겠지."

"제발 병을 고쳐주십시오."

"돈이 벌리도록."

이와 같이 애처롭게 구걸하는 마음으로 실시해서는 아무리 해도 제대로 효과가 나오기 어렵다. 어디까지나 가볍게 새의 깃털처럼 부드럽게 마음 편히 읊고, 쓰고, 읽고, 보고, 듣는 것이다.

자세나 환경 같은 것에 정신을 쏟는 것은 또 하나의 형식주의에 빠져드는 것이다.

자연스러운 기운의 흐름에 따라 내키는 대로 편안하게 하면서 「부자(富子)」로 사주팔자 바꾸게 되는 것이다.

41
사상 최고 최강의
21세기 성공학, 무계획의 계획

동서고금(東西古今)에 〈성공학〉이라고 하는 것이 무수하게 전해 내려오고 있다.

현대에 와서도 미국의 나폴레온 힐, 죠셉 머피, 폴 마이어, 데일 카네기, 스티븐 코비, 대니얼 골먼 등 누구의 어떠한 성공학이라 하더라도 상당한 〈시간〉이 반드시 필요하게 되어 있다.

그런데 여기서 자신 있게 단언하고 싶은 것은 세계에서 가장 빨리 그리고 가장 확실하게 성공할 수 있는 것은 〈반야심경 수련〉이다.

만사형통 운수대통(萬事亨通 運數大通)할 수 있는 것이다. 270 문자를 통한 『반야심경』 수련의 신비적인 힘이다.

〈목표〉, 〈자기 암시〉, 〈능력 개발〉, 〈행동 계획〉 등 분석적이고 단락적인 것들이 별로 필요하지 않다. 물론 다른 성공법을 실험해볼 사람에게는 불가결한 것일지도 모르지만, 이 『반야심경』 수련을 실시하는 데는 그러한 것들이 필요하지가 않다.

그대는 그저 읽고, 쓰고, 보고, 듣기만 하면 되는 것이다.

보통은 〈3년 후〉, 〈5년 후〉 하는 식으로 기한을 설정해놓고 그 사이의 상세한 행동 계획을 단기목표, 중기목표, 장기목표 등으로 수립하여 그대로 실행해나가라고 한다. 이것이 대부분의 성공학이 주장하는 일반적 방법인 것이다.

혹은 〈적극적인 사고방식〉, 〈플러스 사고〉, 〈하고자 하는 의욕〉, 〈열정〉 등 정신면을 중요시하는 방법도 있다.

『반야심경』 수련은 이 두 가지, 즉 기법과 정신을 초월하는 것이다.

구태여 계획을 세우지 않으니 무계획의 계획이라 하겠다.

굳이 하고자 하는 의욕을 일으키는 훈련을 하지도 않는다. 그러나 가장 빨리 그리고 확실하게 성공할 수 있다.

이론이나 이유를 초월하고 있는 것이다.

『반야심경』 수련이 사상 최고 최강의 21세기 성공학이라는 증명은?

그것은 바로 〈부자집단〉 사부인 나 자신이고, 아울러 「부자(富子)」로 사주팔자 바꾸는 그대 자신이다!

42
지금 액셀을
밟아야 할 순간이다

❧

이는 『반야심경』 수련에 한한 것은 아니지만 특히 『반야심경』 수련에서는 〈실천하는 것〉을 중요시한다. 아무리 머리로 좋다는 것을 알고 있다고 하더라도 전혀 실천하지 않는다면 행하지 않는 것과 다를 바가 없는 것이다.

『반야심경』 수련은 현대판 마법의 알라딘 램프이다. 여기서는 행하면 꼭 효과가 나온다. 더욱이 소망은 몇 가지가 되어도 상관없다는 것이니 이것은 놀라운 것이다.

그러니까 270 문자의 의미나 해석은 전문적 연구자들에게 맡겨 버리자.

그대가 『반야심경』 수련의 놀라운 기운을 실감하고 싶으면 자구의 해석 같은 것은 필요가 없다. 오히려 머리로의 이해가 깨달음에 방해가 되는 수도 있다.

〈지식〉이 아니고 〈실천〉에 요점이 있는 것이다.

자동차 정비공이나 영업용 택시의 기사가 아닌 평범한 자가 운전자는 "자동차는 어떻게 움직이는가?" 하는 작동의 구조까지 알아야 할 필요는 없다. 핸들을 오른쪽으로 돌리면 오른쪽으로 가는 것뿐이다.

그러나 어째서 오른쪽으로 가는가 하는 것은 취급하지 않는다.

마법의 램프가 필요한 사람에게 그 설계구조는 필요하지 않다.

다만 사용 방법에 익숙해지면 되는 것이다.

인생의 성공자가 되는 사람은 오직 행하고 또 행할 뿐이다. 그는 쓸데없는 지식을 증가시켜 정신적 소화불량을 일으키지 않는다.

그대가 진실로 인생의 성공자가 되고 싶으면 『반야심경』 수련을 실천하라. 운전의 방법인 5대 비결은 이미 알았다. 이제 움직이게 하느냐 마느냐 하는 것은 오직 그대에게 달렸을 뿐이다.

〈지행합일(知行合一)〉은 양명학(陽明學)에서 뿐만 아니라 『반야심경』 수련에 관해서도 마찬가지다. 이 책에 쓰여 있는 것은 성공의 지혜를 깨닫기 위한 지식일 뿐이다. 그러므로 본인이 직접 실행하지 않으면 아무런 가치도 없는 것이다.

5대 비결의 기운을 믿고 실천하는 것, 그것뿐이다. 반복해서 말하건대 성공행 자동차의 운전기사는 바로 그대 자신이다. 이 책과 만남으로써 그대는 운전석까지 와 있는 것이다. 나와의 인연으로 시동도 켜져 있다. 그러니 액셀을 밟는 행동은 『반야심경』 수련을 실행하는 것이다.

아름다운 사람 그대, 「부자(富子)」의 시대가 오고 있다!

43
걸으면서 암송하면
기운이 솟구친다

❖

단전으로부터 전신에 힘과 자신감이 용솟음쳐 뻗어나간다.

걸어가면서 『반야심경』을 암송하면 그렇게 된다.

한 발짝 한 발짝 내디딜 때마다 그대의 손가락, 발가락 끝까지 강렬한 기운이 전달된다.

"마하반야바라밀다심경(摩訶般若波羅蜜多心經)……."

소리의 음정은 주위의 상황을 감안해서 가감하면 좋다. 그러나 음정의 높낮이와 상관없이 힘이 솟아오른다.

나는 산중에서는 물론이요 시중에서도 매일 새벽에 일어나서는 기본이고 수시로 집 주변의 호수를 산책하면서 『반야심경』을 암송하고 있다. 하루도 빠짐없이 매일 계속하고 있다. 목욕탕에서도 화장실에서도 어디에서도 눈이 오나 비가 오나 달이 뜨나 해가 뜨나 언제라도 입으로부터 『반야심경』이 나오고 있다. 습관화, 생활화를 증명하는 것이다.

원기가 없을 때, 기분이 언짢을 때, 무엇인가 불안할 때, 어떠한 때이건 걸어가면서 암송하면 원기가 충만해지는 자신을 발견하게 된다.

『반야심경』은 아니지만 지금도 군대에서 행진할 때에는 〈구령〉을 붙이든가 〈군가〉를 부르기도 한다. 그것을 걸어가면서 부르짖으면 기운이 솟구치기 때문이다. 더욱이 구령이나 군가가 아니라 인류 역사상 최고의 〈진언〉이자 천지자연의 〈원음〉인 『반야심경』 수련이고 보니 힘이 충만해지는 것이다.

즐겁게 암송하고 있는 사이에 커다란 운이 다가온다는 것을 충분히 맛볼 수 있게 된다.

골머리를 앓던 문제가 해결되든가, 미인이 말을 걸어오든가, 생각지도 않던 귀인과 만나든가 하는 등 여러 가지 좋은 일이 그대에게 일어나는 것이다.

세부적인 기법이 필요한 게 아니다. 다만 걸어가면서 입으로 독경을 하는 것이다.

걸어가면서 독경을 하면 리드미컬한 보행 자세를 취할 수가 있다. 아울러 풀, 나무, 새, 밤하늘의 별 등의 천지자연에도 눈길이 가면서 생명의 숭고함에 감사드리게 된다.

날마다 좋은 날인 '일일시호일(日日是好日)', 얼마나 즐겁고 멋진 나날인가!

44
아침에 일어나면
우선 『반야심경』을 읽어라

아침에 일어나서 하는 조깅이 건강에 좋다고 하여 시대적 유행이 되기도 했지만, 나는 오래전부터 여기에 엄중한 경고를 던지고 있다.

전혀 머리를 쓸 필요가 없는 소수의 특수 직업인이라면 일어나자마자 밖에 나가 조깅을 해도 큰 문제는 안 된다.

그러나 머리를 써야 할 대부분의 사람들에게 조깅은 문제도 보통 문제가 아닌 것이다. 두뇌의 뇌파에 혼선이 일어나 올바른 판단력을 상실하게 되는 것이다.

새벽에 일어나면 우선 〈브레인 조깅(Brain Jogging)〉과 〈마인드 조깅(Mind Jogging)〉이 이루어진 연후에 〈피지컬 조깅(Physical Jogging)〉에 들어가야만 마음과 몸이 함께 건강해지는 것이다.

일어나자마자 두뇌를 충분히 회전시키고 싶으면 『반야심경』을 연속해서 세 번 암송하라. 첫 번째에 머리의 회전이 시작되고, 두 번째에는 눈이 또렷해지면서 마음이 개운해지고, 세 번째는 몸속에 기운이 충만해진다.

단지 세 번 암송함으로써 "오늘 하루도 열심히 살아야지" 하는 의욕이 일어나니 신기한 일이다.

자고난 후 기분이 개운치 않은 사람은 이불 속에서도 상관없으니 "마하반야바라밀다심경(摩訶般若波羅蜜多心經)……"을 읊으면 따봉이다. 틀림없이 기분 좋게 일어날 수가 있다.

아침에 일어나면 즉시 〈독경〉한다. 습관이 될 때까지 반복한다. 오늘은 어제와는 또 다른 놀라운 하루가 되는 것이다.

상황에 따라서는 〈견경(見經)〉을 권한다. 베개 옆에 270 문자를 기록한 『반야심경』을 놓아두고 잠자리 속에서 〈바라본다〉.

『반야심경』을 바라본다고 하는 단순한 방법으로 놀라울 정도로 잠깬 뒤에 기분이 좋아진다.

양에너지와 음에너지의 화합을 위하여 합장을 하는 것도 좋은 방법이다. 물론 이불 속에서도 상관없다. 합장한 채로 독경이나 견경을 하는 것이다. 아무리 아침에 일어나기가 힘든 사람이라도 단지 수 분만에 벌떡 일어날 수 있는 비법이다.

하나의 의식(儀式)으로 실행하고 싶으면 배설과 세면을 끝내고 새로운 의복으로 갈아입고 정좌한다. 향을 피우고 느긋하게 합장한 자세로 독경을 한다. 자신의 기분이 좋게 될 때까지 몇 번이고 반복해서 독경한다. 하나의 방편인 것이지 꼭 그렇게 해야만 된다는 당위는 아니다.

한국평생학습연구회 회장인 천세욱 박사님은 세상이 알아주는 명 강의로 이름을 떨치고 있는 분이시다.

"백 번 절하면 부처님이 쳐다도 안 보신답니다.

천 번 절하면 고개를 옆으로 돌리신답니다.

삼천 번 절하면 그때서야 실눈을 뜨시고 바라보신답니다.

그래서 흔히 삼천 배를 강조하는 얘기가 나온 것이지요.

만 배를 드리면 그제야 고개를 끄덕끄덕 하신답니다.

절 횟수도 중요하겠지만 정성의 중요성을 뜻하는 것이라고 생각합니다."

〈만사정성(萬事精誠)〉을 좌우명으로 갖고 있는 천세욱 교수님의 말씀이다.

머리가 백발인 지금도 젊은이 못지않은 건강과 정력을 자랑하고 있는 천세욱 박사님은 매일 아침 독경은 기본이고, 모든 교육장에 출강하기에 앞서 반드시 향을 사르고 『반야심경』을 독경한다. 그런 후에 강의에 임하니 연속 홈런인 것이다.

장시간의 〈패키지 프로그램(Package Program)〉은 물론이고, 하루에 두세 곳을 이동하면서 리더십이나 의식개혁 특강을 하는 경우에도 그분은 반드시 『반야심경』 수련을 하신다. 이동하는 차 속에서 문경을 하거나 교육장의 교수 대기실에서 견경 등을 하는 것이다.

『반야심경』 수련은 큰 밑천도 들지 않는다. 유별난 장소도 필요 없다. 언제 어디에서건 손쉽게 실행할 수 있는 것이 『반야심경』 수련이다. 더욱이 효과는 절대적이다.

내일 아침 일어나면 무엇을 할까?

그렇지, 『반야심경』을 읊으면서 「부자(富子)」로 사주팔자 바꾸는 것이다!

45
기적의 심신 건강법
〈천부율려 음파기공〉

❦

『반야심경』 수련은 그대에게 계속 운을 불러들이면서 아무것에도 제약받지 않게 한다. 있는 그대로의 세계가 『반야심경』 수련이다. 그러므로 『반야심경』 수련에는 아무런 결정사항이 없다.

목소리, 장소, 자세 등 일체가 자유이다. 뱃속 깊숙이에서 나오는 또렷한 소리로 『반야심경』을 외운다. 그런데 내가 말하는 〈독경〉은 어떠한 목소리의 음정이라도 좋다. 높은 소리이건 낮은 소리이건 상관없다. 다만 단순히 자신이 독경을 하면 되는 것이다.

장소도 마찬가지이다. 걸어가면서도, 플랫폼에서도, 아파트의 베란다에서도 어디서건 할 수 있는 것이 이점이다. 굳이 절간의 대웅전에서 하지 않아도 좋은 것이다.

〈누구나〉, 〈언제나〉, 〈어디서나〉 할 수 있는 것이 『반야심경』 수련이다. 특별한 사람만의 전유물이 아니다.

사랑과 행복 그리고 성공의 주인공이 되어 보람을 찾고자 하는 모든 「부자(富子)」들의 필요충분조건이 『반야심경』 수련인 것이다.

자세도 당연히 결정된 형식적 틀이 없다.

자연스럽게 『반야심경』이 입에서 흘러나오게 되면 그러한 사람은 성공에 가까이 온 것이다. 왜냐하면 생활화하고 있기 때문이다.

『반야심경』을 외우는 것은 입으로부터 플러스 파동을 주위에 방출하는 것이다. 당연히 그 파동은 주위를 변화시키는 힘이 있다.

지금 즉시 한번 해보기 바란다.

놀라운 힘이 단전으로부터 솟아오를 것이다. 그 기운이 그대에게 운을 불러들이는 것이다.

속삭이는 소리로도 좋고 큰 소리도 좋지만 다만 주변에 결례가 되지 않도록 TPO(Time Place Occasion), 즉 시간과 장소와 상황을 고려해야 하는 것이다.

옛 어른들이 〈언령(言靈)〉이라고 말씀하신 것처럼 확실히 말에는 〈혼〉이 깃들어 있다.

말에 영검한 힘이 있다고 믿는 것을 〈언령신앙(言靈信仰)〉이라 한다.

그러니까 말을 함부로 해서는 안 되고 "말은 필요할 때에 필요한 말을 필요한 만큼 하라"는 스피치 리더십을 발휘해야 한다.

아울러 상대의 소망하는 목표를 기정사실화하여 미래기원형이 아니라 현재완료형으로 말해주면 덕담(德談)이 되는 것이다.

이와는 반대로 "나쁘게 말하면 그것도 그대로 된다"는 교훈이 뒤따르는 것으로 이것은 악담(惡談)이 된다.

그렇다면 『반야심경』에 혼을 집어넣기 위해서는 어떻게 하면 되는가? 간단한 일이다. 단지 입으로 소리 내면 되는 것이다.

이것저것 따지거나 요모조모 재지 말고, 다만 단전에서 우러나오는 하늘의 소리를 내어 읊는 것이다.

이것이 내가 세계 최초로 창시한 기적의 심신 건강법이자 언어성공학인 〈천부율려 음파기공(天符律侶 音波氣功)〉의 핵심인 것이다.

소리의 플러스 파동으로 기공이 이루어진다.

이 얼마나 간결 명료하면서도 효과가 탁월한 수련법인가!

『반야심경』의 서곡인 〈천수경(千手經)〉의 첫머리가 "정구업진언(淨口業眞言) 수리수리 마하수리 수수리 사바하……"인 연유를 「부자(富子)」로 사주팔자 바꾸고 있는 그대는 이미 깨닫고 있잖은가!

46
누가 뭐래도 나의 길을 가련다

❧

부처님이 말씀하신 〈유아독존(唯我獨尊)〉이란 결코 이기주의자가 되라는 것이 아니다.

자신의 삶의 방식을 관철하여, 즉 '고잉 마이 웨이(Going My Way)'로 삶을 살아가라고 가르치는 것이다.

모두 다 있는 그대로 좋은 것이다.

소나무에는 송화가 핀다. 결코 소나무에 장미꽃이 피지는 않는다. 무리하게 장미꽃을 피우고자 한다면 부자연스럽게 되고 만다. 새는 새, 벌레는 벌레, 인간은 인간으로서의 삶의 방식이 있다. 그리고 그것이야말로 〈유아독존〉의 세계인 것이다. 있는 그대로의 자기 자신을 완전하게 개화시키는 것이 『반야심경』의 가르침이다.

〈심무가애(心無罣碍), 무가애고(無罣碍故), 무유공포(無有恐怖).〉

즉, 마음속에 아무런 걸림돌이 없으므로 두려워할 것도 없다.

두려움이야말로 인간을 망치는 지름길이다.

그렇기에 예수님 성경(聖經 Bible)에서도 "두려워하지 말라, 내가 너와 함께 하리라"는 축복의 말씀이 365번씩이나 나오고 있는 것이다. 일년 365일 그 어느 하루라도 두려워하지 말라는 뜻으로 나는 생각한다.

그 어떤 두려움도 없이 심중에 맺혀 있는 감정이 없으니 어떤 것에도 구애받지 않는다. 즉, 공(空)의 상태로 들어가는 것이다.

'고잉 마이 웨이'라고 하는 것은 일종의 공(空)의 세계라고 할 수가 있다. 왜냐하면 자신의 길을 스스로의 힘으로 걷고 있는 인간에게는 타의 일체로부터 〈무연(無緣)의 존재〉가 되어 있기 때문이다.

참다운 자기 자신이 되어 있는 사람은 이미 그 스스로 '고잉 마이 웨이'의 인생을 살고 있으며 『반야심경』을 실천하고 있는 것이다.

"정말 가고 싶은 것은 이 학교지만 취직에 불리하기 때문에 저 학교로 가자", "지금 하는 일이 좋기는 하지만 급료가 높은 저쪽 회사로 전직을 하자", "곰탕을 먹고 싶지만 모두가 설렁탕을 주문하였으므로 그쪽으로 따라가자." 이런 식으로 원래 자기 자신의 삶을 살아가고 있지 못한 사람은 『반야심경』의 세계로부터 가장 멀리 떨어져 있는 것이다.

"누가 무엇이라고 하든 제가 좋아하는 이 방식대로 살아가겠습니다"라는 사람이 되어야 한다.

고집불통 독불장군이 되라는 얘기가 결코 아니다. 시대가 변하고 상황이 바뀌어도 반드시 지켜야 할 기본에 충실해지자는 것이다.

인본주의 심리학의 창시자인 에이브러햄 매슬로우의 자아실현인의 특성 중 〈문화전계 현상에의 저항〉을 말하는 것이다.

『반야심경』 수련은 변명을 하거나 핑계를 대지 않고, 다른 사람들에게 좌지우지되지 않으면서 진정한 자기 자신이 될 수 있는 것이다.

『반야심경』 수련을 실천해가면 저절로 '고잉 마이 웨이'의 인생이 된다. 걸어가든 뛰어가든 쉬어가든 기어가든, 오직 그대의 길 「부자(富子)」의 길을 가라!

47
불면증이 아니라 영혼의 휴식까지 가능해진다

❧

술 취한 사람이 전철 속에서 떠들고 있다. 차 안에 있는 사람들이 귀찮은 듯이 얼굴을 찡그리고 있다. 이러한 때에 〈묵독경〉을 해보라. 이상하게도 술 취한 사람이 이내 어른스러워진다.

택시가 지체하여 움직이지 않고 있다. 약속 시간에 늦어질 것 같다. 그러한 때에도 〈묵독경〉은 효과를 발휘한다.

굳이 소리를 내지 않아도 되는 것이다. 『반야심경』을 암기하고 있는 사람은 그대로의 자세로, 암기하고 있지 못한 사람은 『반야심경』을 보면서 마음속으로 읽는다. 이것이 묵독경이다. 사람들 앞에서 독경하기가 어려운 경우에 묵독경은 절대적인 힘을 발휘한다.

혼잡한 길거리에서도 묵독경을 하면 아주 자연스럽게 사람들이 길을 열어준다. 그것은 『반야심경』의 플러스 파동이 몸속으로부터 방출되고 있기 때문이다. 맑고 밝은 기운이 주위에 발산되니 주변의 사람들은 신체의 세포가 플러스 파동을 받아 〈성스러운 사람〉을 방해하지 않는다는 구조로 변화하는 것이다.

"아무리 생각해도 이 사람의 이름이 생각나지 않는다", "금방 떠오른 좋은 아이디어를 메모 하려고 필기구를 찾아 드니 잊어버렸다", 이런 경우에도 즉시 그 장소에서 묵독경을 실시할 것. 놀라울 정도로 기억이 되살아난다. 물건을 잃어버렸을 때에도 가장 효과가 큰 것이 묵독경이다.

묵독경은 불면증에도 효과가 있다. 잠이 잘 오지 않는 밤에는 머릿속으로 『반야심경』을 암송하라. 아주 기분 좋은 잠을 푹 자게 될 것이다. 생리적인 문제와 관련된 숙면(熟眠)과 아울러 심리적인 문제인 안면(安眠)을 누리면서 내일의 도약을 위한 영혼의 휴식까지 가능해지는 것이다.

불면증이니 신경쇠약이니 하면서 수면제나 신경안정제를 복용하는 사람들을 보면 안타깝고 불쌍하다 못해 쥐어박고 싶은 생각이 울컥 벌컥 치밀어대곤 한다.

딱해도 한참 딱한 사람들이다.

시끄러운 사람을 어른스럽게 하고, 교통체증을 원활히 해소하고, 물건을 잃어버리지 않게 하고…….

'이거 만병통치약이 아닌가' 라고 생각하는 사람도 있을 것이다.

그렇다. 『반야심경』 수련은 만병통치약이다.

어려움이 있을 때에는 어떤 일이건 〈묵독경〉을 행해보라, 저절로 해결된다.

참으로 신비스러운 기운이 작용하고 있다.

길이 없으면 뚫어라, 『반야심경』 수련으로!

48

있는 그대로 어느 날 깨어보니 성공하고 있다

❧

『반야심경』 수련에서는 설정된 목표를 달성해야 할 수단과 방법, 즉 어떻게 해야 할 것인가를 상세히 검토할 필요가 없다.

"매월 얼마씩 저축할 것이다", "하루에 몇 페이지씩 진도를 나가서 참고서를 마스터할 것이다"라는 계획도 필요 없다.

필요한 것은 〈반복하는 것〉, 오직 그것뿐이다.

40세까지 독립하여 경영자가 된다고 하는 목표를 세웠다고 하자. 이때에 "몇 살에 과장, 몇 살에 부장이 되고, 얼마나 저축하여 언제쯤 독립하자" 이렇게 생각하는 것이 보통이다.

지금까지의 학교 교육에서건 기존의 어떠한 성공학에서건 그렇게 가르쳐왔다.

그러고는 그러한 방식에 의한 성공사례의 검토나 실패사례의 보완도 없이 그냥저냥 넘어가고 또 넘어가기를 되풀이해온 것이다.

그러나 그러한 것들은 무의미하다. 적어도 『반야심경』 수련을 행하는 사람에게는 관계가 없는 일이다.

"40세까지 독립하여 경영자가 되자" 하는 정도로 생각하면 족하다.

그 외는 모두 잊어버리고 〈독경〉, 〈사경〉, 〈견경〉, 〈묵독경〉, 〈문경>의 『반야심경』 수련의 세계에서 자유롭게 지내자.

그대는 세부적인 수단이나 방법 같은 것을 생각하지 않아도 어느 사이에 성공하고 있는 것이다. 생각이 간단하게 실현되는 것이다. 이것이 그대 주변 사람들에게 그대가 변화에 성공했다는 것을 실증하는 것이다.

"업무 시작 전에 독경하다 보니 우리 팀 전원이 명랑하게 되었다."

"전철 속에서 견경을 계속하니까 감기에 걸리지 않게 되었다."

"매일 아침에 일어나 묵독경을 하고 있으니까 승진하였다."

이러한 일쯤은 당연한 것이다. 더 큰 목표도 자연스럽게 그대의 것이 된다. 그만큼 위대한 기운이 『반야심경』 수련에 있는 것이다.

그대는 더 이상 어떠한 것을 생각하지 않아도 좋다.

이때의 생각이라고 하는 것은, 〈수단〉이나 〈방법〉을 세세하게 생각하지 않아도 된다는 의미이다. 『반야심경』 수련을 행하고 있는 가운데 여러 가지 생각이 떠올라도 상관없다.

그대로 자연스럽게 받아들이면 된다. 불쑥 어떤 생각이 떠오를 경우에는 그대로 생각해도 좋다.

무엇을 끊고 비우고 자시고 할 필요가 없는 것이다.

있는 그대로 그것뿐이다!

49

나 안에 너 있고
너 안에 나 있다

『반야심경』 속에는 〈공(空)〉이 7회, 〈무(無)〉가 21회 나온다. 나는 〈공〉을 한 번 더 증가시켜 8회, 〈무〉는 22회라고 생각하고 있다. 왜냐하면 270 문자의 『반야심경』 전체가 〈공(空)〉이고 〈무(無)〉이기 때문이다.

그러나 등장 횟수 같은 것은 별 문제가 아니다. 일체가 공(空)=제로의 세계인 것이다. 무(無)의 반대는 〈유(有)〉가 되지만 공(空)=제로의 세계에서는 어디까지나 공(空)인 것이다.

여기에는 천재도 없거니와 미녀도 없다. 잘난 사람도 못난 사람도 없다. 그러한 일체의 구별이 전혀 없는 세계인 것이다. 다만 있는 그대로 존재하고 있는 것이다. 이것이 〈공〉인 것이다. 존재하고 있으면 유(有)가 아닌가 하는 사람도 있겠지만 그것은 곁소리에 지나지 않는다.

공(空)=제로의 세계란 전부가 〈있는 그대로〉일 뿐인 것이다.

유(有)라고 하는 것은 〈집〉이 있다, 〈돈〉이 있다, 〈차〉가 있다는 식으로 무엇이 있는가를 문제로 하고 있다. 의사의 〈국가 자격〉이 있다, 〈자동차 면허〉가 있다 하는 등 〈무엇이〉가 요점이 되어 있다.

그에 대하여 공(空)이란 집이 〈있다〉, 돈이 〈있다〉, 자동차가 〈있다〉 하는 식으로 〈있다〉고 하는 쪽에 비중이 주어져 있다. 다만 거기에 〈있다〉고 하는 것이다.

〈없다〉의 경우도 마찬가지로, 없다는 것이 있는 것이므로 공(空)에 포함되는 것이다.

〈나의 집〉이 없다고 전자에 비중을 두면 무(無)의 세계이고 역으로 나의 집이 〈없다〉고 없다는 쪽에 중점을 두면 공(空)의 세계이다.

유(有) : 〈A〉가 있다.

무(無) : 〈B〉가 없다.

공(空) : A가 〈있다〉 B가 〈없다〉.

〈 〉표시에 각각의 비중이 놓여져 있다. 그런데 이것도 설명의 방편이고, 실제의 공(空)이란 그것까지도 초월하고 있는 것이다.

네가 나이고 내가 너인 것이다.

나 안에 너 있고 너 안에 나 있다.

인간사랑 천지자연사랑이 곧 공(空)의 세계인 것이다!

50
천지자연 우주의 원음을 떠올린다

❦

격렬하게 파도가 출렁이는 수면에는 하늘에 떠 있는 달이 비치지 않는다. 날아다니는 새의 모습도 비치지 않는다. 그러나 파도가 가라앉고 표면이 잔잔하게 되면 달이 달로 비치고 새가 새로 비친다.

불가(佛家)에서는 이것을 〈삼매(三昧)〉라고도 하고 〈심일경성(心一鏡成)〉이라고도 한다.

이는 마음을 한데 모아 거울을 이루는 경지를 이른 것으로 〈감성지능 EQ〉에서는 〈흐름(Flow)〉이라고 부르기도 한다.

인간은 본래 누구나 그러한 바탕을 지니고 태어났다.

그러므로 중요한 문제의 결정을 눈앞에 두고 있을 때는 우선 마음을 가라앉혀야 한다.

그리고 공심(空心), 즉 빈 마음으로 생각에 임해야 한다.

처음에는 이런 생각 저런 생각이 마음에 떠다닌다.

하루에 평균 1만 2천 가지 많게는 5만 가지를 생각하는 게 인간이다.

그러나 파도가 일렁이는 수면이 시간과 함께 잔잔해지듯이 조금씩 시간이 지나면서 마음의 파도 또한 차분히 가라앉게 된다.

그리하여 마음이 무한소(無限素)에 다가가 고요해졌을 때에 '이렇게 하라'는 천지기운의 원음(元音)이 내면으로부터 떠오르게 된다.

그것을 하늘의 계시라 해도 좋고, 하느님의 말씀이라고 해도 좋고, 부처님의 가르침이라고 해도 좋다.

이 엄청난 진실, 그냥 거기에 따르면 되는 것이다.

그럼에도 불구하고 많은 사람들이 툭하면 흥분해대니까 되는 일이 없는 것이다.

원래 〈흥분한다〉고 하는 것은 상반신으로 혈액이 올라오는 것과 몸과 마음의 중심이 위로 올라온다는 두 가지를 의미하고 있다. 특히 후자는 몸과 마음의 〈균형〉도 포함하고 있다. 역으로 말하자면 중심을 아래로 내리면 〈흥분증〉에서 해방되게 된다.

중요한 상거래나 시험에서 흥분하여 소유한 실력의 절반도 발휘하지 못하고 실패하는 예는 수없이 많다. 그 결과로 "운수가 나빴다", "매출액이 뚝 떨어졌다", "되는 일이 없다"고 하는 경우가 생기는 것이다.

이처럼 낭패를 불러일으키기 십상인 흥분을 완벽하게 방지하는 데는 『반야심경』 수련이 제일이다.

시험 직전에 얼굴이 빨갛게 되고, 호흡이 거칠어진다고 느끼는 그때에 『반야심경』을 암송하는 것이다. 이상하게도 침착해져서 두 번 다시 흥분하지 않게 된다.

옛 어른들의 가르침에 따르면 자기의 숨소리가 다른 사람들에게 들리는 거친 콧바람을 〈풍(風)〉이라고 한다. 이러한 상태는 건강이 나쁘든가 마음이 흔들리든가 두 가지 중의 하나이다. 아니면 둘 다일 수도 있다. 호흡의 어딘가에 무리가 있기 때문이다.

좀 더 단련되어 침착해진 것을 〈기(氣)〉라고 한다.

더 나아가 참 숨의 경지라고 할 〈식(息)〉이란 있는 듯 없는 듯 코

끝에 깃털을 갖다 대도 거의 움직이지 않을 정도를 뜻하는 것이다. 무릇 모든 분야의 고수(高手)와 달인(達人)들의 숨쉬기는 적막하리만큼 고요하다. 경지가 높을수록 스스로 호흡을 고르는 것이다.

교도소에 복역 중인 소매치기를 상담하다가 재미있는 얘기를 들었다.

"숨소리가 들리는 사람의 돈은 빼내기가 쉽다. 그러나 숨소리가 거의 들리지 않는 사람에게는 대부분 뜻을 이루지 못한다."

중요한 상거래를 앞두고 가슴이 두근거린다고 느낄 때에는 『반야심경』을 즉시 암송하라. 수많은 군중 앞에서 대중연설을 하거나 고위층 앞에서 프리젠테이션을 할 때도 마찬가지이다.

평상시에는 더없이 밝고 조신하던 아가씨가 맞선 보는 자리에만 나가면 횡설수설하여 퇴짜를 맞다가 멋지게 혼인에 골인한 경우도 『반야심경』의 암송 수련 덕분이다.

그대는 이제 더 이상 이것저것 재고 따지고 할 필요가 없다. 이것은 쉬운 일이다. 더욱이 즉효성도 있다.

빨리 흥분하는 증세가 완전히 치유되고 나아가 효과도 영속적이다.

오직 실천만이 그 위대한 효과를 맛보게 해주는 것이다.

큰 그릇 빈 마음에 천지음양 조화의 기운을 채워 넣으면서 「부자(富子)」로 사주팔자 바꾸게 되는 것이다.

51
탁한 부적을 가까이 하면
잡귀가 덤벼든다

❦

자신의 몸과 마음은 자신이 가꾼다.

이는 "삼신상제 하느님이나 똑같지만 표현만 다를 뿐인 부처님을 공경할지라도 기대거나 의지하지 않고 받들어 섬겨서 기쁘게 해드린다"고 하는 삶의 방식인 것이다.

그런가 하면 귀신 장난치는 탁한 부적에 의지하거나 남에게 기대거나 절대적 존재에 빌붙는 사람들도 있다. 또는 전혀 아무 것도 공격하지 않고 의지하지도 않는 독립독보(獨立獨步)의 삶을 살아가는 사람들도 있다. 결국 사람들 각자가 살아가는 방식과 가치관은 모두 다 그 나름대로 다른 것이다.

〈감성지능 EQ〉 연구에 따르면 인간의 신체적인 기능이나 사물을 인지하는 방식을 변수로 하여 여러 가지 형태로 조합해 보면 잠재적으로 무려 약 200억 가지에 달하는 학습방법과 생각하는 유형을 찾아낼 수 있다고 한다.

그러므로 이 세상에서 자기와 똑같은 방식으로 생각하는 사람을 찾아낼 가능성은 지극히 희박한 일이다. 만약에 어느 곳에 그런 사람이 있다고 하더라도 실제로 찾아서 만난다는 것은 현실적으로 불가능한 일이다.

그런데 『반야심경』 수련은 이러한 것들 일체로부터의 자유로움인 것이다. 즉, 전적으로 다른 존재에게 의존하지 않는 것이다.

물론 삿된 부적 같은 것은 생각조차 할 수도 없다. 그리고 독립독보라고 하는 자아(自我)조차도 없다. 〈자신과 더불어 천지자연의 모든 존재를 마음으로부터 즐겁게 해주는 생활방식〉 이것이 『반야심경』의 당연한 세계이다.

이제 그대에게는 더 이상 부적이 필요 없다. 『반야심경』이 있으므로. 탁한 부적을 가까이 하다보면 사기(邪氣), 즉 못된 기가 모여들어 잡귀들의 엉뚱한 장난에 어이없게 휘말리게 된다.

장난으로라도 결코 가까이 할 것이 못 되는 것을 인터넷에까지 부적 코너가 등장하는 한심한 짓거리가 오늘도 이 땅에서 일어나고 있다. 그러나 그것은 어디까지나 그 사람들의 정도(正道)를 벗어난 얄팍한 상술일 뿐 거기에 휘말릴 필요는 없는 것이다.

단, 깊게 명심해야 할 사항이 있다.

나는 밝고 맑은 기운을 지닌 모든 형상물을 진정한 「부적」이라고 믿고 있는 사람이다.

그런 의미에선 이 책조차도 부적이라고 부를 수 있다.

천지자연과 함께 즐거워하라!

52
얼굴이 붉어지는
적면공포증이 소멸된다

인간의 다양한 감정 중에서 상당히 큰 비중을 차지하는 것이 공포증이다.

다만 주의해야 할 것은 자연스러운 공포심과 어긋난 공포증은 차이가 있다는 점이다.

예를 들어 맹수는 두려운 것이다. 동물원 사자의 우리 앞에서 무섭다고 생각하는 것은 자연스러운 것이다. 이 정당한 공포심이 없다면 위험으로부터 몸을 방어하지 못하게 되어 인간은 벌써 이 세상에서 사라지고 말았을 것이다.

그러나 호랑이의 어린 새끼, 마치 고양이와 같은 귀여운 호랑이를 두려워하는 것은 호랑이에 대한 〈공포증〉이라고 할 것이다. 이와 같은 필요 이상의 공포증을 『반야심경』 수련으로 소멸시킬 수 있다.

부끄러운 짓을 하다가 주위 사람들에게 들켰을 때 얼굴이 붉어지는 것은 수치심을 갖고 있는 인간의 공포심이 드러나는 자연스러운 것이다.

그러나 별다른 잘못을 저지르지 않고도 수시로 사람들 앞에서 얼굴이 벌겋게 달아오르는 것은 〈적면공포증(赤面恐怖症)〉이다.

"

친숙한 사람들 앞에선 마구잡이로 행동하다가도 정작 사업상 중요한 사람들과 만났을 땐 얼굴이 붉어지면서 말 한마디도 제대로 못한 채 버벅거리다가 망조 들리는 날탱이 사업가들도 『반야심경』 수련과 인연이 이어지면 「부자(富子)」로 사주팔자 바꾸게 되는 것이다.

불필요한 공포증을 없애버리자.

그것을 위해 『반야심경』 수련을 실천하자.

무서워할 것을 무서워하고 당당해야 할 때 당당해져라!

53
신념과 실천이 실증을 낳는다

이는 무엇이나 마찬가지겠지만 실증(實證)되지 않고서는 어떠한 것도 그 존재의미가 없다.

『반야심경』 수련도 그 효과를 그대 스스로 실증함으로써 비로소 의미가 있게 되는 것이다.

그대는 "그렇게 간단한 방법으로 소망이 실현될 리가 없다" 이렇게 생각할지도 모른다. 그러나 그대 자신이 시도해보았는가? 자신이 스스로 한 번이라도 독경을 해보았는가?

대안 없는 단순한 비난이라면 초등학생도 가능하지만 신념과 실천의 두 가지를 통해 실증해보는 것은 쉽지 않다. 그러나 믿고 실천한다면 반드시 실증된다. 이것이야말로 『반야심경』 수련의 오묘함이다.

무엇이라고 말하기에 앞서 일단 실천해보라.

옛날 중국 당나라의 유명한 시인이었던 낙천(樂天) 백거이(白居易)가 어느 날 당대의 고승인 도림선사(道林禪師)를 찾아가 불교에 관해서 물었다.

"불교란 과연 무엇입니까?"

도림선사는 간결한 세 마디로 대답했다.

"제악막작(諸惡莫作) 중선봉행(衆善奉行) 시제불교(是諸佛敎). 나쁜 짓 하지 않고 착한 일을 받들어 행하면 이것이 곧 불교이지요."

평범하기 그지없는 이 말에 백낙천은 껄껄거리며 웃었다.

"아니, 선사님. 그 정도야 세 살배기 어린애라도 다 아는 것 아닙니까?"

이에 도림선사가 정색을 하고 말하였다.

"그렇다오. 세 살배기 아이도 알 수 있는 것이지만 백 살 먹은 노인도 실천하기는 어려운 것이지요."

그렇다. 비단 『반야심경』 수련뿐만 아니라 세상살이의 모든 면에서 실천이 중요한 것이다. 〈지목행족(智目行足)〉이라는 말도 있듯이 슬기로운 눈으로 지혜를 깨달았으면 발로 행동에 옮겨 실천해야 하는 것이다.

그런데 재미있는 것은, 무엇인가 말이 많은 사람은 대체로 머리가 좋은 경우가 대부분이다. 즉, 이론이나 이유를 잘 내세우는 사람이다. 이러한 사람일수록 어지간히 비판적이고 반항적이지만 일단 한번 『반야심경』 수련의 기운을 깨닫게 되면 가장 강력한 실천자가 되는 것이다. 이제는 180도 변해서 "이 수련이야말로 진짜다" 하고 다른 사람들에게 선전하면서 실증하게 된다.

『반야심경』 수련의 실천자들은 실증자가 되는 것이 당연한 일이다. 그대도 매일 『반야심경』 수련의 5대 비결을 실천해 나간다면 "이것이야말로 대단하다"고 놀라서 다른 사람들에게도 권유하게 되는 것이다.

까탈스럽게 의심할 시간이 있으면 5대 비결을 실천하라.

실천해본 결과 "이것은 효과가 없다"라고 하는 것은 자유이다. 왜냐하면 그 사람은 이미 "아니다"라고 체험하였으므로 그 본인으로서는 진실이라고 말할 수 있기 때문이다.

그런데 왜 반복하여 "실천해보라"고 하는가 하면 이 정도로 강조하지 않으면 머릿속 알음알이로 따져보고 헤아리기에 바쁘지 실제의 행동으로 옮기지 않는 경우가 보통이기 때문이다. 다만 책을 읽고 또 하나의 화젯거리로만 입에 올리고 말기 때문이다.

이것은 공허한 이론적 세계의 이야기일 뿐이다. 만약 그대가 『반야심경』의 세계에서 살고 싶으면 실천하는 것, 오직 그것뿐이다.

지금까지의 사회에서는 머릿속의 알음알이로 툭하면 시비나 걸면서 제법 행세깨나 하던 사람들도 꽤 있었다. 그러나 이제부터의 평생학습시대 자기개발사회에서는 더 이상 세상이 받아주지 않는다.

인류의 스승님들은 한결같이 말씀하셨다.

"해 보기나 했나?"

"너나 잘해라!"

그대로 따르다 보면 「부자(富子)」로 사주팔자 바꾸게 되는 것이다.

54
노이로제 치료에 뛰어난 효과를 발휘한다

현대인의 대표적 문화병 중 하나로 노이로제를 들 수가 있다. 유치원생들조차 〈노이로제〉니 〈스트레스〉니 하는 말을 거침없이 내뱉는 세상이 되었다.

이것은 몸과 마음에 쌓인 〈잔류 에너지〉를 방출시킴으로써 쉽게 고칠 수 있다. 운동으로 땀을 흘린다, 철저하게 일에 빠져들어 이것저것 꼬치꼬치 생각할 틈을 갖지 않는다, 자율훈련을 실시한다, 요가를 한다, 기공을 닦는다 등등.

이를 포괄하는 새로운 초월법으로서 나는 〈반야심경 수련〉을 권하고 싶다.

〈독경(讀經)〉 – 단전으로부터 소리를 내어 마음이 안달복달하는 것, 개운하지 못한 감정을 전부 토해내 버린다.

〈견경(見經)〉 – 270 문자를 단순히 눈으로 바라보거나 집중함으로써 머릿속의 깔끔하지 못한 느낌을 없애버린다.

〈묵독경(默讀經)〉 – 『반야심경』을 속으로 읽음으로써 정신의 안정을 되찾게 된다.

〈사경(寫經)〉 – 『반야심경』을 손으로 베껴 씀으로써 실천적 행동요법이 된다.

〈문경(聞經)〉 - 테이프에 녹음한 것을 생각날 때마다 마음 편하게 귀로 듣는다.

이 다섯 가지를 평소 생활 속에서 습관화될 때까지 반복 수련해 가다 보면 어느 사이에 노이로제가 사라지고 만다.

그렇다고 생각하는 사람에게는 진실이고, 아니라고 생각하는 사람에게는 거짓이다.

문화 사치병이여, 영원히 안녕!

55
새로 시작한 그날이
제2의 탄생일이 된다

소비에트 공산주의 괴뢰정권의 앞잡이인 김일성이 저지른 민족 상잔의 큰 아픔인 6·25 남침 때의 일이다.

피난민들의 북새통으로 일그러진 대구 지역에 내몰렸던 문인들 중에 당대의 천재 문필가이자 대주호, 즉 말술꾼인 수주 변영로 선생이 있었다.

마주치는 사람들에게마다 "오늘이 내 생일일세" 해대니 어쩔 것인가.

주머니를 털털 털고 낯설기만 한 외지에서 외상을 긋는 한이 있더라도 얼큰하게 한잔 대접을 아니 해드릴 도리가 없었던 것이다.

그런데 하루 이틀도 아니고 날이면 날마다 하루에도 몇 번씩 만나는 사람들에게마다 "오늘이 내 생일일세"를 붙여대니 급기야 만천하에 들통이 나고 말았겠다.

"아니, 선생님. 일년에 한 번뿐인 생일을 어찌하여 날마다라고 해대신 겁니까?"

잠시잠깐의 망설임도 없이 찰나적으로 터져 나온 수주 선생의 대갈일성이 있었다.

"이 사람아! 이 판국에 죽지 않고 이렇게 멀쩡하게 살아 있으면 그게 바로 생일(生日)이지 아니면 죽은 사일(死日)이란 말인가!"

그 당시 수주 선생이 입에 달고 다니던 "오늘이 내 생일일세"는 그분 나름의 또 다른 『반야심경』 수련이었던 것이다.

그대의 새로운 탄생일이란 『반야심경』 수련을 시작한 바로 그날이 된다.

영어권에서는 세미나를 수강하여 끝나는 날이나 우리의 졸업식을 〈시작일(Commencement)〉이라고 부른다. 즉, 새로운 인생학교에 입학한 날이라는 생각이다.

사서삼경(四書三經) 중의 하나인 『중용(中庸)』에서는 끝을 다시 시작으로 돌리는 것을 〈종시관(終始觀)〉이라고 부르는데, 이는 신약성서 요한계시록의 끝부분에 나오는 "이 세상이 끝나는(終) 그곳으로부터 새로운 세계가 출발하고 있다(始)"라는 발상법과 통하고 있는 것이다.

크게 생각해서 전혀 새로운 자신으로 태어나고 변화하는 그날, 즉 『반야심경』 수련을 시작한 그날이 그대의 〈제2의 탄생일〉이 되는 것이다.

그대는 〈독경〉, 〈사경〉, 〈묵독경〉, 〈문경〉, 〈견경〉의 다섯 가지를 실천하기 시작한 그날에 새로 태어나게 된다.

「몸나」의 바꿈인 변형과 「맘나」의 바꿈인 변성 그리고 「얼나」의 바꿈인 변역이 이루어지니 그대는 「부자(富子)」로 사주팔자 바꾸게 되는 것이다.

멋진 나날의 축복이 시작된다!

56
기대하고 원하는 대로 이루어진다

❦

지금도 전국 곳곳에는 이른바 「선정비(善政碑)」라는 것이 남아 있는 것을 볼 수 있다. 고을을 잘 다스리던 사또가 임기를 마치고 임지를 떠나게 되면 주민들이 그 은공을 기리고자 세웠던 것이다. 경기도 안성 시내의 공원에 가 보면 지금도 40여 기의 선정비가 나란히 세워져 있는 것을 볼 수 있다.

그런데 이러한 선정비의 상당수가 사후가 아닌 사전에, 즉 사또가 부임하는 것과 동시에 세워진 것이라고 한다. 못된 사또라도 부임하면 견디기 어려운 고통을 당해야만 했던 지역민들이 짜낸 지혜였던 것이다. 고을을 잘 다스린다고 주민들이 미리 비석을 세워놓았으니 과거 다른 곳에서는 못된 사또였을지라도 이제는 마음을 고쳐먹지 않을 수 없는 효과를 노렸던 것이다.

옛날에 어떤 사또가 관내의 백성들이 어떻게 살아가고 있는지 그 형편을 직접 살펴보려고 민정시찰에 나섰다. 어느 마을을 지나가는데 동네 정자나무 밑에 모여 있던 사람들 중에 몰골이 퀭한 할머니가 축 처진 채 건장한 청년의 부축을 받으며 서 있었다. 연유를 묻자 곁에 서 있던 마을의 대표 격인 노인이 대신 설명을 하였다.

"사또 나리의 행차를 구경하고 싶다는 노인네의 성화에 효자인 아들이 이십여 리의 먼 길을 업고 온 것이랍니다."

이 말을 들은 사또는 청년을 격려해주고 비단 세 필을 상급으로 내렸다.

사또가 몇 개 마을의 시찰을 마치고 저녁 때 돌아오면서 다시 아침나절의 그 정자나무 밑에 이르게 되었다. 사람만 바뀌었지 역시 전과 같은 상황이었다. 사또가 연유를 묻자 이번에도 곁에 서 있던 그 노인이 대답했다.

"평소에는 제 어미에게 못되게 굴던 녀석인데 아침의 소문을 듣고는 상 타먹을 욕심에 싫다는 제 어미를 억지로 업어다 놓고 저러고 있는 것이랍니다."

그러자 사또는 빙그레 웃음을 짓고 청년에게 다가가 다정하게 그의 손도 잡아주고 등도 두드려주면서 칭찬과 격려를 아끼지 않았다. 그리고 역시 비단 세 필을 내려주었다. 그러고는 마을의 대표격인 노인을 불러 은밀한 당부를 하고는 마을을 떠났다.

그날부터 마을 사람들은 그 불효자 청년에게 "효자님, 안녕하신지요?", "효자님, 자당님도 여전하시지요?", "효자님 효자님……" 하는 인사를 하였다. 그리고 동네에 잔치라도 있을라치면 "효자님 오셨다"면서 좋은 자리에 앉혀 융숭한 대접을 해주었다. 만나는 사람마다 인사가 "효자님"이다 보니 그 불효자 청년은 얼마 안 가서 진짜 효자가 되었다고 한다.

이런 것들을 보면 우리 조상님들은 서양 성공심리학의 「피그말리온 효과」나 「자기충족적 예언」이라는 용어를 쓰지 않으셨을 뿐이지 대단히 EQ 플러스적인 삶을 사셨다는 생각을 해볼 수 있다.

「감성지능 EQ(Emotional Intelligence Quotient)」는 20세기 인간학

연구의 최종 결론이자 21세기 성공학으로 불리고 있다.

수많은 법칙을 익히고 복잡한 공식을 달달 외워대는 IQ(Intelligence Quotient)적인 접근법으로는 인간이 더 이상 행복과 성공에 도달할 수 없다는 반성에서 나온 것이 바로 이 「감성지능 EQ」인 것이다.

20세기가 '머리 좋은 IQ적인 사람들, 즉 「부자(富者)」들이 잘 사는 세상'이었다면 21세기는 'EQ적인 마음 좋은 사람들, 즉 「부자(富子)」들이 아름다운 모습으로 잘 사는 세상'이라는 것이 EQ의 핵심인 것이다.

그중에 〈피그말리온 효과(Pygmalion Effect)〉라는 것이 있는데, 이는 진실된 자신보다는 남들로부터 기대 받는 모습대로 행동하게 된다는 것을 뜻한다. 이것은 그리스신화로부터 이름 지어진 것으로서, 키프로스 섬의 왕인 피그말리온은 대단히 EQ 플러스적인 인물로 자신이 이상적으로 생각하는 정성들여 만든 상아 여인상에게 반하게 되었다.

"아아, 이 조각상이 살아 있는 여인이라면 얼마나 좋을까?" 하는 간절한 소망이 그에게 생겼다. 그리고 그 소망은 점차 "이 조각상은 살아 숨쉬는 인간의 여성이다"라는 굳은 신념으로 바뀌어나갔다. 여기에 감동한 사랑의 여신 아프로디테(Aphrodite)가 등장하여 피그말리온에게 물었다.

"참으로 이 조각상을 사랑하는가?"

"예, 여신님."

"좋아, 그토록 열성이라면 그 소망이 이루어지도록 해주마."

그리하여 청년 피그말리온은 조각의 여성이 인간이 되자 혼인하여 자녀도 낳고 행복하게 잘 살았다고 한다.

이것을 우리네 식으로 표현하면 〈지성(至誠)이면 감천(感天)〉이라고 할 수 있겠다.

〈피그말리온 효과〉는 〈자기충족적 예언(Self-Fulfilling Prophecy)〉을 설명하는 데 쓰이고 있다. 〈자기충족적 예언〉이란 어떤 일이 일어날 것을 기대하면 실제로 그러한 일이 일어난다는 것으로, 본인이 어떻게 생각하는 바와 상대방으로부터 어떠한 기대를 받고 있는가에 따라서 행동하게 된다는 것이다.

우리가 명심해야 할 것은 부정적인 기대감은 부정적인 행동을 가져오고 부정적인 결과로 이어지는 악순환이 일어나게 된다는 점이다.

선순환이 일어나기 위해서는 상대방의 부정적인 특성이나 자질에 주목하기보다는 그의 긍정적인 측면에 주목하여 기대감을 심어주는 것이 중요해진다.

실적이 저조하여 침체되어 있는 사원에게 엄격하기만 하던 리더가 술자리에서 건넨 따뜻한 위로의 말 한마디가 그가 분발할 수 있는 계기가 될 수도 있다.

아이의 시험점수가 잘 나오면 잘했다고 칭찬하다가도 친구의 점수보다 뒤진다고 나무라던 어머니가 있었다. 아이는 모든 면에서 점점 더 위축되어 갔다. 이에 당황한 어머니는 나와 상담을 한 후에 남들과 비교하여 나무라는 습관을 일체 버렸다. 그리고 끊임없이 칭찬과 격려를 아끼지 않았다. 그러자 이내 아이는 활력을 되찾고 교과공부도 향상되었다.

간절한 소망이 진정한 신념으로 변할 때 그 생각은 그대로 실현된다는 것이 천지자연 우주의 성공법칙인 것이다.

　이러한 맥락에서 상대방의 바람직한 모습을 기대하면 상대방은 그에 부응하게 되는 것이다.

　『반야심경』 그 자체로서는 피그말리온 효과가 없다. 그러나 『반야심경』 수련은 싫은 사람을 변화시키는 강력한 파장을 가지고 있다.

　싫어하는 사람의 사진을 보면서 독경을 한다. 혹은 전철 속에서 난폭한 사람이 있으면 즉각 묵독경을 한다. 밤에 자기 전에 미워하는 사람을 〈그냥〉 떠올리면서 사경한다. 어떠한 기대를 가질 필요도 없다. 상대방을 무리하게 좋아하려고 하지 않아도 괜찮다.

　『반야심경』 수련으로 상대방을 좋아하게 되고, 그도 역시 그대를 좋아하게 되는 것이다. 〈짝사랑〉은 아직 그대의 수련이 부족한 것이다.

　한 포기 풀과 돌멩이 한 덩어리까지도 사랑하는 천지자연의 주인공인 「부자(富子)」 그대에게 무한한 영광이 이어지는 것이다.

　『반야심경』 수련으로!

57
그대는 행복을 끌어당기는 자석이 된다

〈독경〉, 〈사경〉, 〈견경〉, 〈묵독경〉, 〈문경〉을 매일 반복하여 습관화하면 그대에게는 이상할 정도로 행운이 초대받은 것처럼 다가오게 된다.

〈행(幸)〉은 고생 〈신(辛)〉자에 한 〈일(一)〉자가 덧붙여진 것으로 고생과 노력 끝에 하나가 더 보태어져 바라던 바가 이루어지는 것이요, 〈복(福)〉은 그것을 누리는 것이다. 이것이 행복의 참뜻이다.

아무 것도 어려울 것이 없다.

마음 속 깊은 곳에서 우러나올 때마다 270 문자를 소리 내어 읽을 것, 쓸 것, 볼 것, 속으로 읽을 것, 그리고 들을 것, 이것만으로 좋다. 매일매일의 생활 리듬에 포함시키는 것으로 족하다.

『반야심경』 수련을 하면 진짜로 행복이 찾아오는가?

이러한 의문을 갖는 사람은 그러한 말을 하기 전에 한 번이라도 실천을 해보는 것이 좋다. 이내 몸과 마음이 산뜻해지는 것을 느낄 것이다. 2회, 3회 리드미컬하게 독경하다 보면 단전으로부터 의욕이 솟아오른다.

나는 『반야심경』의 최초의 행복의 최고봉(最高峰)은 100일이라고 생각한다. 100일간 생활 속에 습관화시키면 놀랄 정도의 행복이 그대에게 다가온다. 그대 스스로를 행복을 끌어당기는 자석으로 바꿔 주는 것이 『반야심경』 수련이다.

그야말로 〈도일체고액(度一切苦厄)〉의 세계에 들게 되는 것이다. 〈도(度)〉란 '구한다' 는 뜻이므로 『반야심경』 수련을 깊이 실천하면, 즉 세수를 하는 것처럼 매일의 생활 속에 습관화하면 일체의 고통으로부터 해방되는 것이다. 고통스러움이 전부 사라지고 놀라울 정도로 행운이 몰려오게 된다.

그때는 놀랄 필요조차도 없다.

세상에는 여러 가지 성공법이나 소망 실현법 등이 수없이 많이 전해지고 있다. 그러나 이처럼 간단하고도 확실한 성공법은 그 어디에도 없다. 그리고 이처럼 오래도록 효과가 지속되는 것도 없는 것이다. 이미 2천 5백년 가까운 역사가 있다.

반대로 생각하면 만약 『반야심경』 수련에 효과가 없었다면 이미 옛날에 사라져버렸을 것이다. 그런데 실제로는 계속되고 있다. 이는 『반야심경』 수련에는 강력한 실증적 효과가 있다는 것을 증명하는 것이 된다.

굳은 신념을 가지고 매일매일 실천하면서 「부자(富子)」로 사주팔자 바꾸는 것이다.

오직 그것뿐이다!

58
내가 있음에 세상이 있고, 세상이 있음에 내가 있는 것이다

『반야심경』은 그 자체에서 효과가 나오는 것이 아니고, 그렇다고 행운을 하늘에서 내려주는 것도 아니다. 신비로운 힘이 솟아나게 하는 두 가지의 필요충분조건은 오직 〈그대 자신〉과 〈실천〉, 그것뿐이다.

구한말 테니스를 하고 있는 서양 선교사들을 보면서 고종황제께서 혀를 끌끌 차셨단다.

"허 참! 저 사람들 땀을 뻘뻘 흘리면서 저렇게 힘든 일을 왜 하는고? 하인들을 시키면 될 일이지……."

다른 사람들이 『반야심경』 수련을 실천하고 있어도 바로 〈그대〉 자신이 실천하지 않으면 안 된다. 그리고 〈실천〉한다고 하는 것은 매일 반복해서 천지자연의 흐름을 타고 습관화될 때까지 계속하는 것이다.

전철을 기다리는 동안, 시험 직전, 시합 중의 휴게 시간, 세면 중 어느 장소 어느 때나 『반야심경』의 세계에 들어가면 그 사람은 그야말로 깨달음을 일구어 내는 큰사람 「부자(富子)」로 사주팔자 바꾸게 되는 것이다.

천지자연 우주의 주인공은 바로 그대 자신이다.

내가 있음에 세상이 있고, 세상이 있음에 내가 있는 것이다.

바로 그대가 몸소 행함으로써 비로소 가치가 실증되는 것이다!

59
승진·승급도 뜻대로 된다

❦

　잠재의식의 만능의 힘과 『반야심경』 수련의 놀라운 힘이 합쳐지면 자신의 세계에서 불가능은 없어진다. 어떠한 큰 소원도 실현되고 만다.

　그러한 점에서 말한다면 "팀장이 되고 싶다", "임원이 되고 싶다", "월급을 더욱 많이 받고 싶다"고 하는 소망 실현은 아주 쉬운 일이다. 이런 원초적인 일에 『반야심경』 수련을 들고 나오는 것이 어쩌면 과분한 일일지도 모르겠다.

　한 번 더 강조하고 싶은 것은 "~이 되고 싶다", "~이면 좋겠다" 하는 것은 사춘기의 청소년들이 막연히 동경하는 것과 같은 상태의 바람이 약한 소망이다. 이것을 꼭 실현시켜 보이겠다는 강한 신념, 즉 원력(願力)으로 바꾸지 않으면 안 된다.

　확고한 부동의 신념이 있으면 그것만으로도 큰 성공자가 될 수 있다. 이에 추가해서 〈5대 비결〉의 위대한 힘이 가해진다면 더욱 빨리 놀라운 성공을 그대의 품속에 안게 되는 것이다.

　그러니 승진·승급 등도 그대의 뜻대로 된다.

　도처에 널려 있는 〈돈종교〉의 귀신 장사꾼 집에 갈 시간이 있다면 길거리의 담배꽁초 하나 집어서 쓰레기통에 넣으면서 『반야심경』을 읊어라.

　귀신 장난치는 탁한 부적 살 돈이 있다면 차라리 김밥 한 덩이 사 들고 동네 뒷산에라도 올라가면서 『반야심경』을 읊어라.

　그대 뜻대로 「부자(富子)」로 사주팔자 바꾸게 되는 것이다!

60
지금이 바로 그때이고, 그때가 바로 지금이다

❧

성공행 운전 준비를 모두 마쳤다.

안전벨트도 착용하였고, 가솔린도 꾹꾹 채워 넣고, 지도도 준비되어 있고, 타이어도 좋고, 드디어 시동을 걸었다.

자! 이제 출발은 그대가 액셀을 밟느냐 마느냐에 달려 있다.

『반야심경』 수련을 행하면 소원은 전부 쉽게 실현된다. 이것을 알고 있으면서 아무 것도 하지 않는 것은 액셀을 밟지 않는 것과 똑같다.

"기존 상품보다 반 발짝만 앞서 가면 히트할 수 있다."

일본 최대의 광고회사인 〈덴쓰(電通)〉가 화제를 불러일으켰던 상품들을 분석한 결과로 최근에 내놓은 〈반보참신(半步斬新)〉이라는 히트상품의 새로운 화두(話頭)이다.

소비자들의 선택이 갈수록 제한적인 만큼 너무 앞서나가는 상품보다는 기존의 소비 패턴에서 〈반 발짝 정도〉 앞서 나간 상품이 성공한다는 것이다.

〈반야심경 수련 5대 비결〉은 철학적으로는 그대의 마음밭을 갈아주는 〈심전경작(心田耕作)〉이요, 전략적으로는 반 발짝 앞서 나가는 〈반보참신(半步斬新)〉을 통해 사랑과 행복 그리고 성공의 주인공이 되어 보람 있는 인생을 살아가는 「부자(富子)」의 길로 들어서게 해주는 것이다.

그대는 이제 더 이상 이것저것 따지고 말고 할 필요가 없다. 도구를 특별히 준비할 것도 없다.

다만 『반야심경』을 소리 내어 읽고, 보고, 듣고, 쓰고, 속으로 읽는 것. 이것만으로도 성공에 필요한 모든 것이 저 멀리서부터 가까이 다가온다.

그런데 어째서 지금 당장 시작하지 않는가?

확실히 매일 똑같은 수련을 단순하게 반복하는 것이 힘들 수도 있다. 그러나 이 정도도 하지 못하는 인간에게 도대체 무엇이 가능할 것인가?

지금 즉시 시작하면 가령 〈사경〉일 경우 무엇을 원하든가 찾든가 하지 말고, 단순히 아이들이 낙서하는 식으로 글씨를 쓰게 되면 하루 한 편으로 해서 100일째 그때까지는 100편을 쓰게 된다. 이제 그대의 꿈은 뚜렷이 달성된다. 빠른 사람은 첫날부터 운세가 호전되는 것을 실감할 수도 있다.

나 자신이 자라나는 청소년 및 직장인, 재계의 최고경영자, 재취업을 갈망하는 구업자 및 창업 준비자들, 힘든 가계를 알뜰살뜰 꾸려나가는 주부들에게 『반야심경』의 사경을 지도하여 획기적인 성과를 거두고 있는 사례는 일일이 소개할 수 없을 정도로 많이 일어나고 있다.

경영컨설팅과 기업교육 및 사회교육에서 두각을 나타내는 한국조직문화연구원이라는 기관이 있다. 지사적인 면모를 풍기는 이곳의 대표인 최승훈 원장의 부인 허선옥 여사는 연전에 친정어머니가 돌아가셨다.

　장례가 끝난 후 나는 그녀와 면담하면서 사경을 권유하였다.

　"아무 것도 바라지 마세요. 그냥 맑은 마음 밝은 기운으로만 쓰세요."

　사십구일재 법회에 참석한 일가친지들에게 『반야심경』 사경 100권을 일일이 나눠주는 허선옥 여사는 관세음보살의 화신과도 같이 온화하면서 조신한 모습을 보여주었다.

　그래서 그런지 최승훈 교수는 각계각층의 초빙 강연으로 하루도 쉴 새가 없을 지경이다. 세 명의 자녀들 역시 몸 건강하고 공부 잘하며 친구들 사이에 인기가 있으니 그 얼마나 흐뭇한 일인가!

　『반야심경』 수련을 온 가족과 함께 생활화하면서 수지침으로 아픈 사람들에게 봉사하고 끊임없이 자기개발하는 허선옥 여사야말로 우리 사회의 대표 주부라고 하겠다.

　〈독경〉, 〈견경〉, 〈묵독경〉, 〈문경〉, 〈사경〉을 반복하면서 세수를 하는 것처럼 일상의 습관화가 되는 100일이 지나면 어떠한 큰 소원이든지 전부 실현되고 있는 것이다.

　자, 무엇을 더 망설일 것인가.

　어째서 지금 당장 시작하지 않는가?

　지금이 바로 「부자(富子)」로 사주팔자 바꾸는 그때이고, 그때가 바로 지금이다!

61
큰맘 먹고 큰복 짓고 큰복 받는다

✤

〈색즉시공(色即是空)〉이라는 구절을 누구나 한 번쯤은 새겨보았을 것이다. 그런데 그 뜻은 해석하는 사람에 따라서 상당한 차이가 있다. 그래서 해석은 여러 가지가 있는데, 그러한 뜻이야 어떻든 상관없는 것이 『반야심경』 수련이다.

결국은 270 문자의 의미 같은 것에 구애받지 않는 데 『반야심경』 수련의 참된 경지가 있는 것이다.

이렇게 간단한 방법은 세계에서 오직 하나밖에 없다. 어떠한 방법인가?

그것은 〈천지자연의 기운에 절대적으로 따르면서 성공하는 것〉, 그것뿐이다.

자신의 기운을 바꾸는 준비와 노력도 없이 막연히 절대자에게 의지해서 복 달라고 비는 짓은 여기에 어긋나는 것이다.

옛날부터 사람들에게 친근감을 주고 있는 〈관음님〉은 관세음보살의 약칭이다. 그렇다. 관음님이나 부처님에게 복을 달라고 공손히 기도드리라는 것이 아니다. 그것은 『반야심경』 수련 이후의 별도 차원인 것이다.

『반야심경』의 세계에서는 우리 자신이 관음님이 되고, 부처님이 되는 것이 올바른 수련인 것이다.

서른세 가지로 화신한다는 관음님이지만 60억 인구의 세계에 있으면 60억의 관음님 혹은 60억의 부처님이 존재하는 것이다. 즉, 그대가 『반야심경』 수련을 행할 때 마음 속 깊은 곳에서 안심하고 행한다면 자신이 관음님이 되고 부처님이 되는 것이다.

어떠한 기초훈련이나 사전지식도 필요 없이 다만 실천만 하면 된다는 것은 세상이 넓고 알아야 할 것도 많지만 단 한 가지 이 『반야심경』 수련뿐이다.

성관음(聖觀音), 십일면관음(十一面觀音), 천수천안관음(千手千眼觀音), 여의륜관음(如意輪觀音), 불공견색관음(不空羂索觀音), 마두관음(馬頭觀音) 등에 추가해서 그대 자신이 또 하나의 관음으로 나투게 되는 것이다.

복전함에 딸랑 복전 한 닢 집어넣거나 공양물 몇 덩이 올리고선 이내 복 달라고 비는 조급함에서 벗어나 그대 자신이 관세음보살이 되는 것이다.

복을 지어야 복을 받는 법, 큰맘 먹고 큰복 짓고 큰복 받으면서 「부자(富子)」로 사주팔자 바꾸는 그러한 신통력이 발휘될 수 있는 비결은 단 한 가지, 『반야심경』 수련의 실천뿐이다.

"나무관세음보살(南無觀世音菩薩)".

62
그냥 하면
자연스럽게 이루어진다

"마하반야바라밀다심경(摩訶般若波羅蜜多心經)."

지금 바로 그 자리에서 단지 한 번만으로도 좋다. 일 분 동안에도 읊을 수 있는 것이 『반야심경』이다. 그러나 그 효과는 상상할 수도 없이 크다.

다만 효과를 기대할 필요는 없다. 부(否), 오히려 불필요한 짓이다.

"오늘은 다섯 번이나 독경하였으므로 무엇인가 좋은 일이 생길 것이 틀림없다." 이러한 기대조차도 오히려 비워낼 수 있겠는가?

『반야심경』 수련에서는 '바라서도 안 되고' '구해서도 안 되고' '기대해서도 안 되고' 하는 무애자재(無碍自在)의 경지를 가장 바람직하게 생각할 수 있다. 그러다 보면 자연스럽게 그대에게 좋은 일이 생기는 것이다.

저절로 자연스럽게 보고 싶어 하던 친구가 10년 만에 찾아올지도 모른다. 승진이나 승급이 있을지도 모른다. 식어가던 부부사랑이 되살아날 수도 있다.

무엇이 일어나는가는 자신이 얼마나 『반야심경』 수련을 〈사실 그대로〉 실행했는가에 달려 있다. 그대가 아주 예사롭게 〈독경〉, 〈사경〉, 〈견경〉, 〈묵독경〉, 〈문경〉을 행한다면 틀림없이 이 세상에서 대성공할 수 있다.

억만장자가 되는 것도 보증한다. 내가 대성공이나 억만장자를 그대에게 보증하는 것은 아니다. 〈그대〉 플러스 〈반야심경 수련〉이 성공을 보증하는 것이다.

그대가 지금 독경을 하는 것만으로도 좋은 일이 일어나는 것이다. 일의 대소에 관계없이 필히 좋은 일이 생기는 것이다. 반복해 간다면 아무리 지금 불가능한 것으로 생각되는 것도 실현되는 것이다.

『반야심경』을 지금 곧 읊을 것, 단지 그것만으로도 그대는 행운 속에서 적극적 인생을 지속시켜 「부자(富子)」로 사주팔자 바꾸게 되는 것이다.

그냥 하면 자연스럽게 이루어진다!

63
웃으면서 읊으면
만사형통 운수대통한다

잠재의식은 만능의 힘을 가지고 있다. 그리고 그것은 〈웃음〉, 〈명랑〉, 〈밝음〉, 〈맑음〉을 좋아한다. 이러한 플러스 파동을 가진 사람에게는 플러스 효과를 가져다준다.

잠재의식은 플러스 인간에게 힘을 준다. 그런데 『반야심경』 수련을 행하고 있을 때는 누구나 플러스 인간이 되는 것이다.

"웃음은 백약의 으뜸", "웃는 집안에 만복이 들어온다", "웃음의 힘은 전지전능하다(Smile Power is Almighty)"라는 말이 있다.

미국의 플로리다 주에서 정신과 의사를 하고 있는 내 친구인 닥터 제임스는 말한다.

"이제 곧 머지않아서 정신과 의사는 물론이고 성형외과 의사, 치과 의사, 미용사, 메이크업 아티스트 등 사람들의 아름다움에 관련된 직업인들이 최종적으로는 스마일리스트(Smilist)를 지향하게 될 것이다. 스마일은 21세기의 최첨단 테마이다."

그런가 하면 아이다호 주의 포카텔로시는 〈미국의 스마일 수도(Smile Capital of USA)〉라고도 일컬어지는데, 정치·경제의 중심지인 워싱턴이나 뉴욕과 마찬가지로 미국인들에게는 유명한 곳이다. 이 도시에서는 타인이 미소를 보내왔을 때 웃는 얼굴로 화답하지 않으면 벌금을 과한다는 조례가 있다. 이 얼마나 아름다운 발상인가!

나는 젊은 시절에 오드리 헵번이라는 영화배우를 매우 좋아했다. 공주와 신문기자의 애틋한 사랑을 다룬 〈로마의 휴일〉이라는 영화의 마지막 장면에서 그녀가 보여준 애틋하면서도 상큼한 미소에 감동받고서부터 그녀를 좋아하게 된 것이다. 〈로마의 휴일〉이 많은 사람들에게 감동을 주는 명화로 자리매김 되고 있는 것은 오드리 헵번의 그 누구도 따를 수 없을 정도의 그 아름다운 미소 덕분이라고 나는 생각한다.

웃음의 감동이란 변할 수 없는 진리이다.

일찍이 아리스토텔레스가 "인간만이 웃을 줄 아는 유일한 동물이다"라고 말한 이래로 많은 사람들이 이를 무비판적으로 답습하면서 천지자연에 대한 인간의 교만함을 부추기는 오류를 저질렀다.

나는 이미 오래전에 천지자연 삼라만상 모두가 다 웃을 줄 안다는 깨달음에 이르렀다.

한여름 날 내내 뙤약볕만 내리쬐면서 오만상을 찌푸렸던 꺼먹바위가 벌컥벌컥 물을 마셔대면서 환하게 웃는 밝은 모습을 「부자(富子)」로 사주팔자 바꾸는 그대여! 보신 적이 있는가?

『침팬지와 함께한 나의 인생』이라는 책을 쓴 영국의 인류학자 제인 구달 박사는 "침팬지는 인간과 비슷한 희로애락의 감정을 느끼며 표현한다"고 말한다.

동물학자들은 얼룩말이나 돌고래도 웃는다는 연구결과를 내놓고 있다.

동물도 웃을진대 하물며 인간으로서 언제 어떤 상황에서도 결코 찡그린 얼굴을 해서는 안 된다. 얼굴을 찡그리다 보면 인생까지 찡그러지는 것이 천지자연 우주의 법칙이다.

사람들은 흔히 산에 가서 명당을 찾는 어리석음을 범하고 있지만 "〈천하제일 발복명당(天下第一 發福明堂)〉은 바로 그대의 얼굴"이라는 것을 나는 새삼 강조하는 바이다.

삶이 힘들고 때로는 지칠지라도 웃으며 살면 복이 들어오는 법이다.

그래서 우리 조상님들은 입춘방(立春榜)으로 '웃는 집안에 큰 복이 들어온다' 는 〈소문만복래(笑門萬福來)〉를 즐겨 써 붙였던 것이다.

더 나아가 웃는 얼굴로 독경을 하자. 웃으면서 독경을 하면 소망이 더욱 빨리 실현된다.

웃음 띤 밝은 얼굴로 『반야심경』 수련을 하면서 「부자(富子)」로 사주팔자 바꾸는 그대는 만사형통 운수대통(萬事亨通 運數大通)한다!

64

어깨의 힘을 빼면
전신이 편안해진다

무슨 일을 하든 성공하고 싶다면 〈어깨의 힘을 빼라〉.

태권도 수련에서도, 음악에서도, 미술에서도, 골프를 칠 때에도 그리고 『반야심경』을 수련할 때도 똑같다. 이것은 골프나 테니스를 칠 때 또는 낫으로 풀을 베거나 괭이로 땅을 팔 때도 마찬가지이다.

나는 주먹세계의 〈어깨〉들을 좀 알고 있다.

주먹의 세기가 세력을 결정하는 그들의 세계이다 보니 그들은 한결같이 힘이 천하장사인 건강체이다.

그런데 〈어깨〉들 치고 장수하는 사람이 드물다.

바로 어깨에 힘을 주면서 살아가기 때문이다.

어떠한 경우에도 어깨의 힘을 빼어야 한다.

왜 그러한가? 그것은 어깨에 힘을 빼면 전신이 편안해지니까 그렇다.

어깨에 힘이 들어가 있으면 육체적인 동작이 어색해진다. 그리고 정신적으로도 긴장되어 머리가 늙으면서 마이너스의 결과를 초래하게 된다.

허세를 부려 순간을 살고자 하는 〈싸움꾼〉이라면 괜찮다. 만일 그게 아니라면 어깨에 힘주지 말고 부드럽게 살아야 한다.

　어깨에 힘주면 이내 목이 뻣뻣해지고 그러다가 〈부러지는〉 사람이 세상에 어디 한둘인가!
　잠재의식이 가장 활동하기 쉬운 것은 온몸에서 필요 이상의 힘이 빠진 편안한 상태일 때이다. 만약 그대가 〈잠재의식〉과 〈반야심경 수련〉의 상승효과를 바란다면 일상적으로 어깨의 힘을 빼고 편안하게 되어야 한다.
　〈잠재의식〉 플러스 〈반야심경 수련〉은 「소망 실현」이라는 공식이 성립되는 것이다. 편안한 상태가 되는 것이 소망 실현의 지름길인 것이다.
　인류의 스승님들은 한결같이 말씀하신다.
　"어깨가 굳으면 머리가 늙고, 허리가 굳으면 몸이 늙는다."
　몸과 마음이 모두 젊어져라!

65
어느 날 아침에 그대는 억만장자가 되어 있다

"어느 사이에 기분이 좋구나! 어찌된 일일까?"

그러면서 입으로부터 자연스럽게 『반야심경』이 흘러나오는 아침이다. 그 아침에 그대는 이미 억만장자가 되어 있는 것이다.

억만장자란 단지 돈이 〈억〉의 단위로 있는 것만이 아니다. 그것만이라면 그 막대한 돈을 주웠건 어디에서 훔쳐왔건 빌려왔건 〈억만장자〉라고 불러야 될 것이다.

그런 것이 아니고, 그 사람이 그만한 돈을 〈정당한〉 방법으로 모아 〈지속적〉으로 소유하고 〈제대로〉 불리며 〈올바로〉 쓰고 있는 「부자(富子)」를 상징적으로 표현하고 있는 것이다.

그러한 〈억〉의 활용을 꾸준히 지속하기 위해서는 『반야심경』 수련이 위력을 발휘한다. 몸과 마음속에 『반야심경』 수련이 스며들었을 때에 이미 그대는 「부자(富子)」로 사주팔자 바꾸고 있는 것이다.

매일 5대 비결을 반복하고 있으면 마음속으로부터 즐거운 기운이 솟아나는 나날이 된다. 그렇게 되면 된 것이다. 즐겁게 실천하고 있으면 성공은 눈앞에 와 있는 것이다. 이내 그대 자신이 억만장자가 되어 있는 것을 맛보게 되는 것이다.

20세기 인간학 연구의 최종 결론이자 21세기 성공학으로 불리는

〈감성지능 EQ〉는 종래의 분석적이고 체계적인 서구식 성공학의 한계를 초월하여 내가 이 책에서 제시하는 〈반야심경 수련 부귀군자 성공철학〉과 궤도를 같이하고 있다.

〈감성지능 EQ〉의 창시자이자 나의 50년 수련 과정의 오랜 도반(道伴)인 미국 하버드대학의 대니얼 골먼 박사의 말에 귀를 기울여 보자.

"어떠한 부문이건 교육의 결과로 청소년들에게 사소한 것까지 생각하지 않도록 해야 할 것이다. 일단 큰 틀이 결정되면 그 뒤는 자연히 되어가는 대로 맡겨두면 어느 밝은 날 아침 눈을 떠보면 그들은 자신이 선택한 분야에서 유능한 사람이 되어 있을 것이 틀림없다."

골먼 박사의 말 속에 나오는 〈교육〉을 〈반야심경 수련〉으로 바꾸어 넣어보기 바란다.

어느 날 아침에 그대는 이미 억만장자가 되어 있는 것이다!

66
연습게임이 있을 수 없는 한 번뿐인 소중한 인생이다

단식, 요가, 명상, 참선, 기공, 보디빌딩, 태권도, 유도 등등 인간 개조법은 수없이 많이 있다. 그러나 『반야심경』 수련처럼 간단히 될 수 있는 것을 나는 별로 알지 못한다.

하여간 '고통스러운' 일은 없다. 난행고행(難行苦行)의 정반대의 차원이 『반야심경』 수련의 세계이다.

그대는 편안하면서도 생각대로의 인간이 된다. 『반야심경』 수련은 누구에게도 가능하다. 장소, 시간, 형식은 일체 상관이 없다. 그러면서도 수십 년간을 훈련하여 겨우 달성이 가능한 인간 개조의 경지가 100일 만에 가능한 것이다.

〈독경〉은 그대의 단전으로부터 솟아나오는 자신감과 의욕을 촉발한다.

〈견경〉은 그대에게 세 배의 집중력을 부여한다.

〈묵독경〉은 정신의 안정을 이루어준다.

〈문경〉은 그대의 우뇌력(右腦力)을 개발하고 특히 〈감성지능 EQ〉를 높여준다.

〈사경〉은 여유로움과 함께 의욕의 균형적인 개발법이다.

아무 것에도 무리를 가하지 않고 자연스럽게 자신을 개발할 수 있는 것이 『반야심경』 수련의 강점이다.

그대는 특별한 고행 없이 편안하고 즐거운 가운데 바람직한 상태의 자기 자신이 된다.

이 〈5대 비결〉을 하루라도 빨리 실천하는 것이 중요하다. 실천, 행동, 행하는 것이 무엇보다도 중요하다.

연습게임이 있을 수 없는 한 번뿐인 소중한 인생이다.

「부자(富子)」로 사주팔자 바꾸는 그대여, 지금 즉시 실천하라!

67
하늘과 땅이 저절로 이루어짐에 따르라

일반적으로 성공하기 위해서는 〈목표〉가 필요하다고들 주장한다. 더욱이 기한과 내용을 구체적으로 수립하라고 한다.

"영어를 잘 하고 싶다", "내년 5월 10일까지 토익 800점 고지를 돌파한다"라고 하는 것을 흔히 목표라고 부른다. 그리고 그것을 실현하기 위해서는 무엇을 어떻게 해야 할 것인가를 계획하지 않으면 안 된다고 한다. "하루에 15개의 단어를 암기한다", "영어회화 테이프를 매일 30분간 듣는다" 하는 식으로 구체적 행동 계획을 갖는 것이 좋다고 강요한다.

그러나 과연 그럴까?

이른바 서구식 성공학이 과연 기대했던 것만큼 효과가 있었던가?

『반야심경』 수련에서는 유별난 〈목표〉도 특출한 〈행동 계획〉도 필요가 없다.

"그렇게 해서 진짜로 성공할 수 있는 것인가?"라고 생각하는 사람도 있을 것이다.

그러나 틀림없다.

석가모니 부처님의 시대로부터 2500년의 역사를 가지고 있는 것이다. 위력이 없는 것이었다면 벌써 옛날에 사람들로부터 버림을 받았을 것이다.

많은 사람들의 우상인 슈퍼스타, 대성공자, 억만장자, 대정치가 등 수많은 「부자(富子)」들이 실천하고 있다는 것을 생각해보면 의심할 기분이 생기지 않는다. 오히려 하루라도 빨리 시작해야겠다는 생각을 실천으로 옮기는 것이 현명한 자세인 것이다.

왜 〈목표〉도 〈계획〉도 필요가 없는 것인가?

그러한 것은 부자연스러운 것이기 때문이다.

천지자연의 법칙에 어긋나기 때문이다.

물론 그러한 방법으로 어느 정도 성공하는 것도 가능하기는 하다. 그러나 〈반야심경 수련 5대 비결〉의 놀라운 소망 달성법 앞에서는 더 이상 필요한 것이 아니다.

아주 자연스럽게 실천하는 것이 중요하다. 편안하게, 웃으면서, 노래 부르듯이 즐기면서 실행하는 것이 바람직하다.

작위적인 목표나 계획이 없이 그대는 자연스럽게 「부자(富子)」로 사주팔자 바꾸게 된다.

하늘과 땅이 저절로 이루어짐에 따르라!

68
하늘의 가락을 뽑아내는 가야금 병창 천율궁

대뇌생리학의 연구를 보면 우뇌와 좌뇌는 각각 담당하는 역할이 다르다고 한다. 그래서 수학자나 물리학자는 〈좌뇌〉를 주로 사용하는 데 비하여 음악가나 예술가는 〈우뇌〉를 주로 사용한다고 한다.

좌뇌가 운동신경계통의 오른쪽을 통제하고 있고 우뇌가 왼쪽 반신을 통제하고 있다는 논리에 따라서 우뇌 개발에는 왼손의 훈련이 효과적이라고 주장하는 사람도 많다.

그대가 작곡가나 화가 등 대예술가를 지망하고 있다면 가장 효과적인 것이 『반야심경』 수련의 실천이다. 노래에 소질이 있는 자녀를 음악 교수에게 비싼 돈 주고 레슨 시켜 어찌어찌하여 명문대학에 입학은 시켰지만 그 후에는 별 볼일 없어지는 경우를 흔히 보게 된다.

현재 우석대 교육대학원에 재학하고 있는 천율궁 우연희 양은 하늘의 가락을 뽑아내는 듯한 가야금 병창으로 일가견을 이루고 있다.

그 바탕에는 「천부율려 음파기공」을 통한 『천부경』과 『반야심경』 수련이 주춧돌 역할을 하고 있는 것이다.

미술의 경우에도 비슷한 상황이 벌어지곤 한다.

좌뇌를 반짝 개발시켜 입학시험에만 통과한 비극이다.

『반야심경』 수련은 잠재의식을 활성화시켜 그와 관계가 있는 우뇌를 개발시켜 나간다. 즉, 예술가의 센스를 연마시키는 것이다.

여기서 잠재의식에 관해서 좀더 알아보기로 하자.

우리가 깨어 있는 동안에 잠재의식과 연결되어 있는 것은 주로 우뇌이다. 그리고 잠들고 있는 동안에도 연결되어 있다.

미국의 10대 성공철학자 중의 한 사람으로 불리는 조셉 머피 박사가 "잠자면서도 성공할 수 있다"라고 말한 것은 잠재의식은 24시간 완전히 작동하고 있다는 알파(α)를 말하고자 했던 것이다. 그리고 나는 거기다 새롭게 오메가(Ω)를 추가시키는 바이다.

잠재의식 α → 24시간 활동하고 있으므로 "잠자면서도 성공한다"고 할 수 있다.

잠재의식 Ω → 깨어 있는 동안에 잠재의식과 연결되어 있는 것은 우뇌이다. 그렇다면 우뇌개발을 위해서 『반야심경』 수련을 실천해야 하는 것이다.

즉, 『반야심경』 수련은 그대의 잠재의식을 최고도로 활성화시키는 핵심인 것이다. 그대가 원하기만 하면 반드시 예술적 재능을 고도로 발휘할 수 있다.

『반야심경』 수련으로!

그 살아 있는 증거가 바로 천율궁 우연희 양이다.

천율궁 스스로가 가야금을 뜯으면서 『천부경』과 『반야심경』에 가락을 붙여 창으로 뽑아내는 복음성가(福音聖歌)에 인연을 맺어보는 것도 「부자(富子)」로 사주팔자 바꾸는 그대의 크나큰 행운이리라.

194

69
행복의 파랑새는 이미 그대 손안에 있다

❦

살아온 과정이 다르고 근기(根機)가 다른 사람들에게 말 한마디가 쓸데없는 구업(口業)을 짓기도 하고 천금같은 법문(法門)이 될 수도 있는 것이다.

그렇기에 일찍이 부처님께서는 대기설법(待機說法)을 말씀하셨고 예수님께서도 알맞은 때를 말씀하셨고 공자님께서는 시중(時中)을 강조하신 것이리라.

그러니 인연 따라 기운 따라 한생각 바꿔먹으면 백팔번뇌가 백팔 은덕으로 바뀌면서 「부자(富子)」로 사주팔자 바꾸게 되는 것이다.

갖가지 오물과 부유물이 가라앉은 연못 바닥에 뿌리를 내리고서도 한껏 아름다움을 지어내는 연꽃처럼, 황량한 계곡에서 메마른 풀뿌리를 씹어 삼키면서도 뽀얀 젖을 만들어내는 양들처럼 아름다운 삶을 살아가는 행복한 사람들이 새삼 그리워진다.

행복을 가져온다는 파랑새를 굳이 따로 찾을 필요가 없다.

혹은 불로장생을 추구한 진(秦)나라의 시황제(始皇帝)처럼 도원향(桃園鄉)을 구할 필요도 없다. 왜냐하면 이미 그대 눈앞에 놀라운 힘을 비장한 파랑새와 도원향이 존재하고 있는데 새삼 무엇을 찾고 있는 것인가?

이미 그대의 수중에는 성공의 씨앗이 있다. 이제 스스로 그 싹을 틔우기만 하면 된다. 더 이상 언덕 저 너머에서 찾아 헤맬 필요가 없는 것이다.

그대가 찾고 있는 모든 것은 이미 이 세상에 존재하고 있다. 존재하고 있는 것이 손에 들어오지 않을 리가 없는 법이다.

놀라운 힘을 가지고 있는 것이 『반야심경』 수련이다.

진시황제를 부러워할 시간이 아까운 것이다.

한시라도 빨리 『반야심경』 수련을 실천하면서 「부자(富子)」로 사주팔자 바꾸도록 하자!

70
천지자연의
리듬 율려와 파동을 맞춘다

천지자연 삼라만상은 리듬 속에서 존재하고 있다. 인간의 살아 있는 근원인 심장도 하나의 리듬으로 흐른다. 사람의 혈액이 순환하는 혈관인 실핏줄이라고 부르기도 하는 모세혈관까지를 한 줄로 이으면 무려 9만 6천 킬로미터나 된다고 한다.

지구를 두 바퀴 반 이상을 돌 수 있는 거리이다.

이 거리를 혈액은 22초 만에 순환하는 것이다.

실로 엄청난 속도인 것이다.

신비롭기 그지없는 이러한 현상을 어떻게 설명할 것인가?

그것은 바로 천지자연의 리듬에 따르기 때문인 것이다.

봄 뒤에 갑자기 겨울이 오지는 않는 것이 천지자연의 리듬인 것이다.

바이오리듬의 사고방식도 우리가 리듬, 즉 율려(律侶) 속에서 살아가고 있음을 나타내주고 있는 것이다.

그대가 자연스럽게 성공하기 위해서는 천지자연의 리듬, 즉 율려의 기운에 젖어들게 되면 원활하게 진행된다. 이를 위해서 『반야심경』 수련을 실천할 때 리듬을 붙이면 좋다.

사경하면서 노래를 부른다, 독경하면서 발로 박자를 맞춘다, 견경하면서 춤을 춘다, 묵독경을 하면서 캐스터네츠를 울린다, 문경을 하면서 휘파람을 분다.

스스로 자유롭게 리듬을 붙이면서 〈5대 비결〉을 실천하기 바란다.

천지자연의 기운에 맞추면 천지자연의 축복이 따르게 되는 것이다.

외국의 태권도장에서는 훈련 중에 음악을 틀어주기도 한다. 강렬한 록의 리듬에 맞추어서 〈찌르기〉, 〈차기〉 등을 하는 것이다. 태권도의 세계에서도 외국인 선수들의 활약이 대단하지만 그들은 실제로 리드미컬한 움직임을 하고 있다.

『반야심경』 수련도 이와 똑같다.

리드미컬하게 독경을 하고 리듬을 넣으면서 사경, 즉 베껴 쓰기를 해보라. 무엇이건 형식에 구애받을 필요가 없다. 그러면서 운을 불러들이는 좋은 결과가 되는 것이다. 〈5대 비결〉의 실천을 리드미컬하게 실시하자. 틀림없이 소원이 성취된다.

『반야심경』 수련이란 우리 인간을 포함한 천지자연 생명의 리듬을 만들어내는 것이다. 생명의 리듬, 자연계의 리듬 그 자체가 『반야심경』 수련의 일부분이 되어 있는 것이다.

초심자는 〈의식적〉으로 리듬을 붙여서 실행함에 따라서 천지자연의 리듬과 파동을 맞추게 된다.

습관화되면 의식하지 않아도 리드미컬하게 행하게 되므로 신기한 일이다. 지나치게 의식하면 부자연스럽게 되므로 편안하게 어깨의 힘을 빼고 자연스럽게 실시하는 것이 바람직하다.

천지자연의 리듬 율려에 기운을 실어라!

71
간단명료하므로
발휘되는 힘이 절대적이다

『반야심경』 수련이란 〈독경〉, 〈묵독경〉, 〈견경〉, 〈문경〉, 〈사경〉의 다섯 가지이다. 이것을 실천해간다면 틀림없이 행운이 다가온다.

"이렇게 간단한 것으로 되는가?"라는 의문이 나올 수도 있을 것이다. 그러나 간단하기 때문에 효과가 절대적이다.

다만 〈100일간〉은 계속해야 한다. 이것이 최소한의 조건이다. 한 번으로도 확실히 효과가 있을 수도 있다. 더욱이 억만장자가 되는 수도 있다. 그러나 우리가 바라는 것은 영속적인 성공이다.

그 때문에 신비로운 기운이 몸속으로 스며드는 〈100일의 실천〉을 권하는 것이다. 욕심 부려 한꺼번에 실시하기보다는 느긋하고 자연스럽게 100일 동안 실시하는 편이 영속적인 성공을 그대에게 가져다준다. 이렇게 간단한 〈5대 비결〉을 왜 계속하지 못하는가?

인간의 의식은 크게 두 가지로 구분된다. 현재의식과 잠재의식이다. 그리고 잠재의식이야말로 소망 실현을 위해서 핵심이 되는 것이다.

여기에 『반야심경』 수련이 추가되면 소망 실현은 더욱 원활하게 이룩되는 것이다. 『반야심경』 수련은 잠재의식을 활성화시키는 신비한 힘을 가지고 있기 때문이다.

어쨌든 잠재의식에는 단순한 방법으로 접근하는 것이 효과가 크다. 그중에서도 가장 강력한 것이 본서에서 반복해서 강조하고 있는 〈반야심경 수련 5대 비결〉이다. 목표, 행동계획, 실행, 팔로 업(Follow Up)이라는 복잡한 수단이 거의 필요하지 않다.

그대는 간단히 실천만 하면 되는 것이다.

그렇지 않아도 어수선한 세상을 가뜩이나 복잡한 논리로 살아가는 어리석은 짓거리는 지금 즉시 그만두어야 한다.

그대는 동양화의 여백(餘白)의 아름다움을 느껴본 적이 있는가?

그것은 채울 물감이 부족해서도 아니요, 그림 솜씨가 모자라서도 아닌 것이다.

본시 진리는 간단명료하면서도 단순한 것이다!

72
유아독존이란 I'm OK You're OK,
홍익인간 상생문화에서 비롯된다

석가모니 부처님이 말씀하신 〈유아독존(唯我獨尊)〉이란 개인의 단순한 이기주의와는 전혀 차원이 다른 것이다. 오히려 그 반대를 의미하고 있다. 1만 명이 있으면 1만의 〈혼(魂)〉 그리고 60억 명이 있으면 60억 명 각각의 〈혼(魂)〉이 있다.

"그대 자신을 중요시 하라" "그리고 다른 한 사람 한 사람도 그대 자신과 똑같이 중요시 하라"는 가르침이 바로 유아독존인 것이다.

『반야심경』 수련을 매일 실시하고 있으면 다른 사람들에게 친절하게 대하고 싶어진다. 이것을 억지로 하게끔 강요당하는 것이 아니고 자연스럽게 몸에 배게 되는 것이다.

유아독존을 올바로 이해하게 되면 이기주의자는 이 세상에서 사라지게 된다. 그리하여 모든 사람이 자신의 꿈을 실현하여 행운을 얻게 되는 불국정토 지상낙원을 이룩하게 된다.

〈독존(獨尊)〉이란 자기 자신만이 귀중하다는 뜻이 아니다. 한 사람 한 사람이 모두 귀중하다고 하는, 자신을 포함한 모두를 존중하는 삶의 방식을 의미한다.

〈유아(唯我)〉란 이 또한 자기 자신만이 있다는 좁은 사고방식이 아니라 〈나〉가 있다는 객관적인 사실을 나타내고 있는 것이다.

"〈나〉라는 한 인간이 있다. 그리고 다른 사람들 한 사람 한 사람에게도 똑같이 그의 〈나〉가 있다. 모든 생명은 귀중한 것이다"라고 하는 〈인생고객감동〉의 삶의 방식이 유아독존의 참뜻인 것이다. 즉, 나도 잘났고 너도 잘났다는 〈I'm OK You're OK〉의 자세인 것이다.

더불어 함께 잘사는 「부자(富子)」의 방식인 것이다.

이는 이미 우리 밝달겨레 일만 년 역사의 홍익인간(弘益人間) 상생문화(相生文化)에서 비롯된 것이다.

I'm Not OK You're OK	I'm OK You're OK
I'm Not OK You're Not OK	I'm OK You're Not OK

〈유아독존〉에서와 마찬가지의 오해가 『반야심경』에도 있다. 〈당연한〉 〈있는 그대로의 세계〉이므로 "해도 안 해도 똑같다", "노력할 필요도 없다", "모든 것은 멸망하는 것"이라는 비뚤어진 태도를 취하는 사람들도 있다. 소위 허무주의에 빠지는 것이다. 이것 또한 잘못된 것이다.

그런 것이 아니고 『반야심경』은 일그러진 자세를 취하는 것도 아니고 억지꾸밈의 모양새를 내는 세계도 아니다.

유아독존은 독선적 이기주의가 아니라 자신과 타인을 존중하는 〈인생고객감동〉의 예절바른 자세인 것이다.

『반야심경』 수련은 공허한 허무주의가 아니라 강력한 실상의 세계에 이르는 지름길이다!

73
내가 힘들어하고 있는데 저놈은 얼마나 더 힘들겠는가

피상적으로 얼핏 생각하면 『반야심경』 수련이란 단순한 문자의 조합을 읽거나 보거나 쓰거나 듣는 것이다. 그렇지만 『반야심경』 수련은 논리를 초월한 막강한 힘을 발휘하고 있다.

증명이 되어 있는가?

그것은 최고 경영자들이 아침저녁으로 독경하고 있고, 거물 정치인들이 수시로 사경하고 있으며, 계속해서 「부자(富子)」로 사주팔자 바꾸고 있는 사람들이 많이 있다는 사실이 바로 그 증명인 것이다.

우리는 자동차의 구조를 몰라도 운전을 할 수가 있다. 『반야심경』의 이론이나 이치는 자동차의 구조에 해당된다. 그리고 운전에 해당되는 것이 〈반야심경 수련 5대 비결의 실천〉인 것이니 액셀을 밟으면 자동차는 움직인다. 즉 소망은 실현되게 되어 있다.

잠재의식에는 이론이 있지만 『반야심경』 수련의 가운은 무한하다. 그러니 이 두 가지를 혼합시켰을 때 덧셈 계산의 효과가 아니라 곱셈의 효과가 나오는 것이다. 잠재의식만으로 또는 『반야심경』 수련만으로도 우리는 대성공자가 될 수 있다. 그러니 이 두 가지를 상승(相乘)시키면 자기 자신으로서는 미처 넘보지도 못할 정도의 꿈이 현실로 이루어지는 것이다.

허황된 망상이 아니라 반드시 이루고자 하는 소망을 가짐에 있어서 그대에게 한 가지 간곡한 바람이자 당부가 있다. 그것은 "될수록 큰 소망을 가져라"라는 점이다. 왜냐하면 그대가 소망하는 것 이상의 것은 손에 들어오지 않기 때문이다. 게는 자기 껍데기만큼의 구멍을 파는 법이고, 조직은 경영자의 그릇 이상으로 커질 수 없는 것이다.

오래전에 통일교의 창시자인 문선명 목사님이 팔당에서 가까운 측근들과 보트를 타고 낚시를 하고 있었다. 떡밥을 주물럭주물럭하더니 사람 주먹만 하게 뭉치는 것이었다.

"아니, 떡밥은 콩알만 하게 만드는 것 아닙니까?"

누군가가 옆에서 묻자 문 목사님이 대답하였다.

"작은 떡밥은 작은 고기를 낚게 되고 큰 떡밥은 큰 고기를 낚는 법이라네."

일행은 도무지 납득이 가지 않는 표정으로 연신 고기를 낚아 올리고 있었다.

이제나저제나 하던 문 목사님 낚시의 찌가 드디어 힘차게 치솟았다. 이내 보트가 거센 요동을 치더니 끌려갈 지경이 되었다.

"크긴 큰 게 물린 모양인데 보트가 뒤집힐 것 같으니 줄을 놓아버리시지요."

"이 사람들아! 내가 이렇게 힘들어하고 있는데, 저놈은 얼마나 더 힘들겠나? 곧 게임은 끝나네."

이윽고 수면으로 끌어내어져 보트에 상륙한 주인공은 무려 24킬로그램이 나가는 잉어였다.

"사장이 된다", "부장으로 좋다". 이 경우 후자가 사장이 되는 일은 없다. 후자는 잘해야 부장에서 그치고 만다. 전자는 잘하면 사장이지만 잘 못 되어도 부장 이상은 되는 것이다.

사람은 그 사람이 생각하는 대로 된다.

소망을 될수록 크게 갖되 이론을 초월한 기운을 가진 『반야심경』 수련으로 실현시키니 이 어찌 기쁘지 아니한가!

그대 자신이 생각하는 대로 「부자(富子)」로 사주팔자 바꾸게 되느니라!

74
인간의 자세 중
가장 경건한 것이 합장이다

❧

　사람의 가장 아름다운 모습이란 어떤 일에 열중하는 때가 아닌가 생각한다. 야구 선수의 경우는 그가 야구 시합에 열중하고 있는 때이다. 즉, 자의식이 없는 때를 가리킨다. 『반야심경』에서의 〈공(空)〉에 해당되는 것이다.

　『반야심경』 수련에 열중하고 있으면 그대는 그 시점에서 대성공자가 된 것이다. 열중하고 있을 때는 자연히 양손을 합쳐서 합장하게 된다. 인간은 흔히 고맙다는 생각이 들 때에 합장을 하게 된다. 그렇게 합장한 모습이야말로 『반야심경』과 그대 자신이 일체가 된 경지인 것이다.

　좌우의 손바닥에서는 각각 음과 양의 천지자연 에너지인 기(氣)가 방출되고 있다. 플러스와 마이너스가 합쳐지면 〈제로〉가 된다. 즉, 『반야심경』의 〈공(空)〉이라는 무한대의 세계가 합장으로 이루어지는 것이다.

　그런데 합장도 제대로 못한 채 손가락을 쩍쩍 벌려대면서 겨우 흉내나 내는 소위 사회지도층 인사라는 사람들을 볼 때마다 안타깝기 그지없는 서글픈 생각이 든다.

　〈독경〉, 〈견경〉, 〈묵독경〉, 〈문경〉, 〈사경〉을 시작할 때에 오직 한 마음으로 합장해보자.

인간의 자세 중 가장 경건한 것이 합장이다.

"합장의 자세를 취하면 나쁜 언어나 거친 욕설을 할 수 없다"고 윤청광 선생은『불교를 알면 평생이 즐겁다』에서 강조하고 있다.

우리 집에서는 부부싸움이 일어날 것 같으면 서로 합장을 한다.

그러면 이내 긴장이 해소되고 갈등이 해결된다.

합장 덕분에 부부싸움이 뚝 끊어져버린 것이다.

그대도 지금 즉시 합장의 위력을 맛보면서「부자(富子)」로 사주팔자 바꾸도록 하라!

75
마음이 편안해지면
경지에 오른 것이다

경허스님이 어느 날 제자 만공스님을 데리고 탁발을 나갔다.

그날따라 유별나게 탁발 실적이 좋았던지라 묵직한 쌀자루를 짊어진 만공스님은 땀을 뻘뻘 흘리며 숨을 헐떡일 지경이었다.

몇 번이고 "큰스님! 좀 쉬었다 가시지요"라는 만공스님의 애걸에 들은 척도 않고 휘적휘적 걸어가시는 경허스님을 뒤따르던 만공스님이 드디어 투덜거리기 시작했다.

그때 마침 물동이를 머리에 이고 걸어가는 예쁜 여인이 눈에 띄자 경허스님이 와락 끌어안더니 "쪽" 하고 입을 맞추는 것이었다. 여인은 비명소리를 지르며 물동이를 내려뜨렸고 부근에서 밭일을 하던 동네 사람들이 이를 목격하고 소리쳤다.

"저런 요망한 중놈이 있는가. 저놈들 잡아라."

낫이며 호미 괭이를 들고 쫓아오는 동네사람들을 피해 경허스님이 달아나기 시작하자 만공스님 역시 혼신의 힘을 다해 그 뒤를 쫓아갔다.

죽기 살기로 내빼는 스님들을 당하지 못한 동네사람들이 발길을 돌리자 그제야 바위 턱에 걸터앉은 경허스님이 물었다.

"이놈아! 그 쌀자루가 무겁지 않더냐?"

"아이고, 스님! 죽느냐 사느냐 하는 판국에 무거운 게 다 무엇입니까?"

그러자 경허스님이 대갈일성했다.

"바로 그것이니라!"

다른 사람들이 보기에는 '고통스럽겠지' 하는 일이 그 일을 직접 하고 있는 본인에게는 매우 즐거운 경우가 흔히 있다. 결국 세상만사는 당사자가 어떻게 생각하느냐에 달려 있는 것이다.

〈반야심경 수련 5대 비결〉을 지속하는 것도 '귀찮다' 라고 생각하는 사람들이 있는가 하면 '정말 즐겁다' 라고 생각하는 사람들도 있다. 과연 어느 쪽이 성공하겠는가?

당연히 '즐겁다' 고 생각하면서 실천하는 사람들 쪽이다.

공자님 말씀 『논어(論語)』에 보면 "지지자 불여 호지자 호지자 불여 낙지자(知之者 不如 好之者 好之者 不如 樂之者)"라는 구절이 나온다. "아는 사람은 좋아하는 사람만 못하며 좋아하는 사람은 즐기는 사람만 못하다"라는 뜻이다.

언제 어디서 무엇을 하든지 즐겁게 하는 사람들만이 사랑과 행복 그리고 성공의 주인공이 되어 보람 있는 인생을 살아가면서 「부자(富子)」로 사주팔자 바꾸게 되는 것이다.

만약 그대가 〈5대 비결〉을 실천하는 동안에 "즐겁다", "기쁘다", "좋았다"라는 느낌이 든다면 그것은 수련이 상당한 경지에 도달했다고 볼 수 있다. 즉 잠재의식이 충분히 작동하고 있다는 증거인 것이다.

독경하고 있는 동안에 기분이 좋게 느껴지면 그대의 소망은 실현된다. 〈기분의 즐거움〉이 성공의 척도인 것이다.

세계 최초로 에베레스트 등반에 성공한 에드먼드 힐러리 경은 "거기에 산이 있으니까 오른다"고 했지만, 여기에 "산을 오르는 것이 즐거우니까 오른다"고 하는 사람이 진정한 명인(名人)이고 뛰어난 달인(達人)인 것이다. 즐겁게 하니까 자연스럽게 행운을 불러들이는 것이다.

『반야심경』을 읊고 있는 동안에 기분이 좋아지면 그것은 상당한 경지에 도달한 것이지만 한 층 위 단계로 오르게 되면 〈즐거움〉 그 자체도 초월하게 된다. 호흡하는 것처럼 무의식중에 행하게 된다. 정신을 차리고 보면 『반야심경』이 어느 사이에 입으로부터 흘러나오고 있다고 할 경지가 되는 것이다.

우선 기분이 좋아지면 일단 합격이라고 하겠다.

"『반야심경』 수련을 즐겁게 실행하고 싶다"는 생각이 드는 날이 초심자를 졸업하는 날이다.

그대에게 어서 그날이 오면서 「부자(富子)」로 사주팔자 바꾸기를 기원한다!

76
벼락을 맞고도 살아난 대통령 경호관

❀

부처님께서 카필라성의 니그로다 숲에 계실 때의 일이다.

어느 날 마하남이 부처님께 문안을 드리고 여쭈었다.

"만약 큰 코끼리나 말이 갑자기 달려와 저와 부딪치게 된다면 그 순간만큼은 평소에 부처님께 염불하던 지극한 마음을 잃어버릴까 봐 염려스럽습니다."

그러자 부처님께서 말씀하셨다.

"큰 나무가 어린시절 처음 자랄 때부터 동쪽으로 기울어 자라왔다면 누가 갑자기 나무를 벤다 하더라도 그 나무는 반드시 동쪽을 향해서만 넘어지게 될 것이다. 그대 또한 이와 같아서 오랫동안 선행을 닦았으니 순간적으로 염불을 잊었다 하여 삼악도에 떨어져 나쁜 과보를 받는 일은 없을 것이다."

초대 대통령 이승만 박사는 낚시를 즐기셨다.

어느 날 광나루에서 낚시를 하고 있었는데 갑자기 소나기가 쏟아지면서 천둥번개가 내리쳤다. 그때 경비를 서던 경찰관 두 명이 벼락을 맞았다. 한 사람은 넓적다리에 다른 한 사람은 가슴팍에.

그런데 두 사람 모두 약간의 화상만 입었지 전혀 별다른 문제가 없었다.

“예로부터 벼락 맞고 살아남은 자가 없다고 하였거늘 어찌 된 연유인가?”

그러자 경무대 경찰서장이 득의만면하여 조아렸다.

“예, 모두 각하의 크신 성덕(聖德)인 줄 아옵니다.”

들판에서 일하던 농부라든가 길 가던 사람들이 벼락을 맞는 순간, “아이쿠! 이젠 죽었구나” 하는 찰나적 생각에 몸뚱이는 그 자리에 둔 채 혼은 줄행랑을 쳐 애착이 있는 제 살고 있던 집으로 달려가게 마련이다. 그래서 벼락을 맞으면 죽게 되는 것이다.

그런데 대통령 각하를 경호하는 경호원들은 앉으나 서나 자나 깨나 죽으나 사나 목숨을 걸고 임무를 수행한다는 자세가 몸에 배어 있으니 벼락을 맞는 그 순간조차도 몸과 혼이 함께 하고 있으므로 그런 기적 아닌 기적이 일어난 것이다.

크게 보면 경무대 경찰서장의 얘기도 틀린 말은 아니겠지만 깊이 알고 보면 이치가 이러한 것이다. 경호원들에게 있어 ‘각하 경호’라는 화두는 그들 나름대로의 『반야심경』 수련인 것이다.

잠재의식은 만능의 힘을 가지고 있다. 그대가 소망하고 있는 모든 것을 현실의 것으로 만든다. 그런데 한 가지 문제가 있다. 현재 건강하지 못한 사람이 “나는 건강하다”라고 마음속으로부터 믿을 수가 있겠는가?

돈이 없는 사람이 “나는 억만장자이다”라고 실감할 수 있겠는가?

만약 마음속으로부터 믿고 실감할 수 있다면 아무런 문제가 없다. 그런데 여간해서는 어려운 일이 아니겠는가?

잠재의식의 힘을 이해하고 있다고 하더라도 실제로는 그렇게 간단하지가 않은 것이다. 그때에 최고의 비결이 되는 것이 『반야심경』 수련인 것이다.

"나는 건강하다"고 무리하게 믿으려 하기 전에 〈독경〉을 한다. 혹은 〈사경〉, 〈묵독경〉, 〈문경〉, 〈견경〉의 5대 비결 중 어느 방법을 사용해도 좋다. 제대로 5대 비결 중 한 가지라도 실행하게 되면 "나는 억만장자다"라는 말을 실감할 수 있게 되는 것이다.

믿는 것이 가능하게 되면 그 뒤는 잠재의식 쪽에서 실현시켜 줄 것이므로 안심해도 좋다. 그대는 『반야심경』 수련을 실행하기만 하면 된다.

내가 계속해서 강조하고 있는 『반야심경』을 〈행한다〉, 〈실천한다〉, 〈실행한다〉고 하는 것은 5대 비결을 기운에 따라 행하는 것을 의미한다. 전부를 실시하지 않아도 좋다. 그중에서 시간과 장소와 상황에 적절히 맞추어서 올곧게 실시하면 되는 것이다.

20세기의 위대한 과학자로 칭송받는 아이슈타인 박사조차도 두뇌의 15퍼센트밖에 활용하지 못하였다고 한다. 보통 사람들은 불과 몇 퍼센트만 사용하다가 죽어간다. 얼마나 황당한 이야기인가!

〈반야심경 수련 5대 비결〉과 〈잠재의식의 위대한 힘〉이 합쳐졌을 때에는 무한대의 기운이 생겨난다. 우리의 〈뇌력〉과 〈능력〉은 그때에 왕성한 회전을 시작하면서 「부자(富子)」로 사주팔자 바꾸게 되는 것이다.

인간능력 무한대에 도전하라!

77
질펀하게 놀면서도
견경으로 학원 재벌이 된 사나이

❧

내가 아는 사람들 중에 학원 사업으로 입신한 형제가 있다.

그들을 어린 시절부터 보아왔는데 형은 공부를 무척 열심히 하였지만 동생이 공부하고 있는 모습은 본 적이 거의 없었다.

상당히 오래전의 이야기인데, 어느 날 전화를 받았다. 형제가 나란히 대학에 들어갔다는 것이었다. 공부를 잘하던 형은 4수 끝에 별로 바라지 않는 학교에 어쩔 수 없이 들어갔지만 동생은 당당히 원하던 명문대학에 들어갔다는 것이었다. 그렇게 질펀하게 놀아대기만 하던 녀석이 어느 사이에 공부를 했을까 하는 생각이 들었다.

그들 형제는 지금 각자 입시학원을 경영하고 있다. 그런데 형이 하는 학원은 흔히 볼 수 있는 보통의 규모지만, 동생은 가히 학원재벌이라고 부를 만한 규모인 것이다. 실은 동생의 성공의 비결은 『반야심경』 수련이었다.

그가 사용하고 있던 기법은 〈견경〉 한 가지뿐이었다.

동생 소유의 외제차 속에는 무엇인가 작은 종이쪽지가 붙어 있고 거기에 무슨 문자가 쓰여 있었다. 무척 오래된 상태였다. 잘 살펴보니 『반야심경』의 카피였다. 더구나 그는 내가 설명하고 있는 5대 비결 중의 하나인 〈견경〉과 같은 방식을 활용하고 있었던 것이다. 바로 대학에 당당히 입학하기 전부터 책상머리에 붙여놓고 다만 쳐다 보기만 하였다고 한다.

"이것을 쳐다보고 있으면 어쩐지 마음이 침착해져서 힘이 솟아오른다"라고 동생을 말했다.

입시 수험생들은 물론이고 모든 시험에 당당히 합격하기 위해서는 『반야심경』 수련을 권유하는 바이다. 그 사람처럼 성공할 것이 틀림없다. 물론 〈견경〉뿐만 아니라 기타의 비결도 실행하기 바란다.

재미있는 일은 그 동생은 『반야심경』의 자구 해석을 해놓은 책을 읽은 적이 없다고 한다. 즉, 『반야심경』의 내용은 거의 알지 못하고 있었다. 그러나 그의 소망은 실현되었다. "아는 것은 힘이 아니고 실천하였을 때에 비로소 효력이 발휘된다"라는 말이 증명되는 것이다.

〈백문이불여일견(百聞而不如一見)〉이라고는 하지만 〈견경〉의 힘은 실로 놀라운 일이면서 「부자(富子)」로 사주팔자 바꿔주는 것이다.

"눈이 보배다!"

78
문제는 진보의 기준 척도이자 고마운 것이다

❧

　무슨 문제가 생기기만 하면 즉시 신에게 매달리는 사람들이 있다. "도와주십시오. 문제를 해결할 지혜를 주십시오" 하고 무조건 빌어대면서 기도드린다.

　물에 빠진 사람 지푸라기라도 잡고 싶은 심정을 이해는 할 수 있지만 이는 임시방편의 대증요법일 뿐 원인요법이 못 되는 것이다. 자신을 정화시키는 과정 없이 무턱대고 빌어댄다고 들어줄 신명이 과연 있을까?

　제사나 굿 의식의 본질은 자기정화이다. 여기에 하늘이 감응하여 문제가 해결되는 것이다.

　어려운 상활일수록 느긋하게 『반야심경』 수련을 실시하라. 『반야심경』은 그대 자신의 잠재의식에 작용하여 소망을 실현시켜주기 때문이다.

　그리고 신념의 힘은 커져서 정신력과 집중력이 더욱 강화되는 좋은 일만 일어나는 비법이 『반야심경』 수련이다. "도와주십시오"라는 식으로 절대자에게 의지하기보다는 훨씬 높은 차원인 것이다. 독경, 견경, 묵독경, 사경, 문경의 5대 비결 수련이 어느 사이엔가 문제를 해결해주는 것이다.

그대는 〈문제〉를 어떻게 취급하고 있는가?

그대가 한층 더 훌륭한 인생, 보다 나은 생활을 원한다면 오히려 문제가 있는 편이 좋다. 전혀 진보가 없는 곳에는 문제가 일어나지 않기 때문이다. 문제란 고마운 것이다. 그것은 그대의 진보의 기준 척도가 되기 때문이다.

또 한 가지 〈문제〉에 관해서 말할 것은 그 스케일에 따라서 그대의 스케일도 정해진다는 점이다. 예를 들어 백 원짜리 동전을 떨어뜨리고 그것을 찾는 것이 문제인 사람도 있다. 혹은 몇 백억 원의 수출 계획이 문제인 사람도 있는 것이다. 그 금액의 스케일은 그대로 그 인간의 크기를 나타내준다. 따라서

1. 진보하는 곳에는 문제가 있다. 그러므로 문제는 진보의 기준 척도이자 고마운 것이다.

2. 문제의 스케일은 그것 그대로 그 사람의 스케일을 나타내는 것이다.

3. 해답 없는 문제는 없다. 모든 문제는 반드시 해답이 있다.

학교 시절 해답지 없는 문제집을 본 적이 있는가?

모든 문제에는 반드시 해답이 있는 것이다.

그것을 『반야심경』 수련으로 찾아내어 풀어나가는 것이다.

문제해결의 연속과정인 인생살이에서 『반야심경』 수련을 지속하면서 「부자(富子)」로 사주팔자 바꿔나가는 것이다.

척척 해결되어 나간다!

79
굳이 찍어 바르고
그려대지 않아도 예뻐진다

세상에 미용법은 수없이 많이 있다. 무슨 식 다이어트법, 아름다워지는 에어로빅 체조, 피부가 고와지는 식이요법, 젊음을 유지하는 화장품 등등.

그런데 그 대부분은 〈외면(外面)〉을 추구하는 것들이다. 다만 외면적인 아름다움만을 추구하는 것들이 태반이다.

그러나 『반야심경』 수련은 인간의 외면은 물론 〈내면〉까지도 변화시킨다. 즉, 속으로부터 우러나오는 아름다움을 만들어내는 것이다. 그러므로 기구를 가지고 무리하게 바깥 모습을 바꾸려고 노력하든가, 영양의 균형을 무시하는 살 빼기도 없다. 혹은 코의 모양을 성형외과 식으로 수술하려고도 하지 않는다.

인간이란 원래 천차만별인 것이 당연함에도 불구하고 다른 사람들과 비교하는 데서부터 고민이 시작되는 것이다. 남들과 자기를 비교해봐서 타인이 자신보다 우수하다는 것은 결코 치욕이 될 수 없는 것이다. 그러나 어제의 자신보다 오늘의 자신이 훌륭하지 못하다면 이것은 확실히 치욕인 것이다. 어제보다 나은 오늘 그리고 오늘보다 나은 내일을 추구할 때 인간으로서의 아름다움이 가꿔지는 법이다.

석가모니 부처님은 인간의 〈5욕〉을 크게 경계하셨다. 그것은 식욕(食慾), 수면욕(睡眠慾), 이욕(利慾), 색욕(色慾), 명예욕(名譽慾)이다.

있는 그대로의 자신이라면 지금 그대로의 자신에 대하여 100퍼센트 만족하는 것이다. 다른 사람들과 비교하는 데서부터 '내 쪽이 모자라는 것이 아닌가?', '저 사람이 나보다 미인이다'라는 생각을 하게 마련이다.

타인과 비교하는 것은 일종의 〈이욕〉과 〈명예욕〉에 해당된다. 그러나 있는 그대로의 상태대로 좋은 게 천지자연의 법칙인 것이다. 즉, 외면으로부터 접근하니까 제대로 안 되는 것이다. 내면으로부터 아름다움을 발산하는 인간이 되면 그 사람의 외견은 그대로 아름다움 그 자체가 되는 것이다.

사람은 사랑을 하면 예뻐진다는 말이 있다. 내면으로부터 아름다움이 스며 나오는 좋은 예이다. 그리고 『반야심경』 수련은 연애보다도 더욱 여성을 아름답게 한다. 그대가 여성이라면 지금 즉시 실천하라. 남성이라면 당신의 그녀에게 실천하도록 권유할 일이다.

『반야심경』 수련은 별다른 투자가 필요 없는 미인 제조기이자 효과가 확실한 미용 보장제이다.

굳이 찍어 바르고 그려대지 않아도 예뻐지면서 「부자(富子)」로 사주팔자 바꾸게 된다.

『반야심경』 수련으로!

80
신성한 것이 아니고
당연한 것으로 생각하라

세상에는 우상을 파괴하자면서 오히려 우상을 숭배하는 사람들이 있다.

『반야심경』 그 자체는 결코 신성한 것이 아니다. 그러니 우상처럼 모셔놓고 숭배할 필요가 없다.

숭배하는 것이 아니고 그대가 실제로 실천해가는 데 가치가 있는 것이다. 이 점이 중요한 것이다.

『반야심경』의 심오한 내용이 훌륭하다는 사람도 있다. 확실히 한자 한 구절씩을 해석해보면 어마어마한 내용임에 틀림없다. 그러나 그것뿐이다. 더 이상 가치를 둘 게 없는 것이다.

『반야심경』이 신성하고 훌륭한 것이라고 한다면 부처님은 웃을 것이다. 『반야심경』 그 자체가 훌륭한 것이 아니라 그것을 실천함으로써 그대의 잠들어 있던 잠재능력, 즉 불성(佛性)이 전부 발휘되게 하므로 훌륭한 것이라고 해야 마땅한 것이다.

『반야심경』의 내용을 한마디로 말하면 "있는 그대로 살아라"이다. 그 한 가지를 270 문자 속에 풀어서 설명하고 있는 것이다.

"있는 그대로 살아라"라고 하는 부처님의 가르침 자체는 더할 나위 없이 좋은 것이다. 그러나 그것만으로는 아무 것도 모르는 사람과 다를 바가 없다. 〈실천〉이 수반되고 있지 않기 때문이다.

나는 『반야심경』의 경(經)자를 〈행(行)〉자로 바꾸어 놓고 말을 하거나 글을 쓰는 것을 즐겨한다. 단순한 경문이 아니고 〈행함〉이 있으므로 비로소 훌륭한 것이 된다.

조깅은 건강에 좋다. 그것을 아는 것만으로는 훌륭할 것도 아무 것도 없다. 『반야심경』도 마찬가지이다. 내용이 제아무리 좋은 것이라고 하더라도 실제로 행하지 않으면 아무 것도 아닌 것이다.

아침 일찍이 조깅을 하여 실제로 좋은 효과를 맛보는 것이 중요한 것이다. 『반야심경』 수련도 똑같다. 실제로 〈5대 비결〉의 놀라운 위력을 맛보면서 「부자(富子)」로 사주팔자 바꾸는 데 그 의미가 있는 것이다.

당연히 실천하는 것이 중요한 것이다!

81
석가모니는
왜 일곱 걸음을 걸었는가?

❧

"천상천하 유아독존(天上天下 唯我獨尊)"이라고 석가모니가 말씀하신 것은 그가 사방으로 일곱 걸음씩을 걸어 나간 후의 일이다. 이 일곱 걸음이란 무엇을 의미하는 것일까?

걸었다는 것은 하나의 예이고, 원래의 의미하는 바는 "실천하라"는 것이다. 무엇을 실천하느냐 하면 물론 『반야심경』 수련이다.

이를 위해서는 계속 강조하지만 〈독경〉, 〈견경〉, 〈묵독경〉, 〈사경〉, 〈문경〉의 5대 비결을 기운의 흐름에 따라 자연스럽게 실시하는 것이 중요하다.

일곱 걸음이란 〈실천(實踐)〉, 〈행(行)〉, 〈실행(實行)〉을 의미하고 있다. 흔히 '넉넉하다' 는 뜻으로 '족(足)하다' 고 한다.

왜 〈발〉 족(足)자로 '충분하다', '넉넉하다', '고맙다' 라는 뜻을 표현하는 것일까?

이러한 경우에 결코 〈손〉 수(手)자를 쓰지 않는다.

몸을 움직여 실천하기 위해서는 발로 걸어가야 하기 때문인 것이다.

그 뒤에 말이 있는 것이다.

『반야심경』이란 공리공론(空理空論)의 세계가 아니다. 체험학습을 중요시하는 세계이다. 몸으로 말하는 것을 중요한 요점으로 하고 있는 것이다.

「부자(富子)」로 사주팔자 바꾸는 그대여, 지금 바로 일어나서 걸어가라!

오로지 만족함을 알 뿐이니「오유지족(吾唯知足)」이라.

82
어린아이처럼 맑고 밝아지는 어른들의 마음의 고향으로 돌아가라

깊은 바다 속 천길 밑바닥
조약돌 하나
옷소매 적시지 말고
건져 오시게
촉촉한 마음

그대는 갖고 싶은 물건, 되고 싶은 이상상(理想像), 명예, 지위 등을 애써 구할 필요가 없다. 왜냐하면 『반야심경』 수련의 놀라운 힘은 행운이 스스로 그대에게 다가오게끔 하기 때문이다. 억지로 기회를 만들려고 아등바등할 필요가 없다. 행운의 기회 쪽에서 "안녕하십니까?" 하며 그대를 방문해오는 것이다.

이러한 훌륭한 이야기 자체가 신기한 일이다.

이를 위해서 한 가지 조건이 있다. 『반야심경』 수련을 실시하는 때를 포함해서 그대는 항상 맑고 밝은 기운으로 충만해야 하는 것이다.

"『반야심경』은 아무 것에도 구애받지 않는 세계이다. 그렇다면 굳이 제약을 가하는 것은 이상한 일이 아닌가?"

이와 같은 의문을 제기하는 사람도 있을 것이다.

물론 『반야심경』은 구애받지 않는 세계이니 있는 그대로의 상태로도 좋다. 그런데 있는 그대로의 인간이란 원래 맑고 밝은 기운으로 충만해 있는 것이다.

인간 본연의 원래의 맑고 밝은 자리로 되돌아가기 위해서는 어린아이를 본받기 바란다. 그들은 울고 있는 모습까지도 맑고 밝다고 할 것이다.

어린아이가 안달복달하고 스트레스와 긴장감에 고민하고 있는가? "저 사람이 이런 말을 했다"고 작은 일에 구애받겠는가?

어린아이처럼 맑고 밝은 기운으로 『반야심경』 수련을 실시하기 바란다. 그렇게 하면 행운의 기회가 그대에게 접근해오는 것이다. 그대는 아무런 작전을 수립할 필요도 없다. 인생을 자유자재로 즐기면서 「부자(富子)」로 사주팔자 바꾸게 되는 것이다.

어린이는 어른들의 마음의 고향이다. 지금 즉시 동심(童心)으로 돌아가라!

83
낙천적인 인생을 즐길 수 있게 된다

이제부터의 『반야심경』 수련자들은 평균 수명이 90세에 이르게 된다.

인생 90년이라고 한다면 울건, 웃건, 성내건, 자신이 좋아하는 인생을 사는 것이 이득이 아니겠는가. 『반야심경』이라고 하는 서력 기원전 500년경의 석가모니의 가르침의 알맹이를 21세기를 살고 있는 우리가 실천하는 것이다. 대단히 스케일이 웅대한 것이 아닌가. 인생을 열심히 살자는 것이 석가모니 부처님의 가르침이자 주장인 것이다.

작은 일에 끙끙대지 말라.

남을 비평하거나 비난할 여가가 있으면 자기 진실을 연마하라.

남의 말에 신경을 쓰지 말라.

좋아하는 공중을 달리는 천마(天馬)처럼 자유자재의 인생을 살아라.

평생학습시대 자기개발사회는 누구라도 산중의 수행자처럼 〈절대고독〉을 철저히 맛보면서 〈자기격려〉를 생활화해야 한다.

그러기 위해서 모든 것이 〈있는 그대로의 상태〉 즉, 〈공(空)〉의 세계로 들어가야 한다.

부여된 인생을 낙천적으로 사는 것은 인간으로서의 의무이자 권리이다. 물론 강제적인 것은 아니다. 자발적이고 적극적이고 더욱 낙천적으로 살아가자는 것이다.

그런데 2500년 전의 석가모니 부처님의 가르침을 〈Here & Now〉 지금 여기에서 실천할 수 있다고 생각하면 나는 〈유머플러스 센터〉 박인옥 교수처럼 "이 또한 기쁘지 아니한가!"를 읊조리지 않을 수가 없다.

왜냐하면 끙끙거리고 있건, 슬퍼하건, 즐겁게 살건, 어쨌든 살아나가는 인생이니까 나는 철저히 낙천적인 삶을 살아가고자 노력하고 있다.

싫은 일, 고통스러운 일이 있을수록 『반야심경』을 외워라.

읽고, 보고, 쓰고, 듣고, 묵독경을 거듭할수록 그대는 맑고 밝은 기운으로 충만해지는 것이다.

"무엇 때문에 하찮은 일에 고민해야 한다는 말인가?"

이렇게 느꼈을 때 그대는 진짜 인생을 살 수가 있다.

진짜 인생이란 어떤 것인가? 그야 물론 「부자(富子)」로 사주팔자 바꾸는 낙천적 인생이다.

〈인생도처유청산(人生到處有靑山)〉이라지만 세상만사 모두가 다 그 나름대로 즐거운 것이다!

84
비가 와도 좋고 해가 떠도 좋고 날이면 날마다 좋은 날이다

하고 싶은 일도 많고 해야만 하는 일도 많고 할 수 있는 일도 많은 것이 「부자(富子)」로 사주팔자 바꾸는 사람이다.

이제 그대의 삶의 모습을 다음 도표에 따라 한번 되짚어보자.

긴급함 중요하지 않음	긴급함 중요함
긴급하지 않음 중요하지 않음	긴급하지 않음 중요함

그대가 지금 가지고 있는 소망을 실현하고 싶으면 삶의 방식을 전부 『반야심경』적으로 생활화하는 것이 긴급하고 중요한(Urgent & Important) 것이다. 따라서 5대 비결을 즉시 실천해야 한다.

그렇다면 과연 『반야심경』적인 삶의 방식이란 또 어떤 것이 있는가?

그것은 비가 오면 식물을 위해서 기뻐하고, 맑은 날에는 작물을 가꿀 수 있음을 마음속으로부터 즐거워하는 삶의 방식인 것이다.

비가 내리면 밖으로 나가고 싶어하는 사람과 안으로 틀어박히고 싶어하는 사람, 사람은 여러 가지지만 비 오는 날에는 정말 천지자연이 더욱 아름답게 보인다.

그런데 실제로 비가 오면 "구질구질해", 맑은 날에는 "더워서 싫어" 하면서 불만을 내뱉는 사람들이 많다. 불평불만이 입으로부터 나오는 인간은 『반야심경』의 세계와는 동떨어진 생활을 하고 있는 것이다.

어느 마을에 〈울보 할멈〉이라는 별명을 가진 할머니가 살고 있었다.

햇볕이 쨍쨍 내리쬐는 맑은 날이면 "어이구, 우리 우산 장사하는 작은아들 오늘 어쩌나"라며 눈물을 짜는 것이었다.

비가 쏟아지는 날이면 "어이구, 우리 짚신 장사하는 큰아들 오늘 헛장사할 테니 어쩔꼬"라며 또 구시렁거리는 것이었다.

허구한 날 징징대면서 세상에 대한 불평불만까지 터뜨려대는 게 그녀의 생활이었다.

어느 날 큰스님이 지나가다가 한 말씀을 던졌다.

"할머니! 날씨가 좋은 날이면 짚신장수 큰아들 장사 잘 되는 것을 기뻐하시고, 궂은 날이면 우산장수 작은아들 장사 잘 되는 것을 기뻐하세요."

그때부터 할머니는 『반야심경』 수련을 열심히 하면서 끊임없이 기뻐하고 범사에 감사하면서 행복하게 살았다고 한다.

『반야심경』적인 생활방식이란 행동의 면에서는 〈5대 수련 비결〉을 중심으로 움직이고, 정신면에서는 무엇이든지 플러스 면으로 즐겁게 생각하며 생활하는 것을 의미한다. 그리고 이러한 생활방식이야말로 「부자(富子)」로 사주팔자 바꾸는 지름길이 되는 것이다.

한 가지 더 추가하자면 약간 기교적인 수단을 생각해볼 수도 있으니 보조적으로 활용하기 바란다. 그것은 웃고 있으면 즐겁게 된다는 것이다. 즉, 〈행동〉이 〈마음〉을 유도하는 것이다.

"자신감 있는 표정을 지으면 자신감이 생긴다."

"여유 있는 몸놀림을 하면 여유가 생긴다."

『종의 기원』으로 유명한 찰스 다윈과 20세기의 위대한 심리학자 윌리엄 제임스의 〈다윈 제임스 이론(Darwin James Theory)〉의 핵심이다.

아무리 돈이 없다고 하더라도 부자처럼 〈행동한다〉. 병에 걸려 있으면서도 건강한 사람처럼 〈행동한다〉. 그렇게 하다 보면 반드시 좋은 변화가 나타난다. 플러스로 변화해가고 있는 곳에 『반야심경』 수련의 실천은 최고의 힘이 된다.

「부자(富子)」로 사주팔자 바꾸는 『반야심경』적 생활방식을 그대가 실천해보기 바란다!

"나는 매일매일 모든 면에서 점점 더 좋아지고 있다.

나는 매 시간시간마다 모든 면에서 점점 더 좋아지고 있다.

나는 매 순간순간마다 모든 면에서 점점 더 좋아지고 있다."

85
소망은 크면 클수록 좋다

스스로 바라는 것 이상의 것은 손에 넣지 못하는 것이 천지자연 우주의 법칙이다. 조직생활에서도 바라고 있는 목표 이상의 지위에는 오르지 못하는 것이다. 씨름꾼으로서 "천하장사가 되겠다"는 신념이 없으면 천하장사가 될 수 없다. "백두장사로도 족하다"라고 생각하면 잘 되어야 백두장사가 되고 잘 못되면 그것도 되지 못한다. 사장이 되겠다는 신념이 없으면 사장 밑에서 끝나고 말 것이다.

이러한 점에서 소망은 큰 쪽이 좋다고 하겠다. 그 이상의 것에는 어려움이 따르니까 "1천만 원으로 좋다"고 스스로 제한하게 되면 1천만 원에서 정지할 것이다. "8백억 원을 맑고 밝게 벌겠다"라는 신념이 있으면 반드시 그에 가까운 결과가 나온다.

잠재의식의 활용에 있어서 좋은 예가 있다. 문자 그대로 세계 최강의 복싱 헤비급 챔피언을 지낸 무하마드 알리의 이야기이다. 그가 "나는 챔피언이다"라고 사람들에게 호언을 계속하고 있었던 것은 단순한 자기암시만이 아니다. 그것을 초월하여 잠재의식 속에 자기의 소망을 불어넣고 있었던 것이다. 그래서 복싱 사상 최강 최장의 챔피언으로 군림하였던 것이다. 확실히 그보다도 실력상으로 위인 선수들도 많이 있었다. 그러나 무하마드 알리처럼 잠재의식을 활용한 예는 없었다.

그리고 그가 부르짖은 "나는 최강의 챔피언이다"라고 하는 말은 『반야심경』 수련의 〈독경〉과 똑같은 것이다. 알리는 그 자신의 〈독경〉을 실천하고 있었던 것이기에 『반야심경』 수련과 마찬가지의 경지를 누리게 되었던 것이다.

신념을 가지고 『반야심경』 수련을 실천하게 되면 꼭 실현되는 것이다.

그대의 소망은 아무리 큰 것이라도 상관없다!

86
머리가 산뜻해지고 몸이 가벼워진다

❦

　무엇인가 특별한 것을 실시할 경우에는 대체로 장소가 필요하다. 대단한 저택이 아니고서는 집 안에서 배구시합이나 수영은 할 수 없는 것이다. 체육관이나 풀장에 가야만 한다. 검도를 하기 위해서는 죽도(竹刀)와 방호구가, 야구의 경우는 배트와 글러브 같은 도구가 필요하다.

　그런데 우리의 소망을 실현하고 운을 불러들이는 『반야심경』 수련에는 특별한 도구가 필요 없다. 그리고 어디에서나 할 수 있다는 이점이 있다.

　일단 시험적으로 지금 있는 그 장소에서 해보라. 이내 머리가 산뜻해지고 몸은 가벼워질 것이다. 그리고 뱃속 깊은 곳 단전(丹田)에서부터 의욕이 충만해 올라올 것이다. 더욱이 이 의욕을 계속 유지하게 되는 것이니, 그 장소에만 한정된 자기암시적인 것이 아니다.

　영속적인 의욕을 양성하여 그대를 「부자(富子)」로 사주팔자 바꾸게 하는 『반야심경』 수련을 지금 즉시 그 장소에서 실행하라!

87
목욕탕 속에서 읊으면
심신이 더욱 상쾌해진다

집안에서 큰일을 치르거나 회사에서 마감시간에 쫓기던 큰 프로젝트를 마무리 짓고 나서 멤버들과 함께 사우나나 온천에 가서 피로를 푸는 것은 더불어 사는 큰 즐거움 중의 하나이다. 이것은 심신의 재충전에 매우 효과적인 방법이다. 이처럼 몸이 편안하고 마음이 해방되어 있을 때야말로 잠재의식이 가장 좋아하는 때인 것이다.

자기개발에 충만한 사람은 이런 절호의 기회를 활용하여 도약의 아이디어를 창출하는 데 달인이다. 보통 사람이라면 마냥 퍼질러 마시면서 좋아하고 즐기기만 할 시간에도 그 사람은 느긋하게 즐기면서 자연스럽게 큰 건을 낚는 것이다.

평생학습시대 자기개발사회에서 프로와 아마추어의 차이를 나는 다음과 같이 정의한다.

"프로는 즐기면서 돈을 버는 사람이고, 아마추어는 돈을 쓰면서 즐기는 사람이다."

아마추어 수준에 있는 그 어느 누구라도 『반야심경』 수련을 통해서 프로가 될 수 있다. 그러기 위해서는 느긋하게 몸과 마음을 쉬게 하면서 웃는 얼굴로 『반야심경』을 읊으면 좋다. 그대는 지금까지의 인생에서 맛보았던 것 가운데 가장 편안한 최고의 상태에 이내 도달하는 것을 느끼게 되는 것이다.

목욕탕 속에서의 즐거운 독경처럼 무엇엔가 느슨해 있을 때『반야심경』수련 5대 비결을 실행하면 효과는 배증된다.

예를 들어 TV를 보면서 사경한다, 라디오를 들으면서 견경한다, 조깅을 하면서 독경한다 등 여러 가지의 결합을 생각해볼 수 있다. 하여간 형식에 구애될 필요가 없는 것이다.

다만 나의 50년간에 걸친 수련 체험상 무엇인가를 먹으면서 실시하는 것은 그다지 좋지 않다. 수차례 시도해 보았으나 어쩐지 함께 해서는 안 될 것 같다. 다만 그대 자신이 실시해보아 기분이 좋아지고 자신감이 생긴다면 그대에게는 적합한 것이므로 먹으면서 해도 괜찮다.

『반야심경』수련에는 규칙 같은 것이 따로 없다. 일체에 구애받지 않는 것이 규칙으로 되어 있는『반야심경』수련이 실행 방법을 규제하고 있다면 오히려 논리가 맞지 않는 것이다.

오늘은 목욕탕 속에서『반야심경』을 읊어보는 것이 어떻겠는가.

이내 몸과 마음이 함께 상쾌해진다!

88
창의력이 샘물처럼 솟아오른다

르네상스 시대의 위대한 예술가이자 또한 과학자로서 유명한 레오나르도 다빈치는 좌우의 대뇌가 균형 있게 발달하였으리라 생각된다. 그는 좌뇌로 과학적 업적을, 우뇌로 예술적 걸작을 남긴 것이다.

『반야심경』 수련을 하고 있으면 이 좌우의 대뇌가 자연히 균형 있게 발달된다. 즉, 이론적으로도 자신 있게 되고 또한 창의력도 우수해진다. "좋은 아이디어가 나오지 않는데……" 하면서 한탄하고 있는 사람은 『반야심경』 수련으로 아이디어맨이 될 수 있다.

창의력이라고 하는 것은 '1플러스 1은 2'와 같은 논리로는 잴 수 없는 것이다. 1이 갑자기 100이 되기도 하는 것이 창의력이다. 예를 들어 사과가 떨어진다고 하는 사실이 〈만유인력〉이라는 뉴턴의 법칙으로 전환하게 되는 것이다.

위대한 발명이나 발견을 하는 사람이란 예외 없이 창의력이 뛰어난 사람들이다.

최소한 100일간 〈5대 비결〉을 실천하면 자신도 놀라울 정도로 창의력이 솟아 나오게 된다. 그대가 직접 실천해보기 바란다.

창의력을 개발하는 데 의지의 힘으로 실시하는 예가 많다. 예를 들어 확대하여 생각하면 어떨까, 혹은 결합시키면 어떨까 하는 식이다. 연필의 뒤에다 고무지우개를 붙인 것은 결합의 예이다. 그러나 이러한 방법은 이론이나 이치로 생각해낸 것으로, 진정한 의미의 창의력은 아니라고 생각한다.

"사과가 떨어진다 → 지구가 사과를 잡아당기고 있다 → 서로 잡아당기고 있다"는 뉴턴의 도식(圖式)은 결코 이치에 의해서 생각해낸 것이 아니었다. 그 어떤 것에도 구애받지 않는 상태로부터 생겨난 것이다. 즉, 『반야심경』의 세계인 것이다.

창의력을 솟아나게 하기 위해서는 『반야심경』 수련을 실천하면 된다.

21세기 지식정보화 사회의 핵심 화두 중의 하나인 창의력은 교과서를 보거나 교실에서 가르칠 수 있는 것이 아니다. 그것은 너무 도식적이고 제한적일 수밖에 없다.

평생학습시대 자기개발사회의 아이디어 대국을 만들기 위해서라도 이제부터 전 국민이 『반야심경』 수련을 실천해야 한다.

89
말하는 입은 즐겁지만
듣는 귀는 괴롭다

말하는 입은 즐겁지만 듣는 귀는 괴로운 경우가 얼마나 많은 세상인가?

인간에게 하나의 입과 두 개의 귀가 달린 이유는 무엇일까?

자신이 말을 할 때는 신바람 나서 떠들어대지만 상대방이 말할 때는 딴생각하다가 나중에 엉뚱한 소리를 하는 경우가 얼마나 많은가?

찬란했던 천손민족 밝달겨레 일만 년 역사의 상고시대로부터 세상에 사람 몸 받고 태어난 생일날을 〈귀 빠진 날〉이라고 불러온 그 예지를 잃어버리면서 나라의 기운이 쇠잔해진 것을 「부자(富子)」로 사주팔자 바꾸는 그대는 알고 있는가?

다행히 그러한 기운이 석가모니 부처님으로 이어져 모든 불상들이 한결같이 귀는 크고 입은 작게 드러나고 있는 큰 가르침을 오늘 제대로 깨닫고 있는 사람들이 과연 얼마나 되는가?

〈문경(聞經)〉을 하면서 명상을 하면 당신은 놀라울 정도로 빨리 성공자의 무리 속으로 들어가게 된다.

문경은 그대가 『반야심경』을 직접 녹음해도 되고, 다른 사람의 목소리라도 상관없다. 『반야심경』을 듣는 것이 요점이다. 그리고 그때에 자기 자신의 이상상(理想像)을 이미지화하면 좋다. 그것이 실감되면 이제 실현의 날이 가까워진 것이다.

옛날부터 위인들은 전부 명상수련을 실천하고 있었다. 석가, 노자, 장자, 공자, 맹자, 그리스도, 모하메드, 세종대왕, 충무공, 율곡, 퇴계, 다산, 토정 등등.

우리는 그에 추가해서 〈반야심경 5대 수련 비결〉 중의 하나인 〈문경〉이라는 비법을 알고 있다. 이들 힘이 합쳐지면 우리 한 사람 한 사람이 위인이라고 불리는 큰사람이 된다. 『반야심경』 수련에는 그 정도의 기운이 있는 것이다.

자신의 이상상을 이미지 속에 그리면서 명상하는 것이 좋다. 물론 문경을 함께 실천하면서 말이다.

그대는 이미 「부자(富子)」의 길로 들어섰다!

90
〈아멘타불〉로
올림픽 금메달을 땄다

동작을 할 때마다 "으랏차" 하고 큰 소리를 내는 사람들이 있다.

실제로 역도 선수들은 잠자코 역기를 들어올릴 때보다 "으랏차" 하고 힘찬 소리를 내면 15퍼센트 정도를 더 드는 것으로 밝혀졌다.

나는 이것보다는 〈색즉시공(色卽是空)〉, 〈부증불감(不增不減)〉, 〈반야심경(般若心經)〉 등의 문구를 외치면서 「부자(富子)」로 사주팔자 바꾸게 된 사람들의 성공사례를 수없이 많이 가지고 있다. 우선은 "으랏차"뿐만 아니라 『반야심경』의 좋아하는 구절을 외치는 습관을 들이는 것도 하나의 방편이 된다.

다음에는 동작에 한정하지 말고 시험 치기 전에, 달리기 경주 전에, 전철을 타기 전에, 맞선을 보기 전에 등 무엇을 하든 행동에 앞서 외치기 바란다.

올림픽에 출전한 미국 선수들이 두드러지게 활약하는 비밀의 한 가지를 파헤쳐 보면 그들은 거의가 "지저스 크라이스트(Jesus Christ)"나 "아멘(Amen)"을 외치는 것이 보통이다. 그것은 그들 나름의 〈반야심경 수련〉이라고 나는 생각한다.

반 발짝만 앞서 나가서 성공하는 〈반보참신(半步斬新)〉 전략에 따라서 "아멘" 등과 아울러 자신이 좋아하는 『반야심경』의 구절을 외치고 나서 경기에 임하는 것도 새로운 아이디어가 되는 것이다.

만약 철저하게 실시하면 연습량을 증가시키지 않아도 혹은 연습량을 감소시켜도 금메달을 딸 수가 있다. 자신의 기록을 지금보다 월등히 향상시키는 것은 별로 힘든 것이 아니다. 그리고 시합 도중에도 외치면 좋다. 승리할 가능성이 훨씬 높아진다.

운동경기뿐만 아니라 서도(書道)에서도, 노래에서도, 혹은 학문에 있어서도 행동하는 속에서 『반야심경』의 구호를 외치면 월등히 진보하는 것이다. 꼭 습관으로 자연스럽게 하는 것이 바람직하다.

방송작가이자 칼럼니스트이면서 한국심리교육협회장인 이상헌 교수님은 저서가 120여 권이나 되는 초능력자이다.

그 이상헌 교수님이 지도한 K선수가 올림픽에 출전하여 〈아멘타불(Amen 陀佛)〉을 입에 올려 금메달의 영광을 차지한 생생한 사례의 위력을 나는 너무도 실감하고 있다.

본디 K선수의 아버지 신앙은 불교였고, 어머니는 기독교였다. 웬만한 집안 같았으면 종교전쟁이라도 날 법했지만 이들 부부는 서로의 신앙을 깍듯이 존중해주고 금실 또한 더할 나위가 없이 좋았었다.

아버지 따라 절에도 다니고 어머니 따라 교회에도 다니던 K선수는 어느 날 부모님의 예기치 못한 이혼으로 슬럼프에 빠지고 신앙 회의론자가 되었다. 그때 이상헌 교수를 만나 그가 창시한 우주적 진언(眞言)이자 천지자연의 원음(元音)이라고 할 〈아멘타불〉의 가르침을 받고 습관화하여 마침내 금메달의 가도를 달리게 되었던 것이다.

"성인도 시속에 따르는 게 올바른 도리"라고 일찍이 공자님은 설파하셨다.

그대에게도 가슴에 와 닿는다면 진실로 실천해보라.

「부자(富子)」로 사주팔자 바꾸게 되는 것이다.

"아멘타불!"

91
슬퍼서 우는 것이 아니라 우니까 슬퍼진다

헛고생을 생략하고 억만장자가 되고자 한다면 약한 소망을 강한 신념으로 높이지 않으면 안 된다.

어느 종목에서건 챔피언이 될 만한 사람은 자신의 소망을 잠재의식 속에 생생하게 그려놓고 있다. 그대도 강한 신념을 잠재의식 속에 그려 넣기 바란다.

"아, 나도 저렇게 되고 싶구나"라는 식의 막연한 소망이 아니고 "반드시 이룩하겠다"라는 강한 신념을 갖는 것이다. 그 다음에는 신념에 따라 『반야심경』 수련을 실천하기만 하면 성공하는 것이다.

다음의 문항에 대해서 그대는 어떻게 생각하는가?

① 인간은 슬프니까 울고, 무서우니까 도망가고, 즐거우니까 웃는 것이다.

② 인간은 우니까 슬퍼지고, 도망가니까 무서워지고, 웃으니까 즐거워지는 것이다.

둘 다 맞다고 하는 생각을 〈제임스 랑게 이론(James Range Theory)〉이라고 한다. 19세기 후반에 미국과 독일에서 거의 동시에 발표되었기 때문에 미국의 윌리엄 제임스와 독일의 카알 랑게의 이름을 따서 붙이게 된 것이다.

사실 어린아이들을 살펴보면 울다가 우는 일도 있고, 눈물을 펑펑 쏟으면서 한참 울고 있는데 "왜 우니?" 하고 물으면 그 이유를 말하지 못하는 경우도 있다. 울음의 이유가 슬픔이나 아픔이 아닌 것이다.

때로는 어른들에게 생떼를 쓰려고 억지울음을 울다가 진짜로 엉엉 우는 경우도 보게 된다.

이처럼 신체적 변화가 감정에 변화를 일으킨다는 점을 밝힌 것이 〈제임스 랑게 이론〉인데 이것을 우리 생활에 적용하면 세상은 한결 밝아지게 된다. 우울할 때 명랑하게 행동하고, 의기소침할 때 활력 있게 행동하면 실제로 그렇게 되는 것이다.

이는 행동이 마음을 규정한다는 생각으로부터 나온 것이다.

"나는 건강하다"라고 환자에게 믿게 하는 것은 어려운 일이다. 그리고 돈이 없는 사람에게 "나는 억만장자이다"라는 신념을 갖게 하는 것도 어려운 일이다. 그러나 행동이 마음을 규정한다면 해결방법은 간단한 것이다.

건강한 사람처럼 행동하면 건강한 마음이 된다. 억만장자처럼 행동하면 억만장자의 마음가짐이 된다. 그리고 그 마음이 거꾸로 행동과 현상을 규정하게 된다.

즉, 그대는 건강하게 되고, 억만장자가 되는 것이다.

뜻대로 이루어진다.

아울러 행동하는 대로 이루어진다.

아는 만큼 보이고, 믿는 만큼 행동하는 것이 인간이다.

「부자(富子)」로 사주팔자 바꾸는 길은 『반야심경』 수련의 자연스러운 실천에 있는 것이다!

92 무리는 동류를 불러 모아 상승효과를 낸다

❧

"끼리끼리 모인다"는 속담이 있다.

바로 그렇다!

"무리는 동류(同類)를 부른다"고 하는 경우에 성격의 동류뿐만 아니라 목표로 하는 방향이 동일하든가 또는 가까운 경우에 진정한 동류가 되는 것이다.

그리고 그것은 크게 나누어서 플러스와 마이너스의 그룹으로 분류할 수 있다. 성공자의 그룹은 당연히 플러스의 그룹이다.

인간은 누구나 태어날 당시에는 플러스에 속한다. 어린아이를 보기 바란다. 그야말로 그들은 불구부정(不垢不淨) 그 자체다. 있는 그대로 살아가고 있다. 거실의 슬리퍼를 입에 가져다 빨기도 하고, 화장실 변기의 물을 가지고 놀기도 한다. 그러나 어린아이는 웃고 있는 것이다. 더욱이 어린아이는 울고 있어도 귀엽다. 플러스의 상태이기 때문이다.

모든 인간은 태어나면서부터 본디 〈플러스 인간〉이었다. 그런데 자라면서 점차 짓눌리고 스트레스가 쌓이고 "저 사람이 그런 이야기를 하였다" 하는 등에 구애받으면서 마이너스 인간으로 전락하는 것이다. 그리고 마이너스 인간에게는 마이너스의 동류가 모여 들게 된다.

역으로 말하자면 플러스 인간이 있는 곳에는 플러스 인간이 모인다. 그러므로 그대도 그쪽으로 가면 좋은 방향으로 감화된다.

무리는 동류를 부른다. 그러므로 『반야심경』 수련을 실천하는 사람에게는 역시 『반야심경』 수련을 실천하는 동류들이 자연적으로 몰려들게 된다. 그래서 『반야심경』 수련을 실천하는 사람들은 모두 성공자가 되고, 스타가 되고, 억만장자가 된다. 소망을 실현해가는 사람들의 모임이 되는 것이다.

그대는 안심하고 『반야심경』 수련을 실천하고 있으면 된다.

성공자가 자꾸 그대 주변으로 모여들게 되는 것이다.

새해가 되면 누구나 한 번쯤은 가벼운 마음으로 재미삼아 보는 〈토정비결(土亭秘訣)〉이 있다. 그런데 토정비결에서는 "귀인을 만나리라", "귀인이 나타나서 도움을 줄 것이다"라는 식으로 〈귀인(貴人)〉이라는 말이 자주 등장한다.

감나무 밑에서 감 떨어지기를 바라며 입 벌리고 누워 있다고 해서 감을 먹게 되는 것은 아니다. 본인의 적극적인 노력이 필요한 것이다. 마찬가지로 토정비결에서의 귀인 역시 자신이 귀인을 만날 기운을 갖추었을 때 비로소 만나게 되는 것이다.

『반야심경』 수련으로 어느 누구든지 「부자(富子)」의 반열에 오르게 되는 것이 천지자연의 오묘한 진리인 것이다.

93
불가능을 당연한 가능으로
기적 만들기

❧

『반야심경』 수련으로 「부자(富子)」로 사주팔자 바꾸고 있는 그대에게 있어서 뜻한 바 마음먹은 대로 일이 이루어지는 것은 자연스러운 것이다.

"나에게 기적 같은 것은 있을 수 없다. 왜냐하면 어떠한 일이든 마음먹은 것은 당연히 가능하기 때문이다."

이러한 말이 입에서 나오게 되는 것이다.

불가능을 없애고 기적을 당연한 것으로 만들기 위해서는 어떻게 하면 될 것인가?

그것은 지금까지 내가 계속해서 강조해 온 〈반야심경 수련 5대 비결〉의 실천에 있다.

"그러나 인간에게는 불가능한 일들이 얼마든지 있지 않은가?"

이와 같은 의문을 갖는 사람은 아직도 핑계를 버리지 못하는 사람이다.

"하느님의 형상대로 지음을 받은 인간은 모두 불성(佛性)을 가지고 있기 때문에 원래 무한한 능력을 가지고 있다. 따라서 불가능한 일 같은 것은 있을 수 없다."

이처럼 단언할 수 있는 사람은 강한 신념을 가진 사람이며 반드시 「부자(富子)」로 사주팔자 바꾸게 되는 사람이다.

보통의 일반인들이 전혀 믿기 어려운 것이 이루어졌을 때 사람들은 흔히 〈기적〉이라고 부른다. 그러나 나는 『반야심경』 수련에서는 자신이 원하는 모든 것은 당연히 이루어지는 것이라고 해석하고 있다.

석가모니 부처님은 "모든 사물은 객관적으로 존재하고 있다"고 설파하셨다. 즉, 기적 같은 것은 없다. 그대가 믿을 수 없다고 해서 기적으로 취급해서는 안 된다는 것이다. 『반야심경』 수련은 불가능을 모르고 기적을 전부 당연한 것으로 만든다. 즉, 그대의 소망은 하나도 남김없이 실현되는 것이다. 그대의 소망이 아무리 커도, 현재에는 불가능하다고 느껴져도 상관없다. 불가능이라는 판단은 지레짐작, 즉 예단의 이야기일 뿐이다.

계속 강조하지만 『반야심경』 수련이란 논리를 초월한 세계이다. 어설픈 지식에 뒤따른 섣부른 판단 같은 것은 쓸모없는 짓이다. 불가능을 가능하게 하고, 어떠한 기적적인 일이라도 마땅한 현실로 만드는 것이 『반야심경』 수련의 비결이다.

물질적 풍요함인 부(富)와 정신적 고결함인 귀(貴)를 함께 누리는 「부자(富子)」로 사주팔자 바꾸는 당연한 기적 아닌 기적이 이미 그대에게 일어나고 있다!

94
경제위기 극복과 남북통일 성취 부귀군자 대한민국

❧

사람이 앓는 고통을 〈병(病)〉이라고 한다.

한자사전을 살펴보면 병에 관련된 글자의 수가 360자 남짓한데 참으로 신기한 것은 우리 몸속의 뼈마디인 골절의 수도 360이라는 것이다.

무릇 병은 고통이 드러나는 양태에 따라 네 가지로 갈라서 살펴 볼 수 있다.

첫째는 습관성 행동인 〈벽(癖)〉으로 남의 것을 훔치는 도벽, 술버 릇인 주벽, 노름버릇인 도박벽, 바람피우기를 좋아하는 외도벽, 싸 우기를 잘하는 싸움벽 등을 들 수 있다.

둘째는 병이 이미 몸속으로 들어와 퍼지고 있는 〈증(症)〉으로 종 기가 곪은 염증, 심리적 불안인 공포증, 제대로 잠을 못자는 불면 증, 노이로제인 우울증 등이 있다.

셋째는 아픔이 따르는 〈통(痛)〉이 있는데 머리가 아픈 두통, 이가 아픈 치통, 배가 아픈 복통, 허리가 아픈 요통 등이 있다. 그런데 통 증은 우발적이고 돌발적으로 일어나지만 오래가지 않고 쉽게 가시 는 특징이 있다.

넷째는 발병의 원인이 무엇인지가 분명하지 않으면서도 오랜 시간이 흘러가야만 고쳐질 수 있는 〈질(疾)〉을 들 수 있다. 임질, 치질, 안질, 간질 등이 그것이다.

이러한 인체상의 병을 사회체계에 적용해보면 과연 작금의 사상 유례가 없을 만큼의 경제위기 사태라는 국가적 환란을 어떻게 진단하고 치료해야 할 것인가?

책임이 많으냐 적으냐의 차이일 뿐이지 전 국민 모두의 공동책임이라고 나는 생각한다.

〈벽(癖)〉, 〈증(症)〉, 〈통(痛)〉, 〈질(疾)〉 모두가 복합적으로 작용한 극단적 〈이기주의병(利己主義病)〉이 〈주식회사 대한민국〉의 위기사태를 초래한 것이다.

흔히들 경제위기를 더 큰 도약을 위한 〈축복의 시련〉이라고 하지만 과연 이것을 계기로 하여 의식과 행동의 패러다임을 바꾼 인간과 조직이 얼마나 되고 있는가?

아직도 입으로만 한몫 하려는 사람들이 있는데 그래서는 오래 못 간다.

지금 당장 급하니까 갖가지 〈대증요법(對症療法)〉이 속출하고 있지만 거기에 더하여 근본적 〈원인요법(原因療法)〉이 뒤따라야 한다.

많은 경제학자와 경영학자들이 있지만 10여 년 전 IMF사태를 예측하고 경고한 사람은 단 한 사람도 없었다.

우리나라에는 내로라하는 수백 명의 국제변호사들이 있지만 그 당시 IMF와의 협상 테이블에 앉을 실력이 없어 결국은 미국인 변호사를 선임해서 일을 처리하지 않았던가? 그 사람은 그 후 우리 정부의 훈장까지 받았다.

그 알량한 경제논리로 나라살림을 거덜 내고서도 아직도 경제논리에 의존하려는 것은 단순한 대증요법(對症療法)에 지나지 않는다.

그때나 지금이나 해결의 원인요법을 인간논리에서 찾아야만 우리는 「부귀군자 대한민국」으로 희망차게 살아갈 수 있는 것이다.

조선왕조 518년 27대 임금님 체계를 그대는 어떻게 생각하는가?

세계 역사상 어느 민족 어느 왕조가 이렇게 오래 유지된 것을 본 적이 있는가?

그 원동력을 나는 조선왕조 개국공신인 삼봉 정도전(三峰 鄭道傳) 대감의 정신에서 찾아내었다.

〈중심단합 중력통일(衆心團合 衆力統一)!〉

"뭇사람들의 마음을 합치고 힘을 한데 모으자!"

한인천제 개천 이래 1만년간 연면히 이어져온 이러한 정신이 시퍼렇게 살아 있는 때에 조선의 국력은 강성했고 문화는 꽃피고 백성들은 살기 좋았다. 이러한 정신이 쇠잔해졌을 때 나라는 어려움에 빠져들기도 하다가 내리막길을 걸으면서 드디어 망국의 설움을 맛보게 된 것이다.

20세기 우리의 역사란 전반부는 일제의 압박과 설움이요, 후반부는 남북분단의 쓰라림이었다. 이데올로기의 종언에 따른 냉전체계의 붕괴에도 불구하고 우리는 지금 반세기가 넘게 전 세계의 유일한 분단국으로 남아 있는 것이다.

통일을 염원하는 1천만 이산가족의 아픔을 더 이상 어찌할 것인가?

경제위기의 극복과 남북통일이라는 절체절명의 과제를 하루빨리 달성하기 위한 이 시대의 키워드를 삼봉 선생의 〈중심단합 중력통일〉로 삼아 이제야말로 제대로 바꿔볼 때이다.

〈중심단합 중력통일〉을 입으로 읊고, 글씨로 쓰고, 눈으로 보고, 속으로 생각하고, 귀로 들으면 이것 또한 대단한 『반야심경』 수련이 되는 것이다. 그러면 〈주식회사 대한민국〉의 이기주의 병은 하루아침에 고쳐지게 된다.

그런데도 툭하면 약이요, 뻑해도 약인 사람들이 갈수록 늘어나고 있다. 여기에서의 약이란 진짜의 약도 포함해서 "남에게 의존한다"는 상징으로 사용한 것이다. 감기에 걸렸다고 해서 약에 의존하고, 머리가 아프다, 배가 이상하다 하는 식의 몸의 이상에 맞춰서 즉시 약을 먹어대는 사람들이 있다. 혹은 함부로 절대자에게 의존하는 사람이나, 크고 작은 돈을 즉시 남에게 차용하는 사람들도 있다.

"그렇게 해서 어쩌자는 것인가?"라고 묻고 싶다.

아무리 해도 타인의 존재가 필요한 경우는 차치하고, 자신의 인생 속에서 자기 힘으로 살아나가지 않고 어쩌자는 것인가?

약을 함부로 먹어대든가 남에게 의존하려는 나약한 근성을 버리고 〈반야심경 수련 5대 비결〉을 실행해보기 바란다. 그 편이 수백 배의 효과가 있다.

국가적 경제위기 극복과 남북통일로 「부귀군자 대한민국」이 되어 세계 무대에 우뚝 서게 되는 당연지사가 『반야심경』 수련으로 가능해진다!

95
청소년 70퍼센트가 좌우 비대칭의 얼굴이다

논리, 언어, 기억을 지배하는 좌뇌에 비하여 감정, 창의력, 예술 등을 관장하는 뇌인 우뇌는 잠재의식과 밀접한 관계를 가지고 있다. 그리고 이론을 초월하고 있는 『반야심경』 수련은 우뇌 개발의 최고 방편이 된다.

무엇보다도 고맙고 감사한 것은 2500년 전의 부처님 가르침이 현대 첨단문명 시대에도 인간 능력개발의 최고 비결이 된다는 점이다.

『반야심경』을 율동적으로 읽는 것은 우뇌의 자극이 된다. 의미를 생각하지 않고 다만 바라다보는 〈견경(見經)〉이나 율동적으로 읽는 『반야심경』을 듣는 〈문경(聞經)〉 등의 5대 수련 비결이 우뇌 활성화를 촉진시키는 것이다.

지금 즉시 자녀들의 얼굴에 눈길을 맞추고 찬찬히 잘 살펴보라. 아직 자녀가 없는 사람은 길거리를 지나가는 아이들의 얼굴 모습을 뜯어보라. 지금 우리 청소년들의 70퍼센트가 좌우 비대칭의 얼굴 모습을 하고 있다.

그러니 생각이 얽히고 자세가 틀어지고 행동거지가 비뚤어지면서 휴대폰으로 112신고를 하여 스승을 연행해 가게 하는 패륜을 저지르는 것이다. 택시 운전하러 새벽 일 나가던 아버지가 술 취해 들어온 딸의 따귀를 때렸다고 딸의 신고로 파출소에 불려가 수모를 당하는 것이 지금 이 시대의 아픔인 것이다.

날이 갈수록 성격이 거칠어지고 판단력의 균형감각을 잃어가는 청소년들이 늘어나고 있다. 학교에서의 IQ 편중의 지식교과 위주 수업과 파행적 가정교육으로 좌뇌만을 쥐어짜는 결과로 오른쪽 얼굴이 튀어나오면서 빚어지고 있는 비극이다. 심한 경우 코가 오른쪽으로 비뚤어지거나, 눈까지도 오른쪽 눈이 왼쪽 눈보다 앞으로 튀어나온 아이들도 있다. 한쪽 뇌만을 편중되게 사용하니까 얼굴도, 자세도, 성격도, 판단력도 균형을 잃는 것이다.

이런 아이들이 자라나 무한경쟁의 세계 무대에 나가서 어떻게 당당히 맞설 것인가?

뜻있는 사람은 생각하고, 눈 있는 사람은 보고, 귀 있는 사람은 듣고, 입 있는 사람은 말해보라.

지금부터 즉시 생활습관을 바르게 하고, 감성과 이성이 균형 잡힌 통합적 사고를 해야만 한다. 더 이상 머뭇거릴 시간이 없다.

그러기 위해서 『반야심경』 수련을 지금 즉시 실천으로 옮기자!

96

비틀즈의 렛 잇 비(Let It Be)는 서양의 반야심경

20세기의 위대한 보컬 그룹으로 1960년대를 풍미했고 이제 다시 역사의 찬란한 조명을 새롭게 받고 있는 〈비틀즈(Beatles)〉는 『반야심경』을 노래 불러 세계적으로 유명하게 되어 억만장자가 되었다.

비틀즈는 지난 1957년 그룹 결성 이래 1962년에는 〈데카 레코드〉의 취입 오디션에서 불합격 통고를 받고 리버풀 거리를 누비고 다니다가 그 긴 머리 때문에 개에게 쫓기기도 했던 시골뜨기들이었다.

그런 그들이 1964년에는 영국 수상 홈으로부터 국가의 외환위기를 구출한 최강의 비밀무기라는 극찬을 받는가 하면, 이듬해에는 왕실로부터 훈장을 받기까지 했다. 그들이 미국에서의 첫 공연을 위해 뉴욕의 케네디 공항에 내렸을 때에는 개항 이래 가장 많은 인파와 가장 큰 함성, 가장 요란한 휘파람소리가 들렸다고 매스컴은 연일 대서특필해댔다. 1960년대를 마무리 지으면서 불후의 명곡 렛 잇 비(Let It Be)를 마지막으로 그룹을 해체하고, 그로부터 10년 후에 주역인 존 레논은 총격을 받고 죽는다. 앞으로도 비틀즈의 기록은 깨지는 일이 없을 것이라는 음악 평론가들도 상당수가 있다.

그런 비틀즈가 『반야심경』 수련을 한 것이다.

엄연한 사실이다.

비틀즈는 서양의 『반야심경』이라고 할 수 있는 〈렛 잇 비(Let It Be)〉라는 곡을 불렀다. 〈있는 그대로〉라는 그 내용은 『반야심경』의 공(空)의 세계와 아주 똑같다. 번역한 것이 아닌가 하는 생각이 들 정도이다.

그대는 『반야심경』의 〈독경〉 대신에 〈렛 잇 비〉의 노래를 불러도 상관없다.

〈문경〉 대신에 〈렛 잇 비〉를 들어도 된다. 여기서 주의해야 할 것은 〈문경(聞經)〉이지 〈청경(聽經)〉이 아니라는 점이다.

단순히 듣는 것이다.

주의를 기울여 집중해서 귀를 기울이는 것이 〈청경〉이다. 〈히어링(Hearing)〉과 〈리스닝(Listening)〉의 차이와 똑같다. 내가 지도하고 있는 〈휴먼 터치 커뮤니케이션(Human Touch Communication)〉 과정에서는 〈리스닝〉을 강조하지만, 『반야심경』 수련에서는 그와는 정반대로 〈히어링〉을 해야 하는 것이다.

〈문경〉은 배경음악처럼 듣는 것이다. 〈렛 잇 비〉의 가사에만 집중해서는 안 된다. 전체의 기운을 온몸으로 맛보는 것이 바람직하다.

〈반야심경 수련 5대 비결〉은 그 어떤 것에도 결코 구애받는 일이 없다. 영어로 실시해도 상관없다. 일절 구애받지 않는 것이다.

비틀즈의 〈렛 잇 비〉야말로 〈서양의 『반야심경』〉이라고 할 수 있다.

그대도 즐겨보자. 즐기면서 「부자(富子)」로 사주팔자 바꾸는 것은 일생일대의 경사인 것이다!

97
외톨이가
학급의 리더가 되었다

『반야심경』을 읽고, 쓰고, 묵독하고, 보고, 듣는 〈5대 수련 비결〉의 실천을 통해서 학교에서 리더가 된 소년이 있다.

그 소년은 『반야심경』 수련을 실천하기 전에는 소위 집단 따돌림을 당하는 이른바 〈외톨이〉였다. 그러나 『반야심경』 수련을 매일 실천해가는 가운데 그 자신도 놀랄 정도로 인간 개조가 되었다.

그전까지는 창백하고 연약하기만 하던 소년이 어느 날부터 부모님을 따라서 매일 〈반야심경 5대 수련 비결〉을 실행한 결과 자신감이 넘치는 소년이 되었다. 툭하면 울고, 짜고, 수줍음을 피우고, 부모님을 따라 상담을 와서도 나에게는 감히 말도 건네지 못할 정도였던 그가 지금은 당당히 때로는 유머를 섞어가면서까지 말할 수 있게 되었다. 그리하여 그는 학급 반장, 그리고 전교 어린이회 부회장을 거쳐 회장이 되었다. 그 소년은 전국 규모의 웅변대회에 나가서 입상을 하기도 하였다. 당당하게 자신을 밝히면서도 겸손함과 여유로움을 유지하는 〈리틀 골드버그(Little Goldberg)〉가 된 것이다.

그 소년의 변형, 변성, 변역의 키포인트는 가족과 함께 〈반야심경 수련 5대 비결〉의 실천에 있는 것이다. 그대 가정에서도 얼마든지 가능한 일이다!

98
100일의 정성이 필요하다

행운을 부르는 『반야심경』 수련의 비결을 착실히 한 발자국 한 발자국씩 실천해나가다 보면 어느덧 소망 실현에 가까이 다가가게 된다.

잠재의식을 활용해가면 한층 더 놀라울 정도로 어느 날 아침 「부자(富子)」로 사주팔자 바꾸고 있는 자신을 발견하게 된다.

『반야심경』 수련을 실행하고 있는 그대는 이미 성공의 궤도를 달리고 있는 중이다. 변화를 자신이 느끼지 못한다 할지라도 비약적인 실현이 가능한 날이 다가오고 있는 것이다.

그 최소한의 선을 나는 100일간의 실천에 두고 있다.

만약 이 기간 동안 〈반야심경 수련〉을 실행해간다면 자기 자신도 깜짝 놀랄 정도로 실감하게 될 것이다.

"나는 「부자(富子)」로 사주팔자 바꾸고 있다"라고 하는 기운이 뱃속 깊은 곳 단전(丹田)으로부터 솟아나면서 전신으로 퍼져나가는 것이다.

그대는 어떠한 스케일의 큰사람인 「부자(富子)」로 새롭게 탄생할 것인가?

나는 벌써부터 큰 흥미와 관심을 갖고 기대하고 있다!

99

이제는 촛불을 밝힐 때이다

지금까지 계속 강조한 바와 같이 『반야심경』 수련의 효력을 알고 있는 것만으로는 아무 것도 안 된다.

"지식은 힘이다"가 결코 아니다. 그 지식을 실천, 실행, 행함으로써 비로소 「부자(富子)」로 사주팔자 바꾸게 되는 것이다.

세계적 초우량기업인 〈나이키사〉의 사훈처럼 "지금 즉시 실천하라(Do It Now)", 이것이 단 한 가지의 비법이다. 그 외에는 아무 것도 필요 없다. 오직 『반야심경』 수련의 실행이 있을 뿐이다.

살다 보면 "오늘은 운이 좋구나"라든가 "하는 일마다 전부 틀어졌다. 오늘은 운이 없구나" 하는 수가 있다.

그러면 불운이나 행운이라고 하는 것은 바꿀 수 없는 것인가?

만약 운명(運命)이 바뀌지 않는 것이라면 이런 쓸모없는 인생이란 없을 것이다. 미리 정해져 있는 숙명(宿命) 같은 인생은 의미가 없다.

그런데 우리의 타고난 사주팔자의 기운을 바꿀 수가 있는 것이다.

그러므로 놀라운 꿈을 실현할 수가 있는 것이다.

우리의 인생 드라마는 웅대한 것이 된다.

그것이 운명이다.

그에 대하여 바뀌지 않는 것은 숙명이다. 그대가 2월 출생이라고 하여 "나는 추운 달은 싫다. 더운 8월 출생으로 하자"라고 해보았자 생년월일은 바뀌지 않는다. 혈액형도 마찬가지다. 이러한 것들은 달리 어찌할 수가 없으므로 이것들 때문에 고민한다는 것은 어리석기 짝이 없는 일이다.

그러나 운명은 자유자재로 바꿀 수가 있고 「부자(富子)」로 사주팔자 바꾸는 것도 당연한 것이다. 그리고 그 방편으로 지금까지 〈반야심경 수련 5대 비결〉과 그 효험 및 성공사례들을 소개하였다.

그렇다면 이제는 그대가 실행하는 것, 오직 그것뿐이다!

동쪽 하늘에 밝은 해가 솟구치기 직전의 새벽은 가장 어두운 법이다.

이제 더 이상 어둠을 탓하지 말자.

어떠한 문제해결에도 도움이 되지 않는다.

그대의 앞날에 영광이 함께할 것을 확신하고 아울러 기원한다.

이제는 「부자(富子)」로 사주팔자 바꾸는 그대가 촛불을 밝힐 때이다!

100
감사기도는 어디로 갔는가

서양에서는 밀 한 톨이 생산되기까지 15단계를 거친다고 한다.

서양의 밀농사란 대략 밭 갈아서 씨앗 뿌리고 거두기만 하면 되는 것으로 품을 그다지 필요로 하지 않는다.

동양에서는 쌀 한 톨이 생겨나기까지는 88단계를 거친다고 하여 八十八의 합자(合字)로 쌀 미(米)자가 나온 것이다. 그래서 서양인들은 우리가 쌀농사 짓는 것을 '농사가 아니라 원예(園藝)'라고 감탄하는 것이다.

미작(米作) 수확량은 파종 양의 30~40배나 되는데, 맥작(麥作) 수확량은 파종 양의 5~6배밖에 안 된다. 쌀농사는 작은 땅에다 많은 정성을 기울이니 산출도 커지는 것이다.

그런데 서양인들은 식사 때마다 감사기도를 잊지 않고 하는데, 쌀농사는 그네들보다 몇 곱절로 더 많은 수고가 들어가는데도 우리는 밥 먹을 때 감사드리는 법이 없는 것은 이상하고 해괴한 일이다.

불가(佛家)에서는 감사기도의 상념인 〈오관게(五觀偈)〉를 강조하고 있다.

첫째, 〈양피래처(樣彼來處)〉 : 이 음식이 여기에 오기까지의 공덕을 생각하니 그것은 드디어 한량없는 우주의 정기와 연관되므로 귀하게 여겨야 한다.

둘째, 〈촌기덕행(忖其德行)〉 : 세상에 이렇게 귀한 음식을 먹게 되니 내 장점을 더욱 신장해야겠다고 다짐한다.

셋째, 〈방심이과(防心離過)〉 : 나의 단점이나 허물일랑 일어나지 않도록 노력해야겠다고 다짐한다.

넷째, 〈정사양약(正事良藥)〉 : 바로 이 올바른 식사, 즉 정식사(正食事)가 최고의 양약(良藥)이다. 그러니 양과 질을 맞추고 때를 가려 삼가면서 먹어야겠다고 조심한다.

다섯째, 〈위성도업(爲成道業)〉 : 이렇게도 귀중한 음식을 먹을 바에야 내가 타고난 성품을 알아차려 「부자(富子)」로 사주팔자 바꾸는 일에 전심전력을 기울이겠노라고 다짐하는 것이다.

이러한 〈오관게〉의 다섯 가지 덕행(德行)에 이르는 지름길이 바로 〈반야심경 5대 수련 비결〉에 들어 있다.

지금 애어른 가릴 것 없이 비만증세로 인한 무리한 다이어트가 세상에 판을 치면서 몸을 망치는 사람들이 부지기수이다.

그런데 『반야심경』 수련을 하면서 감사기도 드리며 식사하는 사람 치고 비만으로 고생하는 사람을 나는 이제껏 그 어디서도 찾아보지 못하고 있다! 새삼 무엇을 더 망설일 것인가?

딴청 부리지 말고 한눈팔지 말고 정신 팔지 말고 제대로 깨달아야 한다.

"「비만부자(肥滿富者)」의 시대가 가고 「감사부자(感謝富子)」의 시대가 오고 있도다!"

101
누가 진정 소중한 사람인가

파리로 공부하러 떠나는 후배를 배웅하러 공항에 나갔다.

40대 초반인 그는 방송국 구조조정의 여파로 자의반 타의반 실업자가 되었다. 그러나 가족들의 따뜻한 격려에 힘입어 용기를 내게 되었다. 유학이니 상당히 길어질 것 같다. 우선은 말을 배우고 아르바이트를 하면서 학교에 다니며 평생 일하고 싶은 사회복지 분야 공부를 깊이 하고 오겠다고 했다.

처음에 그 계획에 대해서 들었을 때 나는 대찬성의 격려를 아끼지 않았다. 생활을 꾸려가기 위해 방송국의 PD로서 자신의 뜻은 제대로 펴지 못한 채 허울 좋은 명분 속에 시청률에 매달리면서 괴로워하던 그가 크게 결심하고 전혀 다른 환경에 자신을 던져 넣으면서 하고 싶은 일을 하고 싶다고 했을 때, 나는 내심 걱정스러우면서도 한편 대견하기 짝이 없었다.

그는 원래 마음결이 고운 사람이어서 많은 사람들이 공항에 나와 애틋한 배웅을 해주었다. 나는 후배에게 내가 손으로 직접 쓴 휴대용 『반야심경』을 쥐어주었다.

공항을 나서는데 왠지 눈물이 나와서 견딜 수가 없었다. 세속적 입장에서 보면 그럭저럭 괜찮게 살아갈 수도 있는 사람이었는

데…… 청년시절의 맑고 순수함이 빛바랠 만도 했건만 유난히 반짝
이는 눈동자를 가지고 어느 날 불쑥 찾아와도 언제나 반가웠던 사
람. 국가와 민족에 관한 얘기로부터 역사, 문화, 철학, 음식 등 이
세상 모든 일에 대해서 가슴을 열고 얘기했었는데…….

젊은 시절에는 계속해서 하루하루가 거듭될수록 만나는 사람이
많아지고 인맥도 넓어진다. 하지만 어느 순간부터는 이별이 훨씬
더 많아지게 된다. 더구나 나이를 먹으면 단지 먼 외국으로 한시적
인 여행을 떠나는 것이 아니라 이승에서의 영원한 이별이 몇 번씩
이나 생기곤 한다. 육친, 친구, 지인, 여러 가지 인연으로 맺어졌던
인생고객들과의 이별 등 결코 다시는 만날 수 없는 헤어짐을 맞게
되는 것이다. "살아 있는 한 누구라도 이러한 이별을 몇 번씩이나
겪어야만 한다. 그러면서 세월은 흘러가는 것이다"라고 자신에게
타일러보았다.

공항에서 돌아오면서 우선 지금 곁에 있는 가족과, 함께 일하는
사람들 그리고 알고 지내는 사람들부터 소중하게 여기면서 살아가
야겠다는 매우 귀중한 교훈을 새삼 되새기게 되었다.

그 후배로부터 편지가 왔다.

"한국에서 생활할 때 진작 선배님 말씀에 따라 『반야심경』 수련
을 하지 않았던 게 후회되긴 합니다만 '늦었다고 생각할 때가 가장
빠른 때이다' 라고 늘 주시던 가르침으로 위로를 삼고 있습니다. 새
로운 세계에 와서 어려움도 좀 있지만 모든 것이 즐겁기만 합니다.
모두 다 『반야심경』 수련 덕분입니다……."

102
아름다운 파라다이스의 사바세계

낙원(樂園)을 영어로 〈파라다이스(Paradise)〉라고 하는데, 원래 이 말은 이집트어로서 에덴동산 같은 낙원을 뜻하는 것이 아니라 황야를 가리키는 말이었다.

어떻게 메마르고 거칠기만 한 황야가 낙원이 되는가?

황야이기 때문에 거기에 나무를 심을 수도 있고, 꽃을 가꿀 수도 있고, 집을 지을 수도 있다. 그렇기에 아름다운 것이다. 에덴동산처럼 처음부터 모든 것이 다 갖춰졌다면 아무 것도 할 게 없으니 그것은 낙원이 아니라는 것이다.

그런데 불가에서는 우리가 사는 이 세상을 〈사바세계(娑婆世界)〉라고 한다. 이 말은 원래 산스크리트어에서 온 것으로 '참고 견디어 나가는 세상' 이라는 뜻이다. 우리가 사는 세상은 온갖 것을 참아내는 땅이라는 뜻이니 거기에 인생의 진정한 의미가 있는 것이 아닐까?

극락도 지옥도 아닌 사바세계는 참고 견딜 만한 것이다.

신은 인간에게 참고 견딜 만큼의 시련을 주시는 것이기에 사바세계에 사는 사람들은 참고 견디어 난관을 극복해야 할 사명이 있는 것이다.

그런데 닥치는 어려움을 참으면서 견뎌내지 못하고 좌절하거나 침몰하는 사람들이 늘어나고 있다. 머리에서는 당위론적으로 참아내야 한다는 것을 알지만, 마음에서는 견뎌내지 못하기에 일어나는 비극인 것이다.

"참기 어려운 것을 참는 것이 진정으로 참는 것이다"라는 말은 「부자(富子)」로 사주팔자 바꾸는 모든 사람들의 한결같은 신조이다.

〈반야심경 수련 5대 비결〉로 어떠한 역경이라도 극복하면서 뜻한 바 마음먹은 대로 아름다운 삶을 살아가게 된다.

103
방생 다니기 앞서
불살생의 참된 의미를 아는가

『반야심경』을 위시한 불교에서 강조하는 〈불살생(不殺生)〉은 단지 살아 있는 생물을 죽이지 말라는 뜻만은 아니다.

사물의 본질을 쓸모없게 만드는 것 역시 살생인 것이다.

비록 무생물에 이르기까지 심지어는 퍼뜩 떠오르는 한 생각에 이르기까지 그 모든 것들을 하나도 버릴 것 없이 다 살리는 것이다. 그러니 부실공사, 불량품, 업무에의 불성실 등은 모두가 살생인 것이다.

화가 난다고 기물을 파괴하거나 마구 다루는 것 역시 살생이다. 손에 닿는 물건이란 물건은 도무지 그냥 놓는 법이 없는 사람이 있었다. 숟가락도, 젓가락도, 밥그릇도 툭툭 던지고 담뱃갑도, 라이터도 툭툭 던지고 책이며 칼이며 심지어 사업상의 중요 도구인 연장까지도 툭툭 던지고…….

충고, 경고, 권고 그 어느 것도 먹히지 않는 천방지축 지경에 이르러 사업은 파탄나고 손모가지 부러지고 그리고도 툭툭툭툭…….
그 비극적인 종말을 감히 누가 어떻게 막아줄 수 있었겠는가. 심히 딱하고 참으로 딱한 불쌍한 중생이로다.

절간에서는 스님들이 가사를 누덕누덕 꿰매 입는다.

더 이상 꿰맬 수 없을 지경으로 누더기가 되어 낡아지면?

그냥 버리는 게 아니라 걸레로 쓰고, 걸레로서의 소임을 다하면 이번에는 그것을 잘게 찢어서 벽을 도배하는 데 섞어 넣어 벽이 튼튼해지도록 끝까지 살리고 또 살리는 것이다.

물질의 풍요 속에서 쓰던 물건을 함부로 버림으로써 일어나는 것이 오늘날의 쓰레기 환경공해이다. 그러면서 사람들은 정신의 빈곤으로 시달리는 것이다.

사물의 본질을 살린다는 것은 사물을 올바로 이용하여 삶에 도움이 되게 하는 것이다.

뻑하면 관광버스 타고 고성방가를 즐기면서 방생(放生) 다니기 좋아하는 중생들은 특히 깊이 생각해보아야 한다.

자원재활용을 업으로 하는 고물상들 중에 진정 아름다운 「부자(富子)」들이 많은 것은 과연 무슨 연유일까?

자칫 삶에 따르기 쉬운 무리와 낭비를 없애고 분노감을 다스리면서 모든 것을 살려 쓰면서 「부자(富子)」로 사주팔자 바꾸고자 하는 아름다운 사람들을 〈반야심경 수련 5대 비결〉이 인도해주는 것이다.

104
그 이름 아름다운 꽃
부자집단 사범 가화선생

❧

구름 타고 내려온 신선이 바위에 걸터앉아 노닌다는 운암동천(雲岩洞天)에서 정갈한 땀 흘리며 살아가는 다인(茶人)은 아침마다 하는 큰 일이 있다. 그것은 밤이 되면 집 안의 커튼이란 커튼은 모두 쳐놓았다가 새벽이 오면 그것을 환히 열면서 드디어 나타나는 대자연에게 『반야심경』을 읊어주는 것이다. 음양의 조화를 갖춰 위엄 있는 아버지와 인자한 어머니의 모습을 함께 갖춘 산하의 기운을 흠뻑 받아들이면서.

그러고는 꽃나무에게로 가서 『반야심경』을 읊어준다. 작은 몸에 꽃봉오리를 가득 싣고 있는 동백이 자신을 위해서 피어날 것을 기뻐하면서 『반야심경』을 읊어주는 것이다.

다인은 어느 날 군자란 앞에서 더욱 오래 『반야심경』을 읊어주었다. 두 개의 잎 사이로 하얀 꽃망울들을 가득 보여주면서 곧 피어날 꽃을 격려하는 뜻에서 그리한 것이다.

"주는 것은 살아 있음이요, 살아 있음은 아름다운 일이지요. 누군가에게 무엇인가를 주면서 살아 있음은 참으로 아름다운 일이지요."

이 세상은 항상 열려 있다. 그러나 무엇인가를 주려고 하는 손 앞에서만 열려 있다.

일취월장으로 공부가 깊어가고 사업이 확장되는 다인은 『반야심경』과 함께 『고운천부경(孤雲天符經)』을 독경한다.

진홍빛 동백에게도, 흰 망울의 군자란에게도, 향기를 뿜기 시작한 지 한 달이 넘은 보세란에게도, 그밖에 문에게도, 유리창에게도, 벽에게도. 존재하는 모든 것들을 위하여 독경을 하는 것이다.

심지어 화장실에서 큰일을 보면서까지 독경을 하는 경지에 이른 영명한 사람 「부자다인(富子茶人)」 가화선생(嘉花先生)은 모든 벽을 문이게 하는 아름다운 선녀 같은 사람이다.

'와병중(臥病中) 인사절(人事絶)' 이란 말이 있듯이, 우리의 전통에 병중(病中)에는 인사답례를 표하기가 어려운고로 아예 인사 받는 자체를 거절하는 것이 일반적이었다.

그런데 어느 날 퇴계선생께서 병환이 나서 몸져눕게 되었다.

그때 어느 문도(門徒)가 문병을 와서 병석 옆에 앉으니 퇴계선생께서 말씀하셨다.

"이렇게 누워서 손님을 맞이하니 예가 아닐세. 내가 일어나 앉기가 거북하니 자네가 내 옆에 눕게나."

성철스님에 이어 조계종 종정을 지내신 서암대종사의 유발상좌가 가화선생이다. 서암대종사는 근엄하기가 이를 데 없는 큰스님이지만, 그 어떤 것에도 걸림이 없고 숨김과 보탬이 없이 화통한 가화선생과 말동무가 되다 보니 서로 간에 말투를 터놓고 얘기를 주고받기가 예사였다.

어느 날인가 참다못한 시봉이 끼어들어 가화선생에게 호통을 쳤겠다.

"큰스님 체통을 지켜드려야지, 도무지 그 말버릇이 뭣인가?"

그때 서암대종사가 일갈하셨다.

"야! 이 어리석은 중생아, 이 사람은 내 동무야, 동무. 그럼 동무끼리 같이 반말을 써야지, 한쪽은 존대 한쪽은 반말 쓰란 말이냐? 네 공부가 여태 그것밖에 안 됐노?"

말년에 노환으로 자리에 누워 지내시던 서암대종사를 찾아뵈는 가화선생 역시 그분 곁에 같이 누워서 눈을 맞추며「새로운 이야기(New Story)」를 주고받으면서 반야삼매에 젖어들곤 했다.

나는 한때 경제적으로 대단히 어려운 생활을 하던 시절이 있었다. 모든 게 어마어마하게 잘 풀리기만 하던 순탄한 생활을 하다가 어느 날 느닷없는 교육사업, 출판사업 양쪽 모두의 부도를 맞아 길거리로 나앉다시피 된 것이다.

가재도구나 사무실 집기 따위는 그렇다 치고 공부하는 사람의 생명이다시피 한 수만 권의 장서와 연구 자료가 저울에 달아져 고물상으로 넘어갈 때는 참으로 견디기 어려웠다.

어느 날인가는 얼굴이 벌겋다 못해 푸르뎅뎅할 정도로 채권자에게 얻어맞았던 적도 있었다. 그날 불쑥 찾아온 가화선생은 나에게「부자(富子) 사업가」다운 가슴 뭉클한 고사를 들려주었다.

"사부님! 외람되게 한 말씀 올리겠니이더. 옛날 중국의 당(唐)나라 측천무후(則天武后) 시절에 루사덕(婁師德)이라는 재상이 있었답니다. 동생이 지방장관에 임명되어 인사를 오자 덕담을 일러줬답니이더. '가슴에 참을 인(忍)자를 품고 가도록 하거라. 결코 경솔한 짓을 해서는 안 된다.' '네, 잘 알겠습니다. 누가 얼굴(面)에 침(唾)을 뱉어도 그냥 닦아내면 되겠군요.' '그게 아니니라. 침을 닦아낸다면 화를 내는 상대방과 다를 게 무엇이겠느냐. 그냥 침이 스스로(自) 마르도록(乾) 내버려두어야 하느니라.' 이로부터 「타면자건(唾面自乾)」이라는 고사가 나왔답니다."

신용카드 한 장을 건네주면서 가화선생이 떠난 지 사흘 후에 더욱 고약한 일이 벌어졌다. 길길이 날뛰는 또 다른 채권자에게 꾹 참고 좀 맞아주었던 것이다.

사실 나는 유년시절부터 각종 무예를 닦아왔지만 그렇더라도 어떻게 할 것인가? 빚진 죄인이라고 공격은커녕 방어도 할 수 없고 그냥 맞아주는 수밖에.

아, 그런데 이번에는 상대방의 가래침이 날아와 정통으로 얼굴에 떨어지는 게 아닌가. 순간 나도 모르게 주먹이 하늘로 솟구치는 것이었다.

그 찰나에 퍼뜩 가화선생이 들려주었던 타면자건이란 말이 떠오르자 나는 "이야앗!" 하는 외마디 소리를 질러댔다.

잠시 후에 내 등줄기에서는 주르륵 피가 흘러나왔다. 치켜들었던 주먹을 뒤로 돌려 스스로 등줄기를 긁어댔던 것이다.

망연자실해 있는 나에게 집사람과 아이들이 간곡하게 당부를 하는 것이었다.

"여기 일은 알아서 대처할 테니 조금도 걱정하지 마시고, 마음 푹 놓으시고 산에 들어가서 기운을 돌리세요."

가족들의 격려에 힘입어 그 후 한동안을 산사에 가서 지내게 되었다.

그러던 어느 날, 가화선생은 여느 때와는 달리 차 한 봉지만 달랑 들고 와서 며칠간을 묵었다.

밥 안 먹고는 살 수 있어도 차 없이는 못 사는 처지인데, 오랜만에 맛보는 차가 너무도 맛이 없었다.

'사업체가 심하게 흔들린다더니 차 인심까지도 박해지는가' 싶었지만 별다른 내색을 하지 않고 그저 우려 주는 대로 묵묵히 마시기만 했다.

다음날 재미있는 일이 벌어졌다.

아침 공양을 마치고 산책을 하고 돌아오니 조금은 들뜬 듯한 목소리로 가화선생이 말했다.

"사부님! 차 좀 들어보세요. 처음 맛보시는 색다른 맛일 거예요."

나는 고개를 끄덕이면서 천천히 차를 한 모금 머금었다.

그 무어라고 형용하기 어려운 처음 맛보는 향긋함이란 지금도 잊을 수가 없다. 그때까지 세상에 있는 이름난 차 중에서 맛보지 않은 것이 거의 없을 정도라고 자부해왔던 나였지만 도무지 감이 잡히지 않았다.

"사부님! 지금 드시는 그 차 맛, 천하일품이지요? 지금과 같은 기운만 계속 돌리시면 제가 업어드릴게요. 그런데 지금 이 차 어제 드시던 것과 똑같은 것으로 우린 거예요. 그런데 어떻게 천하별미가 되었냐고요? 그동안 사부님께서 이끌어주신 덕분이지요. 이젠 제 내공을 좀 인정해주실 때도 됐잖아요."

가녀린 몸매에 온 세상을 다 품고도 남을 기운을 쌓아나가는 가화선생이 대견하기만 했다.

다음날에도 역시 천하별미차 맛을 즐기게 되었다.

그제야 가화선생은 전말을 털어놓는 것이었다.

천하별미차의 비결은 해질 무렵에 얇은 다포에다 차를 싸서 연못에 활짝 핀 연꽃 속에다 넣어두면 날이 저물면서 연꽃송이는 이내 꽃잎을 오므린 채 밤새도록 차를 머금으면서 자신의 맑은 기운과 향긋한 향기를 뿜어낸다는 것이었다. 그것을 아침에 해 뜨기를 기다렸다가 연꽃송이가 다시 벌어지면 꺼내다가 차를 우렸다는 것이었다.

맛있는 것을 먹으면 최소한 그만큼만은 일을 하든 공부를 하든 해야 한다는 내 신조에 따라 우리는 천하별미차를 마시면서 더욱 용진정진 수련에 몰두하면서 내공을 쌓아나갔다.

산에 올라올 때만 해도 눈가에 짙은 기미가 역력해 보이던 가화선생은 이내 뽀얀 얼굴빛을 띠더니 불빛 없는 캄캄한 밤중에도 환한 기운을 발산하는 게 역력해졌다.

사람들을 나누어 살펴보면 참으로 재미있는 현상을 발견할 수 있다.

믿음과 희망 그리고 칭찬과 감사라는 한빛을 받고서도 꿈쩍하지 않는 마이너스적인 「무광체(無光體)」 같은 사람들이 있다. 그런가 하면 빛을 받아야만 그제야 비로소 스스로 빛을 발하면서 플러스마이너스 경계선상을 넘나드는 「반사체(反射體)」 같은 사람들도 있다. 나아가 주어진 여건이나 처해 있는 상황에 상관없이 스스로 빛을 발하면서 주변을 밝혀주는 「발광체(發光體)」 같은 사람들도 있다. 사회가 어지럽고 삐걱거리면서 곧 망해버릴 것 같으면서도 조금씩은 희망이 보이고 차차 나아져가고 있는 것은 이러한 「발광체」 같은 존재들이 있기 때문이라는 생각을 해본다.

늘 싱그러운 「발광체」적 삶을 살아가는 가화선생이 이제 캄캄한 밤중에도 실제로 한빛을 발하니, 과정에 시련은 있을지라도 결국엔 상서로운 일만 일어날 것이라는 확신이 드는 것이었다.

읍내 장날이라기에 살 것도 좀 있고 장 구경도 할 겸해서 함께 길을 나섰다.

갖가지 울긋불긋한 꽃을 피운 산천초목은 푸르고, 초원의 소들은 한가로이 풀을 뜯고 있었다. 두둥실 흰 구름 떠가는 파란 하늘에는 새 떼가 즐겁게 날고 있었다.

그때 내가 말했다.

"아! 우리의 창조주 하느님은 참으로 위대하시도다. 천지자연 삼라만상을 이렇게 아름답게 살게 하시다니…… 어떻소이까, 가화선생!"

살포시 팔짱을 끼면서 가화선생이 대구(對句)를 이었다.

"아무렴요. 그렇고말고요. 위대하시다마다지요. 그런데 참! 사부님. 좀 의아한 게 있네예. 새는 몸집이 작으니 많이 먹지 않아도 되고 그러니 굳이 날개가 있을 필요도 없지 않은가요? 하지만 소들은 몸집이 커서 많이 먹어야 되는데도 날개가 없잖아요. 차라리 새보다는 소에게 날개가 있어서 마음껏 날아다닐 수 있으면 더 좋지 않을까 싶네예. 하느님의 마음을 잘 모르겠네예. 사부님! 말씀 좀 해 보이소."

내가 빙그레 웃고만 있을 때 우리 두 사람의 머리 위로 자그마한 새떼들이 날아가면서 돌연히 가화선생의 이마에 새똥이 떨어졌다.

그러자 가화선생은 갑자기 폴짝폴짝 뛰면서 큰 소리로 외치는 것이었다.

"어이쿠야! 하느님의 새똥벼락이로구나. 아하! 그렇구나. 알았다, 알았어. 새에게만 날개를 달아주신 우리의 창조주 하느님은 참으로 위대하고 거룩하신 분이로구나. 대자대비하신 부처님! 늘 제 뜻을 헤아려주시고 가다듬어주시는 천수천안관세음보살님! 제불보살님!

소똥벼락을 안 맞고 새똥벼락을 맞혀주심에 감사하고 또 감사드리옵나이다. 나무마하반야바라밀!"

급작스러운 간이 노상법회에 짧은 한 토막 법문이었지만, 난 한동안 꽉 막혀 있던 가슴이 시원스레 뻥 뚫리는 듯한 서늘한 법열(法悅)을 맛보는 순간이었다.

그때 홀연히 푸른 하늘에 오색 무지개가 뜨더니 거기로부터 얼굴이 벌겋게 달아오른 가화선생의 새똥 맞았던 이마로 한빛이 쏟아져 내리는 황홀한 광경이 이어졌다.

그날 철야정진을 마치고 아침공양을 든 후 천하별미차를 들면서 말했다.

"그간 제대로 가르친 것도 없이 하산하라고 하려니 참으로 미안하게 됐소이다."

"아니라예, 사부님! 배운 것도 별로 없이 하산하려니까 제가 송구스러울 뿐이라예."

"……"

한동안 말없는 말 속에 이심전심(以心傳心)의 눈맞춤이 이어지면서 가화선생이 게송(偈頌)을 읊어냈으니 이른바 『가화천부경(嘉花天符經)』이라는 이름이 붙여졌다.

> "한다 하면 한다.
> 된다 하면 된다.
> 간다 하면 간다.
> 우리가 잘 돼야 나라도 잘 됩니다.
> 나라가 잘 돼야 우리도 잘 됩니다.
> 누가 해도 할 일이면 내가 합시다.

언제 해도 할 일이면 지금 합시다.

지금 해도 할 일이면 더 잘 합시다.

나도 부자 너도 부자 우리 모두 부자.”

세월의 흐름에 따라 기복이 심하게 마련인 사업의 세계에서 특히 여성 경영인으로서 보통사람으로선 상상하기조차 힘든 참아내기 어려운 상황을 잘 참아내면서 굽이굽이마다 솟구치는 고비 고비를 슬기롭게 헤쳐내면서 예전에 나에게 들려줬던 「타면자건」의 경지를 이미 초월한 아름다운 꽃 가화선생.

이 세상 모든 사람을 용서해도 단 한 사람만은 죽어도 용서할 수 없다던 그 사람까지도 용서하면서 천지기운을 끌어안으며 반야삼매에 젖어들곤 하는 「부자 다인 사업가(富子 茶人 事業家)」 가화선생.

오늘 「부자집단(富子集團)」의 전국구 사범으로서 인연중생들을 「부자(富子)」로 사주팔자 바꿔주는 건곤일척의 피날레 메시지를 들어본다.

“그때가 지금이고 지금이 그때이니 세상은 살아볼 만한 겁니다. 천천히 서두르십시오(Festina Lente)!”

105
무학대사의 공력은 어디에서 나왔는가

태조 이성계께서 무학대사에게 말씀하시기를 "내가 본 대사님의 모습은 굶주린 개가 뒷간을 바라보는 형상이며, 산돼지가 눈을 흘기며 산모퉁이를 돌아가는 것 같소이다."

무학대사가 이에 답하여 아뢰기를 "제가 뵌 상감마마의 모습은 완연히 부처님 같습니다."

이에 다시 태조께서 말씀하시기를 "대사님께서는 왜 다투려고 하지를 않고 못난 체를 하시나요?"

대사가 다시 합장하며 아뢰었다.

"부처님 눈으로 보면 모두가 부처님 같고, 용의 눈으로 보면 모든 사람이 용으로 보입니다."

(太祖曰 吾觀大師之像 飢狗望厠之像 山猪負隅之形, 大師答曰 我觀上王之像 宛是佛像, 太祖曰 何不鬪劣, 大師曰 以佛眼觀之則 人皆如佛 以龍眼觀之則 人皆如龍).

우리의 상고시대를 제외하고는 세계 역사상 500년 이상 된 왕조는 존재하지 않지만 유일하게 우리의 조선왕조는 518년을 이어 갔다.

그 저력에는 태조 이성계의 왕사(王師)로서 유불선(儒佛仙) 모두를 꿰뚫으면서 『반야심경』 수련의 달인이었던 무학대사의 공력(功力)이 작용했던 것이다.

106
소림사 외팔이 인사법의 유래

중국 무술영화를 보면 그 유명한 소림사의 권법을 수련하는 사람들이나 승려들의 인사법이 한결같으면서도 독특한 것을 알게 된다.

본디 불가의 인사법은 두 손바닥을 가슴 높이께로 모으는 합장(合掌)을 하고 허리를 굽히는 것이 기본인데 소림사 인맥들은 모두 오른손만 가슴 앞에 세워서 허리를 굽히는 것이다.

소림사 권법은 중국 선종의 시조인 달마대사님이 수도한 소림사에서 생긴 것인데, 그 소림사에 이런 일이 있었다.

어릴 때부터 똑똑하기로 이름 난 신광(神光)이란 승려가 있었다.

그는 이미 15세에 중요한 경전을 두루 꿰어 모르는 것이 없었다.

신광이 40세 되던 해에 인도에서 유명한 달마대사님이 왔다기에 한판 겨루어보려고 찾아갔다. 달마대사님은 석굴에 앉은 채로 신광이 묻는 말에 대답은커녕 꿈쩍도 하지 않고 벽만 바라보고 있었다.

시간이 흐를수록 말 없는 달마대사님의 위엄이 느껴지기 시작하면서 신광의 잔잔하던 마음에 물결이 몰아치기 시작했다. 그동안 수도한 것이 헛그림자라는 생각이 들면서 교만한 마음이 사라지고 이윽고 자신의 모든 것을 바쳐 섬기고 싶어지는 것이었다.

폭설이 몰아치는 한겨울, 신광은 밤을 새우며 무릎 꿇고 엎드려

『반야심경』을 입으로 읊조리고 손으로 눈 위에다가 쓰기도 하고 소리 내지 않고 속으로 외우기를 번갈아 했다.

새벽녘이 되자 눈이 가슴팍까지 쌓였다.

웬만한 사람 같았으면 이미 얼어 죽었으련만 신광의 몸과 얼굴에서는 오히려 모락모락 김이 피어오르기 시작했다.

이윽고 동틀 무렵이 되어서야 비로소 달마대사가 한 말씀을 던졌다.

"믿음의 증표(證票)를 보이거라."

무조건의 복종과 신심(信心)을 확인하고 싶었던 것이다.

그러자 신광은 조금의 머뭇거림도 없이 이내 칼을 들어 왼팔을 내리쳤고 팔이 잘려나가며 흰 눈밭에 피가 튀어 올랐다.

그러자 달마대사님은 "이제부터 너의 이름을 혜가(慧可)라고 하여라" 하고는 제자로 삼았다. 이리하여 혜가는 달마대사님의 법맥을 이어 중국 선종의 제 2대조가 되었던 것이다.

그로부터 혜가는 소림사에서 6년을 더 수도한 후 다른 곳으로 떠났지만 팔이 하나밖에 없으니 늘 한 손으로 인사를 하면서 머릿속에 순간적으로 『반야심경』 전문을 떠올리는 견경을 했던 것이다.

그 후 제자들도 혜가를 따라 해서 오늘날과 같은 소림사 인사법이 생겨났다. 소림사 무술의 위력 역시 『반야심경』 수련에 바탕하고 있는 것이다. 바로 여기에서 그 유명한 〈혜가설중단비(慧可雪中斷臂)〉라는 화두가 생겨난 것이다.

「부자(富子)」로 사주팔자 바꾸는 그대여!

지금 당장 그대의 무엇을 단칼에 잘라낼 것인가?

107
물렀거라, 108번뇌야

사람은 누구나 자신의 감정을 드러내어 표출하면서 살아간다.

그러한 감정은 세 가지 방향, 즉 "좋다", "싫다", "그저 그렇다"는 〈호오평(好惡平)〉으로 나타난다.

〈호오평〉의 세 가지 요인은 다시 여섯 가지 감각기관인 〈안이비설신의(眼耳鼻舌身意)〉를 가리키는 육근(六根), 즉 눈, 귀, 코, 입, 몸, 마음과 함께 작용한다.

눈에서는 "보기 좋다", "보기 싫다", "그저 그렇다"는 반응이 나온다.

귀에서는 "듣기 좋다", "듣기 싫다", "그저 그렇다"는 반응이 나온다.

코에서는 "냄새가 좋다", "냄새가 싫다", "그저 그렇다"는 반응이 나온다.

입에서는 "맛이 좋다", "맛이 싫다", "그저 그렇다"는 반응이 나온다.

몸에서는 "촉감이 좋다", "촉감이 싫다", "그저 그렇다"는 반응이 나온다.

마음에서는 "느낌이 좋다", "느낌이 싫다", "그저 그렇다"는 반응이 나온다.

따라서 〈호오평〉 세 가지 요인이 육근과 작용하여 18가지의 정서 반응으로 늘어나게 된다. 18가지 반응은 다시 본질적인 〈정(淨)〉과 변질적인 〈염(染)〉과 작용하여 36가지로 늘어나게 된다. 이것은 다시 과거, 현재, 미래, 즉 불가(佛家)의 표현인 전세(前世), 현세(現世), 내세(來世)인 삼세(三世)와 맞물려 108가지 번뇌가 생겨나게 되는 것이다.

〈호오평〉 세 가지 인간의 근본적 감정요인을 각각 1이라는 수치로 규정해보자.

이때 누군가를 미워하는 감정과 태도를 반으로 줄인다면 종래 1이었던 오(惡)는 0.5로 줄어들게 된다. 그렇게 되면 108번뇌는 72번뇌(2×6×2×3)로 줄어들게 된다.

그런데 구체적으로 어떻게 번뇌를 줄일 것인가?

많은 사람들이 바로 여기에서 막히게 되는 것이다.

그러나 걱정할 것 없다.

〈반야심경 수련 5대 비결〉로 "싫다(惡)"와 "그저 그렇다(平)"를 우선 반으로 줄이면 되는 것이다. 얼마나 수월한 일인가!

수련이 더욱 깊어지면 그대는 이것들을 초월한 열반적정의 경지를 일상생활에서 맛보면서 「부자(富子)」로 사주팔자 바꾸게 되는 것이다.

108
누가 다음 번 대권을
잡을 것인가

우리가 살고 있는 지구는 은하계로, 그 속에서 태양 주위를 좌회전하는 아홉 개의 행성 중의 하나이며, 지구 주위를 좌로 회전하는 달을 위성으로 거느리고 있다.

지구 자체의 좌회전을 자전(自轉)이라고 하며, 자전을 365회 되풀이하면서 태양 주위를 한 바퀴 도는 것을 공전(公轉)이라고 한다.

365회의 자전은 태양에 직면하는 낮과 이면의 밤이 되풀이하는 것을 하루로 잡아 365일로써 1년이 되는 것이다.

365회의 자전으로 태양을 한 바퀴 공전하는 것은 5회의 어긋남이 있으나 대체적으로 원형으로 돌고 있다.

팽이처럼 자전하는 축이 태양에 대하여 현재는 23.5°만큼 기울어져 있어서 이로 인하여 봄·여름·가을·겨울 사계절의 변화가 나타나게 된다.

지구는 물론 태양계의 모든 행성과 그 위성은 모두 다함께 태양 주위를 좌회전하고 있다. 아울러 태양계 전체도 은하계를 좌회전하고 있다는 사실은 천지자연 우주가 좌회전의 커다란 소용돌이 속에 있기 때문이다.

불교 사찰의 상징인 산스크리트어 만(卍)자는 우주 소용돌이의 회전 방향과 일치하는 좌회전을 상징하고 있다. 이 좌회전의 卍은 고대 인도에서 신으로 숭상된 크리슈나의 가슴에 돋은 곱슬 털의 모양이며, 길상(吉祥)을 의미하는 것이다.

불교에서는 석가모니 부처님의 가슴과 손발 그리고 머리카락에 나타난 왼쪽감이의 모양을 따라서 불심(佛心)을 나타내는 상징으로 삼은 것이다.

지구상의 물질의 모습이나 현상의 움직임에는 좌회전이 보편적으로 나타나고 있다. 달팽이를 비롯한 수많은 조개류는 왼쪽감이가 보통이며, 넝쿨식물도 왼쪽감기의 비율이 압도적으로 많다. 사람의 머리카락에 있는 가마도 10명 중 7명은 왼쪽 가마이다. 동물의 육체 성분인 단백질 분자의 집합도 좌회전으로 결합되어 있다. 미술관에서 그림을 관람하는 사람들이 실내에 들어와서 어떻게 돌아보고 있는가를 살펴보면 십중팔구는 왼편으로 돌고 있다. 상가 출입구의 왼쪽에 있는 점포가 오른쪽에 있는 점포보다 사람들의 눈길과 발길을 더욱 많이 끌어들이는 것은 결코 우연이 아닌 것이다. 인간은 왼쪽으로 돌기 쉽게 오른쪽 근육이 왼쪽보다 더 강하게 발달되어 있기 때문이다. 야구의 베이스를 도는 것도 좌회전이고, 육상경기의 트랙도 좌로 달린다. 인간뿐만 아니라 말도 좌회전 쪽이 더 빨리 달린다. 따라서 경마장에서 우회전으로 달리게 하면 사람들의 흥미를 더욱 돋워줄 수도 있는 것이다. 물 속에 한쪽 방향으로 흐름을 만들면 좌우의 소용돌이가 생기는데, 좌회전의 소용돌이가 우회전의 소용돌이보다 1.6배쯤 더 강한 사실이 밝혀졌다.

이러한 습관적 무의식적 좌회전 법칙에 변화를 주어 천지음양조화를 맞추는 것이 바로 물질적 풍요함인 〈부(富)〉와 정신적 고결함인 〈귀(貴)〉를 함께 누리는 「부자(富子)」로 사주팔자 바꾸는 지름길인 것이다.

예로부터 조상(弔喪)이나 문상(問喪)을 가려면 어른들이 빠뜨리지 않고 하시는 당부말씀이 있다.

"상갓집 문턱을 넘어설 때는 왼발부터 넘어서야 하느니라."

다도(茶道)를 닦고자 차를 우려 마시면서 세상살이의 이치를 깨달아가는 다인(茶人)들 역시 다실(茶室)에 들어설 때면 반드시 왼발부터 먼저 들여 놓는다.

왼쪽 주먹을 힘껏 쥐면 무서운 곳에서도 두둑한 배짱이 생긴다는 가르침도 있다.

자리에 앉았다가 무심히 일어서서 걷는 첫걸음은 반드시라고 해도 좋을 만큼 오른발이 먼저 나간다. 그러나 "앞으로 가"라는 구령에서는 의식적이기 때문에 왼발을 먼저 내딛게 된다.

뒤를 돌아볼 때에도 오른쪽으로 돌아보는 것은 무의식적인 경우이고, 왼쪽으로 돌아보는 것은 의식적인 경우이다.

범죄인이 도망을 칠 때면 왼쪽 골목이고, 자동차 사고 역시 대부분이 왼쪽으로 핸들을 꺾는다.

무당이 굿을 하며 춤을 출 때도 왼발부터 내딛는다. 그러나 굿판에서 춤을 추는 사람들은 오른발부터 먼저 나간다.

왼발부터 내밀면 정신을 똑바로 차릴 수 있게 되는 것이 천지자연 우주의 법칙인 것이다.

"호랑이에게 물려가도 정신만 차리면 살 수 있다"는 속담이 있지만 어떻게 정신을 차릴 것인가?

〈왼발띄기〉!

평상시에는 잘 하다가도 중요한 자리에 참석하거나 높은 사람을 만나게 되면 횡설수설하면서 일을 망치는 사람들이 있다.

공부는 잘하는데 시험성적은 엉망인 자녀에게 "시험 운이 없다"며 한탄하는 부모들도 있다.

밖에서 남들에게는 곰살궂게 잘하면서도 집에만 들어오면 난폭한 무뢰한으로 표변하는 사람도 있다.

평상시에는 조신하기가 이를 데 없는 요조숙녀가 맞선 보는 자리에만 나가면 엉뚱하고 황당한 언행으로 일을 망치기도 한다.

크고 작은 일들을 잘 처리한 공로를 인정받아 승진하는 기쁨 역시 직장인으로서는 비할 바가 없는 것이다. 그런데 상당수의 사람들은 차라리 승진하지 않고 종래의 자리에 그냥 머물러 있는 것이 오히려 자신이나 조직을 위해서 좋았을 것이라는 아쉬움을 만들기도 한다. 새로 맡은 큰일을 제대로 감당하지 못하고 오히려 일을 망치는 경우인 것이다.

이러한 실패 사례들의 바탕에는 한생각 없이 허투루 발걸음을 내딛는 허술함이 깔려 있는 것이다.

현대 세계역사상 큰 인물 중의 한 사람을 나는 중국의 등소평(鄧小平)이라고 생각한다.

5척 단구로 '쓰러지는 즉시 벌떡 일어서니 결코 쓰러지지 않는 사람과 같다' 는 뜻의 〈부도옹(不倒翁)〉으로 불렸던 오뚝이 등소평.

10억 인구의 중국 대륙을 뒤흔들며 세계 최강국 미국을 쥐었다 폈다 하던 등소평의 리더십이나 용인술(用人術)은 수많은 사람들의 입에 오르내리고 있다.

그러나 무엇보다도 중요한 것은 또 다른 「부자집단(富子集團)」 사부(師傅)로서의 등소평이라는 〈작은 거인(Little Big Man)〉이 쌓은 성공의 금자탑(金子塔)에는 〈왼발띄기〉가 초석을 이루고 있다는 점이다. 〈왼발띄기〉를 빼놓고 등소평을 논한다는 것은 어불성설(語不成說)이요, 언어도단(言語道斷)인 것이다.

이러한 엄엄한 기운이 살아 있는 중국이 머잖아 미국을 제치고 세계의 일등 강국이 될 여러 가지 조짐을 나는 반야삼매에서 들여다보았다.

이에 당당히 맞서는 부귀군자 대한민국(富貴君子 大韓民國 Goldberg Corea)」을 만들기 위한 큰 기운을 돌리고자 나는 천안산 용호대에 생룡활호(生龍活虎)하는 민족성지 솟대공원 「부자소도(富子蘇塗)」를 조성하고 있는 것이다.

지금 우리 한국 정계(政界)에는 많은 미꾸라지들이 스스로 용(龍)을 자처하면서 기고만장하여 거창하게 행세하고 있다. "꼴뚜기가 뛰니까 망둥이도 뛴다"는 말이 있지만 너나없이 나서서 대권을 외치며 대중들을 현혹시키고 있으니 자칫하면 거기에 혹하고 빠져 넘어갈 수도 있는 것이다.

과연 누가 진정으로 국가와 민족을 사랑하며 그러한 자질과 능력을 갖춰 「부귀군자 대한민국(富貴君子 大韓民國 Goldberg Corea)」을 이끌어 나가야 할 것인가?

도대체 판단의 잣대와 기준을 어디에 두어야 할 것인가?

〈왼발띄기〉!

그것이 등소평처럼 자연스럽게 습관화된 사람은 일단 1차 관문을 통과하게 된다.

2차 관문을 통과하여 당선의 영광을 누리는 사람은 〈왼발띄기〉에 더하여 〈반야심경 수련 5대 비결〉이 몸에 밴 사람! 바로 그 사람이 우리의 다음 번 희망의 대통령이 되는 것이다.

흔히들 말하기를 "물질적인 풍요는 얻었지만 정신적인 빈곤을 맛보게 되었다"고 현대 인류사회를 정의한다.

그렇지만 지금 우리 사회는 기본적 생존권조차 위협받으며 물질적 빈곤에 더하여 정신적 빈곤의 아픔까지 맛보는 사람들이 늘어나고 있다. 갈피를 잡기 어려운 세상살이의 어려움에 '흔들릴 때마다 한잔' 하는 사람들도 많이 있다. 너나없이 자기 자신을 잃어버리며 정신없이 살아가기에 바쁜 것이다.

잃어버린 자아를 찾아야 한다는 목소리들은 높지만 과연 어떻게 찾아야 할 것인가?

모든 출입동작(出入動作) 시에는 〈왼발떼기〉와 함께 머릿속으로 『반야심경』 전문을 〈견경(見經)〉해보라.

억수로 좋은 일들이 숱하게 일어나면서 「부자(富子)」로 사주팔자 바꾸게 된다.

그 증거는 바로 「부자집단」 사부인 나 자신이고, 아름다운 사람 바로 그대 자신 「부자(富子)」인 것이다!

그대 부자여, 『보현천부경』을 아시는가

물안개가 피어오르면서 아련한 상념들이 교직되는 봄날 오후 2시 30분경, 전화기로부터 산이 떠나갈 듯한 소리가 들려왔다.

"황교수, 나요 나. 지금 막 구두계약이 이뤄졌소. 고맙소, 고맙소……."

아! 드디어 비로소 이윽고 이루어졌구나.

격동의 긴긴 세월 한결같이 깊은 인연 내내 이어지는 찬섬 조필대 대표님의 전화였다.

몇 개월에 걸쳐 될듯 말듯, 될듯 말듯 하던 연간 200억 원대의 철강수입 프로젝트가 드디어 마무리되고 있는 참이었다.

만감이 교차하면서 감회가 새로워지는 것이었다.

"대표님! 축하드립니다. 지금 막 「천지음양조화 연화돌 : 부자맷돌」을 돌리고 나오던 중입니다."

하늘에 이어지는 서기(瑞氣)를 방광(放光)하는 보문산 무성사에 공부자리를 틀고자 들어선 첫날, 도량 법당들에 인사드리고 마지막으로 부자맷돌을 돌려대면서 축원을 드렸더니 신기하게도 정말 신바람나게 생생생생 돌아가는 것이었다.

그날 아침 조 대표님과의 전화 마무리에서 처음으로 신신당부를 드렸었다.

"대표님! 왼발띄기 잊지 마세요. 호텔 정문과 커피숍 입구 들어설 때, 최소한 이 두 곳만 부탁드립니다. 장담하실 일이 아닙니다. 아차 하는 순간에 99.999퍼센트의 사람들이 실패합니다.”

국내 유수의 대그룹과 약속했다는 11시 조금 못 미쳐서 조 대표님
으로부터 다시 전화가 왔다.

“지금 막 호텔 커피숍에 도착했소. 황교수 말씀 명심하고 두 번이
아니라 엘리베이터와 택시에서 내릴 때 그리고 테이블에 앉을 때
등 모두 다섯 번을 왼발띄기를 했소이다.”

“감사합니다, 대표님! 99.999퍼센트 성공입니다. 대표님! 만면에
미소를……!”

언론인으로서, 출판인으로서 일찍이 그 자신 「부자(富子)」 반열에
등극하여 수많은 사람들을 「부자(富子)」의 길로 인도하는 큰 공덕을
쌓아온 조 대표님이었다.

그러나 더 큰 사업을 일으키라는 하늘의 시험인지, 갖은 풍파와
시련을 겪으면서도 초심을 잃지 않고 올곧게 반야삼매에 젖어들곤
하시던 조 대표님의 「새로운 이야기(New Story)」가 펼쳐지는 감격스
러운 순간이었다.

사흘 후 정식 계약이 체결되었고, 사업은 물 흐르듯이 순조롭게
풀려나가기 시작했다.

중요한 일이건 사소한 일이건 긴급한 일이건 느긋한 일이건 큰일
이건 작은 일이건 간에 매사를 잘 살피고 적절한 말과 행동을 해야
한다는 것쯤은 누구라도 다 아는 사실이다.

그런데 정작 중요한 것은 그러한 적절한 말과 행동을 자연스럽게
드러내는 방편은?

대개가 여기에서 막혀버리는 것이다.

추상적 거시적 총론과 구체적 미시적 각론이 맞아 떨어져야만 천

지음양조화가 이루어져 일이 순탄하게 되어지기 마련인데, 많은 경우 그렇지 못하다 보니까 문제가 생기고 탈이 나는 것이다.

이제 『반야심경』 수련이 궤도에 올라 「부자(富子)」로 사주팔자 바꾸기 시작한 그대는 그대가 그대를 그대로 자연스럽게 살피고 삼가는 경지에 이르렀으니, 이제 또 다른 「새로운 이야기(New Story)」의 세계 속으로 들어가 보도록 하자.

"이봐요! 선사님. 욕 한마디 할 줄 모르던 내가 수행자의 길에 들어서면서부터 지금까지 가장 잘 쓰는 말이 뭔 줄 아서? '개놈' 이야 '개놈'! 남자든 여자든 가리지 않고 그래요. 사람하고 개하고 달리기 시합을 했어요. 개에게 진 사람을 뭐라고 그럽니까? 무승부인 경우는? 이긴 경우는?"

"글쎄요……."

"……쯧쯧. '개만도 못한 놈', '개 같은 놈', '개보다 더한 놈'. 세상에 영리하고 충성스럽기가 개만한 동물이 또 있을까요? 사람들이 개 같기만 하여도 불국정토(佛國淨土)를 누릴 수 있을 텐데……."

어느 틈엔가 안타까운 중생들을 향한 보현스님의 자애로운 눈가에 이슬이 맺힌다.

미우나 고우나 아끼는 사람들에게 툭툭 던지는 보현스님의 '개놈' 이란 말씀의 큰뜻을 복 짓는 사람들은 받아들일 것이요, 그렇지 못한 사람들도 언젠가는 알아듣게 될 것이다.

일찍이 조주선사께서 "개에게 불성이 있습니까?"라는 질문에 "있다" 하시더니 다른 이가 "개에게 불성이 없습니까?"라고 묻자 "없다"라고 하신 화두가 새삼스러워진다.

무릇 중생의 병은 몸이나 마음에서 오거나 영에서 비롯되는데,

몸의 병은 의사나 약사가 치료할 수 있지만 마음의 병은 타인의 충고나 조언으로는 어렵고 스스로 깨닫거나 안위를 얻지 못하면 상당히 어려워진다.

나아가 선후천의 전환기 분수령에 선 인류에게 몰아치고 있는 영병(靈病)은 대단한 경지의 도인이 아니고서는 손대기 어려운 난사 중의 난사인데, 신통방통하다고 스스로 자화자찬하는 도사들이 어찌 그리도 많은지 참 알다가도 모를 일이다.

연전에 로마교황청에서 신부님들 200여 명을 선발하여 퇴마사 교육을 시켰는데 그 뒤 소식은 아직 들려오고 있지 않다.

보현스님의 말씀이다.

"생태파괴와 환경오염 그리고 타락한 인간들의 독기 등으로 인하여 화가 난 지구에 기상이변이 일어나고, 쓰나미 같은 재해가 몰아치고, 사람들은 의료과학의 발달에 상관없이 몸의 병 마음의 병, 특히 애어른 가릴 것 없이 영혼이 고장 나는 사람들이 엄청나게 늘어나고 있어요. 수행자들이야 더욱 열심히 정진해서 이러한 재앙을 줄이는 것이 당연한 일이겠지만, 영혼이 고장 나는 사람들에 대해서는 국가적 차원에서 적극적인 대책 마련이 시급하다는 점을 뜻있는 사람들이 명심해야 합니다."

신유년(1981)에 보현스님께서 태백산 문수봉에서 불철주야 식음전폐 용맹정진 기도 중에 하늘의 말씀을 받아 내리셨다.

> "천지기운 내 기운 내 기운 천지기운
> 천지마음 내 마음 내 마음 천지마음
> 천지조화 내 조화 내 조화 천지조화"

이 진언을 접하는 순간 나는 반야삼매에 들어가 대갈일성했다.

"「보현천부경(普賢天符經)」"

언어도단 문자 이전의 경지를 굳이 밝히자면 그야말로 천지개벽 경천동지하는 「새로운 이야기(New Story)」인 것이다.

한인천제 개천 9208년 동안 천손민족 밝달겨레에게 연면히 이어져 내려온 시간적 영원성·공간적 무한성·인간적 절대성을 지닌 인류역사 최초 최고의 경전이자 유불선(儒佛仙)을 위시한 전세계 모든 종교 및 경전의 원본인 『천부경(天符經)』!

우주의 진리와 인생의 정도를 설파하면서 구전심수(口傳心授)되던 『천부경』은 일찍이 신지(神誌) 16전자(篆字)로 드러났고, 이어 고운(孤雲) 최치원(崔致遠) 선생께서 현재와 같은 81한자(韓字)로 밝히셨으되 그 비의(秘義)를 감히 제대로 풀이한 인물이 그 어디에 있었단 말인가?

세계의 모든 경전을 모아다가 미국의 CIA가 다 풀어냈지만 우리의 『천부경』만은 풀이를 하지 못했을 정도로 심오한 것이다.

이제 보현스님께서 무릇 중생들 누구라도 알아듣고 깨달아 「부자(富子)」로 사주팔자 바꿀 수 있도록 이렇게 진언으로 밝히셨으니, 이 시대를 함께 살아가는 우리 모두를 위한 천부율려(天符律侶) 복음성가(福音聖歌)라고 하겠다.

무릇 세상살이에는 마땅한 때가 있는 법이니, 마땅한 때와 아닌 때를 잘 가려내면서 때에 맞춰 행동해야 하는 것이다.

이제 시절인연에 따라 『보현천부경(普賢天符經)』이 세상 사람들과 널리 함께 하게 되었음을 제불 보살님들과 천지신명들께 감사드리는 바이다.

아울러 이에 덧붙여 처음으로 공개하는 바 나는 일찍이 지금까지의 원본천부경(原本天符經) 즉, 『고운천부경(孤雲天符經)』의 노래풀이가 「아리랑」이요 「아리랑」의 석가부처님 풀이가 곧 『반야심경(般若心經)』이라는 깨달음을 얻은 바 있다.

임술년(1982)에 제자 두 명과 더불어 보현스님은 우연찮게 낙산사 홍련암에서 당대의 선지식인 성철스님·성공스님·일타스님이 철야 기도를 올리는 자리에 합석하게 되었다.

"어찌 왔노?" 하는 성철스님의 법거량에 "그냥 돌아왔시유"라는 답을 되돌린 보현스님의 일화는 지금까지도 선문에서 널리 회자되고 있는 일대 사건이다.

밤이 깊어지면서 세 분 큰스님 중의 한 분이 뚜구덕뚜구덕 졸면서 목탁을 치는 것이었다.

보현스님께서 목탁채를 잡아채다가 두드리기를 한동안, 성공스님께서 말씀하셨다.

"난다 긴다 하는 염불중보다 낫구먼."

"부처님 흉내 조금 내봤습니다."

그때 홀연히 바다 속으로부터 치솟아 오르는 연꽃 보좌 위의 관세음보살을 친견한 보현스님은 새벽녘 기도 마무리 후에 큰스님들께 여쭤봤다.

"여기 마루바닥이 뚫려 있나요?

"……!"

이번엔 일타스님께서 말씀하셨다.

"간밤에는 목소리만 듣고 젊은 처자인 줄만 알았더니 이제 보니 제법 나이를 먹으셨구먼요."

"네, 스님. 돈 안 들어서 그냥 먹었시유."

"……!"

알고 보면 이토록 쉬우면서도 어마어마한 선문답이 존재하기에 곧 망할 것 같으면서도 한 치 오차도 없이 정교하게 세상이 돌아가고 있는 것이리라!

『보현천부경(普賢天符經)』의 보림수련 끝에 계해년(1983)에 이르러 보현스님은 다시 새로운 기운을 본격적으로 세상에 펴게 된다.

계해월 계해일 계해시에 하늘과 땅과 사람, 즉 천지인(天地人) 삼재(三才)가 한데 어우러지는 「천존탑(天尊塔)」을 세우시고 아울러 만 중생의 질병을 치료하고 갖가지 재앙을 소멸시키며, 부처의 원만행을 닦는 이로 하여금 무상보리의 묘과를 증득케 하는 「대의왕불 약사여래」를 봉안하게 된다.

그런 연후에 "하늘에서만 돌아가고 있는 선천세계의 맷돌을 이제 후천세계의 지상에서도 돌아가게 만들어 억조창생을 구하는 복씨앗을 나눠줘라"는 단군성조의 계시를 보현스님은 받아 내린다.

이제 시절인연이 닿아 내가 세상에 처음으로 공개적으로 밝히노니, 태극과 칠성 그리고 복희씨 팔괘 이전의 유소씨 팔괘와 십간·십이지 등이 새겨진 「천지음양조화 연화돌 : 부자맷돌」은 이 세상 어느 곳에서도 볼 수 없는 대한민국이 세계에 자랑할 수 있는 보물 중의 보물이라고 하겠다.

억음존양의 선천시대가 넘어가면서 존음존양의 시대, 상생의 시대로 넘어오는 후천세계에 음양이 함께 어우러져 영혼의 수직 상승을 이루는 맷돌 문화를 웬만한 도인들마다 거론하고 있다.

　　이러한 추상적 총론의 맷돌문화를 구체적 현실로 드러낸 「부자맷돌」은 보현스님의 반야삼매 정진의 결정체이자 인연중생들의 여의주와도 같은 성물이라고 하겠다.

　　지금 전국구 큰스님으로 널리 법력을 펴고 있는 M이라는 비구니 스님이 오래전 계룡산 동학사 강원에서 공부하고 있었다.

　　그러던 어느 날 영문도 모르게 두 다리가 마비가 되면서 양쪽 발등이 바깥으로 벌어지고 발바닥이 수직으로 서게 되는 희한한 꼴을 당하게 되었다.

　　목숨 걸고 기도도 해보고 온갖 좋다는 약도 다 써보고 세상의 명의란 명의는 빠짐없이 찾아다녔건만 병명도 이유도 모른 채 두어 해를 넘기고 있었다.

　　그 이전에 그녀의 위암을 보현스님이 고쳐주었건만 곧바로 오지 않고 스스로 삶을 포기하기 직전의 최악의 상태로 지칠 대로 지친 채로 M스님이 그 부모님을 따라 들것에 실려서 보현스님을 찾아오게 된 것이 을축년(1985)이었다.

　　이제 마지막 막다른 길이니 죽이든 살리든 알아서 하라는 애원, 강요, 설득, 협박에 반야삼매에 들었던 보현스님께서 입을 떼셨다.

　　"사흘간 함께 지극정성으로 반야삼매에 들도록 해보시지요."

　　갖은 우여곡절과 시험을 거쳐 사흘째 되던 날 마무리 기도 후에 보현스님께서 법장으로 M스님의 다리와 발을 대여섯 차례 생생생생 두드려준 후에 말씀하셨다.

　　"이제 일어나 걸어보시지요."

　　그러자 살그머니 발바닥이 정상 위치로 되돌아오면서 힘겹게 땅을 딛고 일어난 M스님은 약사여래에게 오체투지로 예를 표한 후

「부자맷돌」을 자연스럽게 돌려대는 것이었다. 그러곤 이내 예전의 활기찬 모습을 되찾은 것은 본 M스님의 부모님들은 M스님과 함께 백배 예를 표하는 것이었다.

4반세기가 지난 지금까지도 M스님은 두고두고 보현스님께 예를 표하고 있음은 물론이다.

그때를 회고하면서 보현스님께서 해주시는 뒤풀이 말씀이다.

"사람에게는 가야 할 곳과 가서는 안 되는 곳이 있는 법이에요. 특히 공부하는 사람 입장에서는 더더욱 가려야 하는 것이지요. 거기에서 탈이 났던 것인데…… 그러니 의사나 약으로는 고칠 수 없었던 것이지요."

몸의 병, 마음의 병, 영혼의 병을 낫게 해주시는 무성사 「약사여래」와 뜻한 바 소원을 들어주는 「천지음양조화 연화돌 : 부자맷돌」!

맹목이란 있을 수 없는 법, 세상 이치가 그러하듯이 모든 것이 본인의 준비된 그릇과 지극정성이 함께 어우러져야만 가능한 것이라는 전제조건을 생각해본다.

보현스님의 말씀이다.

"보아도 보지 못하고, 들어도 듣지 못하는 게 중생인지라 여태껏 별말 않고 잠자코 쭉 지켜봐오기만 했지요. 그런데 정묘년(1987)에 내 문하에 제자로 들어온 「반야보살」이 연유도 모른 채 다짜고짜 「맷돌보살」이라는 간판을 달고 싶다는 거예요. 아, 그랬더니 영험한 족집게라는 소문이 나면서 신도들이 문전성시를 이루는 거예요. 웬만한 사람 같았으면 그 단맛에 푹 빠져 있다가 어느 날 덜컥 폭삭하기가 십상이었겠지요. 그 바쁜 와중에도 정기적으로 시간을 내어 반야삼매에 드는 공부를 놓지 않는 거예요. 얼마나 기특하고 예쁘

던지. 그러다가 계미년(2003)에 국사봉에 천왕보살을 봉안한 후에 하늘의 선녀들이 춤추는 가운데 생생생생 돌아가는 맷돌을 보고선 쫓아온 거예요. 똑같은 맷돌을 모시고 싶다고. 공부란 스스로 깨우쳐야 하는 것이지 누가 일러준다고 되는 것이 아니잖아요. 다 제 복 제가 짓고 제가 받는 것 아니겠어요.”

굳이 오지 않아도 좋고, 굳이 오고 싶다면 와서 약사여래께 간절히 기도드리고, 다리 아픈 사람은 다리 만지고, 팔 아픈 사람은 팔 만지고, 마음 아픈 사람은 마음 만져서 아픈 병 낫게 하고, 간절한 소원 이루고 싶은 사람은 「부자맷돌」 돌려서 소원 성취하라는 보현스님!

자신이 지은 절 이름을 두 번씩이나 다른 스님들이 쓰고 싶다고 하자 한 치의 망설임도 없이 그러라고 내주신 보현스님!

어린 시절에는 집에 별미만 있으면 들고 나가 친구들에게 나눠주는 것이 본업이었고, 젊은 시절에는 미용실·비단가게·인삼상회 등을 경영하면서 어마어마하게 큰돈을 벌어 알게 모르게 아는 사람 모르는 사람들에게 기꺼이 베풀었고, 오늘까지도 베풀고 또 베풀면서 한량없는 복밭을 가꾸는 보현스님!

평생 애잔한 사부곡(思夫曲)을 부르며 8남매 자녀를 모두 번듯하게 키워내시고, 화분에 물을 주면서도 어린애 달래듯이 “맛있는 것 먹고 예쁜 꽃 피우자”고 속삭이는 보현스님!

누구도 모방하지 않는 사람이 아니라 누구도 모방할 수 없는 사람 보현스님!

당신은 과연 누구신가요?

“내로라하는 재벌이나 권력자들이 사람을 시켜 큰돈 보내와서 자신을 위해 스님께서 「부자맷돌」 좀 돌려달라는 부탁을 할라치면 냅다 호통을 쳐서 쫓아 보내는 경우가 한두 번이 아녀유. 돈이나 권력으로도 안 되는 게 더 많다는 진실을 외면한 사람들에게 스님이 잘 쓰시는 말씀이 있어유. '대신해줄 것이 따로 있지. 제 몫은 제가 직접 챙겨야 하는 법이여.'"

오랜 세월 동안 보현스님을 곁에서 시봉하며 그 큰 기운을 이어가고 있는 족집게 「반야보살」의 말씀이다.

평범 속의 비범이라 보현스님의 예사 말씀이다.

"바쁠 텐데 오기는 뭐하러 와. 제 앉은 자리가 법당이고 하는 일마다 불공이니, 처처법당(處處法堂)이요 사사불공(事事佛供)이면 운수대통(運數大通)하고 만사형통(萬事亨通)인겨! 마음은 먹기에 따라서 무엇이든지 다 담아낼 수 있으니 세상에 마음자리보다 더 큰 것은 없는 법이여. 마음 한 번 잘 먹으면 곧 극락이요, 마음 한 번 잘못 먹으면 곧 지옥이라. 부디 좋은 마음 많이 먹고 큰복 짓고 큰복 받아 인연중생 모두 「부자(富子)」로 사주팔자 바꾸시기를 축원드리나이다!"

이제 『반야심경』 수련이 본격 궤도에 올라 「부자(富子)」의 길로 들어선 그대에게 더 큰 도약을 위한 새로운 방편 제시로 마무리를 갈음하고자 한다.

"천지기운 내 기운 내 기운 천지기운
천지마음 내 마음 내 마음 천지마음
천지조화 내 조화 내 조화 천지조화"

『보현천부경(普賢天符經)』과 『가화천부경(嘉花天符經)』 그리고 『고운
천부경(孤雲天符經)』을 함께 읊으면서 「부자맷돌」을 돌려봄은 어떠
할까?

『반야심경』 수련과 인연을 맺은 그대 「부자(富子)」의 앞날에 부처
님의 가피(加被)가 항상 함께하기를 두 손 모아 기원드린다!

부자찬가 우짜 우짜 우짜짜

부자 여러분 반갑습니다!

좋은 날입니다.

웃어봅시다 웃어보세요.

웃을 일이 없으시다고요? 그렇지 않습니다.

마음을 조금만 바꾸어 보세요.

반 발짝만 옆에서 새로운 세상을 보십시오.

기쁨세상 보람마당이 펼쳐지고 있습니다.

숨을 쉬고 살아 있는 것만으로도 축복인 것입니다.

사람으로 태어난 것만으로도 행복한 것입니다.

정말 즐겁구나! 진짜 신바람 난다! 웃음이 저절로 나옵니다.

자 이제 한번 크게 웃어봅시다.

멋지게 시원하게 기분 좋게.

하하하! 하하하하하! 하하하하하하하하! 하하하⋯⋯!

얼마나 좋습니까. 웃으면 복이 굴러들어온다고요.

인상이 좋아지지요, 몸과 마음이 건강해지지요,

좋아하는 사람 많아지지요, 하는 일마다 모두 다 잘 되지요.

얼마나 좋은 일입니까. 그런데 왜 아까워하십니까.

아끼지 마세요. 웃음은 절약하는 것이 아니라고요.

웃음에 인색하다 보면 모두 다 없어져버린다니까요.

웃으면 행복하고 웃기면 성공한답니다.
우리 모두 다 함께 크게 맑게 밝게 웃어봅시다.
하하하! 하하하하하! 하하하하하하하하! 하하하……!

앉으나 서나 자나 깨나 우짜 우짜 우짜짜!
일할 때나 놀 때나 쉴 때나 우짜 우짜 우짜짜!
천지음양조화 반야심경 수련 우짜 우짜 우짜짜!

나무마하반야바라밀!

반야심경에서 배우는 성공비결 108가지

황태호 지음

발행처 · 도서출판 청어
발행인 · 이영철
영 업 · 이동호
홍 보 · 최윤영
기 획 · 천성래 ㅣ 이용희
편 집 · 방세화
디자인 · 김바라 ㅣ 서경아
제작부장 · 공병한
인 쇄 · 두리터

등 록 · 1999년 5월 3일(제22-1541호)

1판 1쇄 발행 · 2009년 4월 30일
1판 16쇄 발행 · 2016년 12월 10일

주소 · 서울특별시 서초구 효령로55길 45-8
대표전화 · 02) 586-0477
팩시밀리 · 02) 586-0478

홈페이지 · www.chungeobook.com
E-mail · ppi20@hanmail.net
ISBN · 978-89-93563-26-9 (03810)